KiWi
1963

Das Buch

Wer hat den allseits beliebten Bürgermeister getötet? Das herauszufinden ist Aufgabe von Mrs Potts' Mordclub.

Geoffrey Lushington, Bürgermeister von Marlow, stirbt plötzlich während einer Stadtratssitzung. Als in seiner Kaffeetasse Spuren von Eisenhut, auch bekannt als die Königin der Gifte, gefunden werden, weiß die Polizei, dass er ermordet wurde. Aber wer hat es getan? Und warum?

Die Polizei ernennt Judith Potts und ihre Freundinnen Suzie und Becks von Anfang an zu zivilen Beraterinnen, sodass sie nach Herzenslust Verdächtige befragen und den Beweisen nachgehen können – perfekt, denn Judith hat keinen Kopf für Regeln oder Konventionen. Aber dieser Fall stellt den Marlow Murder Club vor ein Rätsel. Wer würde den leutseligen Bürgermeister umbringen wollen? Wie konnte das Gift überhaupt in seinen Kaffee gelangen? Und ist noch jemand in Gefahr? Mrs Potts' Mordclub steht vor seinem bisher schwierigsten Fall …

Der Autor

Robert Thorogood ist ein englischer Drehbuchautor und Romancier. Er ist vor allem als Schöpfer der international gefeierten BBC-Krimiserie »Death in Paradise« bekannt und hat eine Reihe von Spin-off-Romanen mit dem Detektiv DI Richard Poole geschrieben.

Die Übersetzerin

Katharina Herzberger studierte Anglistik und Literarisches Übersetzen in Leipzig und München. Sie arbeitet als Lektorin und Übersetzerin aus dem Englischen in München. Zuletzt übersetzte sie Sonora Jha, Kay Kerr, Rebecca Lim und Kate Gordon.

ROBERT THOROGOOD

MRS POTTS' MORDCLUB
UND DER TOTE BÜRGERMEISTER

KRIMINALROMAN

Aus dem Englischen
von Katharina Herzberger

Kiepenheuer & Witsch

2. Auflage 2024

Titel der Originalausgabe The Queen of Poisons

Aus dem Englischen von Katharina Herzberger

Covergestaltung Sabine Kwauka
Covermotiv © mauritius images / Michael Sannwald /
Alamy Stock Foto; © Shutterstock
Gesetzt aus der Hello Paris, Whitman-RomanLF und Brandon Grotesque
Satz Buch-Werkstatt GmbH, Bad Aibling
Druck und Bindung CPI books GmbH, Leck

ISBN 978-3-462-00693-3

FÜR PENNY THOMAS

KAPITEL 1

Suzie Harris hatte einen Plan.

Sie war unsicher, ob sie ihn wirklich durchziehen konnte. Eigentlich standen die Chancen ziemlich schlecht, aber sie würde ihr Bestes geben. Sie würde versuchen, eine Sitzung des Bauausschusses von Marlow zu überstehen.

Suzie fand Sitzungen schrecklich, und die Vorstellung einer Bauausschusssitzung erschien ihr noch viel schrecklicher. Aber wenn sie reich werden wollte, bräuchte sie Verbündete. Deshalb hatte sie beschlossen, an einer der Sitzungen teilzunehmen, um die Entscheider kennenzulernen und – das war am wichtigsten – herauszufinden, wen sie wohl dazu bekommen würde, ihre künftigen Anträge wohlwollend zu bescheiden.

Die Sitzung wurde im Rathaus abgehalten, einem hübschen georgianischen Haus an der Themse mit Blick auf den Higginson Park. Hinein führte eine polierte schwarze Tür, die genauso gut in die Downing Street gepasst hätte, und obwohl ein Großteil des zweistöckigen Gebäudes aus Büroräumen bestand, gab es noch einen altmodischen Plenarsaal für offizielle Sitzungen. Wenn man eintrat, landete man auf einer schmalen Zuschauergalerie, von der einige Stufen in einen großen Raum hinabführten, in dem es einen großen

Konferenztisch, Aktenschränke und eine Durchreiche zur Teeküche gab. Das Stadtwappen, ein geschnitzter Schwan in Ketten, beobachtete die Geschehnisse von der Rückwand aus. Wie das Städtchen Marlow selbst wirkte der Plenarsaal gleichermaßen herrschaftlich groß und winzig klein.

Für die heutige Sitzung waren eine Leinwand und ein Projektor unter dem Wappen aufgestellt worden, damit der Ausschuss die Bauanträge besser begutachten konnte. Suzie hatte vor allen anderen auf der Galerie Platz genommen, um mit Stift und Notizbuch kurze Steckbriefe der Ausschussmitglieder zu verfassen und deren Stärken sowie – viel wichtiger – potenziell nützliche Schwächen detailliert aufzuschreiben.

Zuerst erschien ein Mann Mitte fünfzig, der einen Nadelstreifenanzug, ein blaues Hemd und eine himmelblaue Seidenkrawatte mit rosa Pünktchen trug. Er hatte breite Schultern, strahlte ein ausgewachsenes Selbstbewusstsein aus, und sein natürliches und müheloses Lächeln ließ Suzies Herz kurz höherschlagen.

»Sie sind für die Bauausschusssitzung hier?«, fragte er.

»Genau«, sagte Suzie und vergaß kurz, dass sie kein Schulmädchen mehr war, das Männer mit markantem Kinn attraktiv fand. Als er an ihr vorbei die Treppe hinablief, spannte er seine durchtrainierten Oberarme und ging dann zu seinem Platz, wo bereits ein großer Stapel Ausdrucke auf ihn wartete.

»Sind Sie wegen eines bestimmten Antrags hier?«, fragte er.

Erst in diesem Augenblick wurde Suzie klar, dass sie sich

noch keine Ausrede für ihre Anwesenheit zurechtgelegt hatte.

»Japp«, sagte sie, um sich etwas mehr Zeit zu verschaffen.

»Um welchen geht's?«

»Wie bitte?«

»Wenn Sie an einem bestimmten Fall interessiert sind, sollten wir das in der Tagesordnung berücksichtigen. Um welchen Antrag geht es?«

»Wissen Sie«, sagte Suzie, verzweifelt improvisierend, »der ... der eine auf ... der Hauptstraße. Das große Haus – ich meine, aktuell ist es noch nicht allzu groß, aber die Besitzer wollen, dass es ... größer wird, wissen Sie.«

Trotz ihres unerschütterlichen Optimismus musste selbst Suzie zugeben, dass ihre ungeschickte Erklärung den Mann verwirrt hatte, aber ehe er nachfragen konnte, öffnete sich die Tür und eine Frau trat ein. Sie war etwa sechzig, und im Gegensatz zu dem netten Mann wirkte diese Frau, als könne sie mit Blicken töten. Sie erinnerte Suzie an all die staubtrockenen Lehrer und Lehrerinnen, die enttäuscht von ihr gewesen waren.

»›Doch still‹«, rief der Mann, »›was schimmert durch das Fenster dort?‹«

»Hör auf mit den Witzen«, blaffte die Frau, bevor sie sich schlecht gelaunt an Suzie vorbeischob. »Entschuldigung, dürfte ich mal ...?«

»Natürlich«, sagte Suzie und wusste schon jetzt, dass sie diese Frau nicht mochte. Sie wirkte wie jemand, der nur die Kosten, aber nicht den Wert sah – und die Kosten waren immer »zu hoch«.

»Guten Abend, Marcus«, sagte die Frau und setzte sich. »Gibt es wieder irgendwelche Interessenkonflikte, über die du uns aufklären musst?«

»Das kann nur der Vorsitzende wissen«, sagte Marcus mit einem Zwinkern und ging zur Durchreiche auf der anderen Seite des Raums.

In der Teeküche räumte ein Mann Tassen und Unterteller in die Durchreiche. Er trug blaue Plastikhandschuhe und stellte jetzt eine Holzkiste mit Teebeuteln bereit. Suzie fand, dass die Gesundheits- und Sicherheitsämter übergeschnappt sein mussten, wenn Servierkräfte schon Handschuhe trugen, um Tee bereitzustellen.

»Auch ein Tässchen Tee, Debbie?«, fragte Marcus und trug seine Tasse zu einem Samowar aus Edelstahl, der neben einer Nespresso-Kaffeemaschine mit entsprechendem Kapselspender auf der Theke stand.

»Nein, danke«, antwortete Debbie.

»Wie du willst.«

Marcus kehrte mit seiner Tasse Tee an den Tisch zurück.

Wieder öffnete sich die Tür, und ein Mann trat ein, blieb dann stehen, weil Suzie ihm im Weg stand.

»Hallo!«, sagte er mit einer nasalen Stimme, die gleichermaßen spöttisch, bevormundend und überheblich klang. Suzie sah auf sein lichtes, über die Glatze gekämmtes Haar und sein langes, fahles Gesicht, das sie an den letzten Rest eines Seifenstücks an einer Kordel erinnerte. Außerdem hatte er ungefähr so viel Charisma wie so ein Stück Seife, dachte sie.

»Möchten Sie durch?«, fragte sie.

»Aber sehr gerne doch«, sagte er und hielt sich für besonders witzig, dann drückte er sich an Suzie vorbei und nahm die Stufen hinab in den Hauptsaal.

»Seid gegrüßt, werter Herr«, sagte er zu Marcus und ergänzte: »Ah, Debbie.« Wieder bemerkte Suzie seinen überheblichen Ton.

»Tee, Jeremy?«, fragte Marcus.

»Nicht für mich, danke«, sagte Jeremy und setzte sich an den Tisch. »Nicht, bis der Stadtrat uns endlich mit Keksen versorgt wie in der letzten Hauptsitzung versprochen. Ich akzeptiere keinen koffeinhaltigen Ersatz«, fügte er hinzu und nahm sich dann eine Kopie der Tagesordnung.

»Na, wenn das nicht Suzie Harris ist!«, verkündete die höchst angenehme Stimme von Geoffrey Lushington, dem Bürgermeister von Marlow, der gerade den Raum betrat. Er war etwa siebzig, recht klein und kräftig und hatte einen weißen Schopf ungekämmter Haare, in deren Mitte eine perfekt kreisförmige Glatze glänzte. Suzie musste bei ihm immer an einen Zwerg denken. Einen fröhlichen Zwerg mit einem schelmischen Sinn für Humor. Er war in Marlow äußerst beliebt.

Nachdem Suzie und ihre Freundinnen Judith und Becks der Polizei zum ersten Mal geholfen hatten, eine Mordserie aufzudecken, hatte Geoffrey einen Empfang ihnen zu Ehren gegeben. Damals hatte er gesagt, alle lokalen Erfolge müssten gefeiert werden, und erst recht Suzie, Judith und Becks. Suzie hatte ihn sofort sympathisch gefunden.

»Und weshalb interessieren Sie sich für die heutige Bauausschusssitzung?«, fragte er, als er an Suzie vorbei und die Treppen hinabging.

»Oh, kein besonderer Grund, Geoffrey«, sagte Suzie, die nicht den gleichen Fehler machen wollte wie bei Marcus.

»Ach, wirklich?«, sagte Geoffrey und ging weiter zur Durchreiche. Er nahm eine Kaffeekapsel aus dem Spender und steckte sie in die Nespresso-Maschine. Der Mann in der Küche öffnete indessen eine kleine Brandschutztür am anderen Ende der Küche und verschwand. Die Tür fiel mit einem Klacken zu.

»Ich mache nur von meinem demokratischen Recht Gebrauch, den Ausschuss in Aktion zu erleben«, sagte Suzie zu Geoffrey und hoffte, so einen Trumpf auszuspielen.

»Aber ja doch«, gab ihr Geoffrey recht und sah zu, wie der Kaffee aus der Maschine in die Tasse floss. »Auch wenn Sie bisher noch keiner Sitzung beigewohnt haben.«

»Wollte ich bisher nicht.«

»Verständlich«, sagte er und trug seinen Kaffee zum Tisch.

»Also«, sagte Debbie und erhob sich, »ich glaube, ich mache mir doch einen Kaffee.«

Sie ging zur Nespresso-Maschine. Marcus reichte Geoffrey ein Glas mit Würfelzucker.

»Zucker?«, fragte er.

»Gerne«, sagte Geoffrey und nahm sich einen Würfel. Er ließ ihn in den Kaffee plumpsen, rührte um und sagte zu Suzie: »Ich bin letztens an Ihrem Haus vorbeigefahren und habe bemerkt, dass die Bauarbeiten abgeschlossen wurden.«

Das stimmte. Nachdem sie vor einigen Jahren von einem cowboyhaften Bauunternehmer im Stich gelassen worden war, war der Anbau jetzt endlich fertig. Suzie hatte sich bei einer Produktionsfirma für Reality-TV-Formate gemeldet, die dann tatsächlich die unfertigen Bauarbeiten beendeten. Sie machten aber auch den geflohenen Bauunternehmer ausfindig und fanden heraus, dass er seine Firma aufgelöst hatte und nun als Rentner in Spanien lebte. Als die Episode endlich ausgestrahlt wurde, war Suzie enttäuscht von der geringen Resonanz, aber vielleicht hatte sie überschätzt, wie sehr sich die Allgemeinheit für nachmittägliche Renovierungsshows interessierte.

Trotzdem hatte diese Erfahrung ein Nachspiel, denn wegen ihrer Gespräche mit dem TV-Architekten saß Suzie nun hier. Auch wenn sie dieses Detail lieber für sich behielt.

»Da haben Sie nicht unrecht«, sagte Suzie zu Geoffrey. »Die Bauarbeiten sind abgeschlossen.«

»Gab es da nicht eine Fernsehsendung oder so etwas?«

Suzie versuchte, fehlende Begeisterung für ihre Fernsehkarriere nicht persönlich zu nehmen.

»Wie auch immer«, fuhr Geoffrey fort und wandte sich den anderen Ausschussmitgliedern zu, »weiß jemand, wo Sophia ist?«

»Sie hat nicht gesagt, dass sie zu spät kommen würde«, sagte Debbie.

Geoffrey sah zur Wanduhr. Es war kurz nach halb acht.

»Na ja, sie wird sicher bald auftauchen. Sollen wir loslegen?«

»Einspruch«, sagte Jeremy mit erhobener Hand.

»Nicht schon wieder«, sagte Debbie.

»Die Sitzung kann nicht ohne Sophia starten. Wir sind nicht beschlussfähig.«

»Dann kannst du keinen Einspruch einlegen«, sagte Marcus und rührte in seinem Tee.

»Wie bitte?«

»Wenn wir nicht beschlussfähig sind, hat die Sitzung noch nicht begonnen, also kann es noch keine Einsprüche geben.«

»Stimmt, da ist was dran«, sagte Jeremy und versuchte, sein Gesicht zu wahren. »Gutes Argument.«

»Wie wäre es, wenn wir die Sitzung offiziell beginnen und die Anträge so schnell wie möglich durchgehen? Dann geht die erste Runde im *George and Dragon* auf mich«, schlug Geoffrey vor.

»Erst, wenn Sophia da ist«, sagte Jeremy.

»Ich bin mir sicher, dass wir mit mehr als fünfzig Prozent der Teilnehmer und Teilnehmerinnen beschlussfähig sind«, sagte Marcus.

»So steht es nicht in der Satzung. Debbie, du bist die Schriftführerin, nimmst du das ins Protokoll auf?«

Debbie schien aus einem Tagtraum zu erwachen.

»Wie bitte?«

»Ich habe dich gefragt, ob du das ins Protokoll aufnimmst.«

»Natürlich nicht«, sagte sie. »Die Sitzung hat noch nicht angefangen.«

»Dann eröffne ich hiermit die Sitzung«, sagte Geoffrey. »Tagesordnungspunkt eins, die vorgeschlagene Ergänzung von Dachfenstern in der Henley Road 13.«

Debbie öffnete ihr Notizbuch und nahm den Stift.

»Diese Sitzung ist nicht zulässig«, meckerte Jeremy.

»Natürlich ist sie das«, sagte Marcus.

»Jeremy, kannst du dich bitte an das letzte Mal erinnern?«, sagte Geoffrey.

»Schon wieder!«, sagte Jeremy. »Immer musst du mich belehren!«

»Das tue ich nicht«, sagte Geoffrey.

»Das tut er wirklich nicht«, fügte Debbie hinzu.

»Und jetzt stellst du dich auch noch auf seine Seite!«

»Tue ich nicht«, sagte Debbie gereizt. »Könnte der Sitzungsleiter bitte mit Jeremy sprechen?«

»Er ist nicht der Sitzungsleiter!«, sagte Jeremy.

»Ich fürchte, damit wirst du dich abfinden müssen«, sagte Marcus, der das Hickhack ungemein genoss.

»Ist er nicht.«

»Doch, das ist er, wirklich.«

»Ist er nicht«, sagte Jeremy und schlug mit der Faust auf die Tischplatte. »Der Sitzungsleiter erhält seine Befugnis erst, wenn die Sitzung eröffnet wurde, und wir sind *nicht beschlussfähig!*«, fügte er so zornig hinzu, dass alle Anwesenden zusammenzuckten, auch er selbst.

Keiner sprach.

»Tut mir leid«, sagte Jeremy schließlich. »In letzter Zeit stehe ich etwas unter Druck. Keine Ahnung, wo das herkam«, fügte er entschuldigend hinzu.

»Tut mir so leid, dass ich zu spät bin«, erklang eine raue Stimme von der Tür.

Suzie sah hinüber und erblickte eine große Frau. Sie war etwa Mitte fünfzig, hatte rosige Wangen, glattes blondes, schulterlanges Haar, und ihre Augen wurden durch einen dunklen Lidstrich dramatisch betont. Sie strahlte einerseits

Gesundheit und Wohlbefinden aus, aber vor allem Reichtum. Beim Anblick der großen silbernen Ohrringe, des exquisit geschnittenen Sommerkleids und der polierten braunen Budapester zupfte Suzie an ihrem blauen Thermo-T-Shirt, das sie unter dem Mantel trug, mit dem sie normalerweise Hunde ausführte.

»Guten Tag«, sagte die Frau zu Suzie und musterte sie, als sei sie ein exotisches Tier im Zoo.

Suzie wusste nicht, was sie zu einer Person mit dieser Ausstrahlung sagen sollte. Die Frau stolzierte an ihr vorbei und ließ den Duft eines vermutlich sehr teuren Parfüms zurück.

»Entschuldigt die Verspätung«, sagte die Frau zu den anderen.

»*Jetzt* sind wir beschlussfähig«, sagte Jeremy zufrieden.

»Oh«, sagte Sophia, »gab es in meiner Abwesenheit ein Problem mit dem Prozedere?«

»Nichts, womit wir nicht umgehen konnten«, sagte Marcus. »Können wir jetzt mit der Sitzung starten?«

»Wie geht es dir, Sophia?«, fragte Geoffrey.

Suzie war sich nicht sicher, aber wirkte Sophias Lächeln gequält?

»Mir geht es gut, danke dir, Geoffrey«, sagte sie und setzte sich an den Tisch.

»Eine Tasse Tee?«

»Nein, danke.«

»Oder Kaffee?«

»Ich denke, wir sollten diese Sitzung jetzt einfach hinter uns bringen, meinst du nicht?«, sagte Sophia mit einem Lächeln, aber auch hier nahm Suzie einen seltsamen Schatten wahr. In ihr Notizbuch schrieb sie: »Spannungen zwischen Sophia und Geoffrey?«

Suzie machte es sich auf ihrem Platz bequem. Das war ihre Chance zu entdecken, auf wen sie wegen ihres eigenen Bauantrags zugehen sollte.

Sophia war sicherlich viel zu vornehm und selbstverliebt, um sich jemals von Suzie beeinflussen zu lassen. Suzies Erfahrung nach schenkten Menschen wie Sophia Menschen wie ihr nicht sonderlich viel Aufmerksamkeit.

Vielleicht war Marcus der bessere Kandidat. Ihn würde sie gerne kennenlernen, allerdings hatte er etwas Adeliges an sich, was sie zur Vorsicht gemahnte. Womöglich war er zu gut gekleidet, zu selbstzufrieden – und hatte etwas von einem Pfau. Und sie war sich ziemlich sicher, dass er Männer ernster nahm. Oder jüngere und hübschere Frauen.

Und Debbie wirkte auf sie so negativ, dass sie sie sicher nie von ihrem Bauantrag würde überzeugen können.

Es blieben also nur Jeremy und Geoffrey. Wegen Jeremys Wutanfall nahm Suzie an, er sei unbestechlich, doch wie verhielt es sich mit Geoffrey? Je länger sie über ihn nachdachte, desto mehr schien er der perfekte Kandidat zu sein. Schließlich hatte er einen Empfang für sie gegeben, also mochte er sie ohnehin. Und er war offensichtlich ein sehr positiv denkender Mensch. Außerdem half es, dass er dem Ausschuss vorsaß. Wenn sie ihn auf ihrer Seite hätte, könnte er sicherlich die anderen überzeugen, bei Suzies Plänen mitzuziehen. Ja, dachte sie, es sah gut aus für sie, ziemlich gut sogar.

Während sich Suzie eine Zukunft voll unermesslicher Reichtümer ausmalte, nahm Geoffrey einen Schluck Kaffee, hustete einmal, verschluckte sich – hustete dann noch viel heftiger – und fiel von seinem Stuhl auf den Boden, wo er bewegungslos liegen blieb.

Sophia reagierte als Erste, rief laut »Geoffrey!« und kniete sich neben ihn. Entsetzt sprangen Marcus, Debbie und Jeremy auf.

Sophie rief: »Jemand muss den Notarzt rufen!«

Debbie reagierte als Erste, sie holte ihr Handy hervor und drückte panisch auf dem Display herum. Suzie wollte die Treppen hinab zur Hilfe eilen, doch Jeremy stellte sich ihr in den Weg.

»Sie dürfen hier nicht rein, dieser Bereich ist nur für Beamte des Stadtrats.«

Für einen kurzen Augenblick wollte Suzie ihn beiseiteschieben, doch da Debbie bereits mit dem Notdienst sprach, konnte sie ihre Zeit anderweitig nutzen. Sie ging die Treppen wieder hinauf, zog ihr Handy hervor und drückte die Schnellwahltaste. Es klingelte bereits, als sie die Tür aufstieß, um in den kleinen Korridor vor dem Plenarsaal zu gelangen.

»Judith«, sagte sie, als ihr Anruf entgegengenommen wurde, »ich bin's, Suzie.«

»Hallo«, sagte Judith am anderen Ende. »Wie geht's dir?«

»Oh, gut, danke. Sehr viel besser als dem Bürgermeister von Marlow.«

»Wie kommst du darauf?«

»Na ja, wie soll ich es ausdrücken – er ist gerade gestorben. Ich denke, es war Mord.«

KAPITEL 2

Tanika Malik las ihrer Tochter Shanti eine Gutenachtgeschichte vor, als irgendwo ihr Handy klingelte.

»Shamil«, rief sie, »gehst du ran?«

Dann wandte sie sich wieder Shanti zu, die auf ihrem Schoß saß und nach Keksen, Seife und frisch gewaschener Wäsche roch. Abende wie dieser gehörten zu den glücklichsten Augenblicken in Tanikas Leben, auch wenn sie zum hundertsten Mal die Geschichte von einem vergesslichen Feuerwehrmann namens Sam vorlas. Wenigstens kannte Tanika sie schon in- und auswendig und konnte sich auf Shanti konzentrieren, anstatt ins Buch zu schauen.

Shamil erschien mit ihrem Handy in der Tür und wirkte, als ginge es eindeutig um Arbeit. Tanikas Magen verkrampfte sich. Seit Kurzem hatte sie eine neue Stelle und musste vierundzwanzig Stunden lang erreichbar sein, auch nach Feierabend.

Sie versuchte, ihr Lächeln nicht abreißen zu lassen.

»Daddy will dir zu Ende vorlesen«, sagte sie zu ihrer Tochter.

»Daddy!«, rief Shanti, die Shamil erst jetzt bemerkte.

»Was lesen wir denn?«, fragte er und gab das Handy seiner Frau. Vor der Tür hielt Tanika kurz inne. Ihr Mann war in so ziemlich jeder Hinsicht unbrauchbar. Er hatte keinen anständigen Job, sondern wollte Star-DJ werden, und als Vater war er weder pünktlich noch zuverlässig. Er würde nie die Wäsche waschen oder sich um den Termin beim TÜV kümmern, aber dafür liebte er ihre gemeinsame Tochter mehr als Tanika. Auch wenn es ihr das Herz brach, schon wieder einen Abend mit Shanti zu verpassen, wusste Tanika, es würde ihrer Tochter nichts ausmachen – und das war am wichtigsten. Nur das. Und Mörder zur Rechenschaft zu ziehen – das war auch wichtig.

Tanika schlich ans Ende des Flurs und nahm den Anruf entgegen.

Keine zwanzig Minuten später kam sie am Rathaus von Marlow an und parkte neben einem Krankenwagen und zwei Polizeiautos. Auch Suzie Harris' Hundetransporter stand schon dort.

Tanikas Blick verfinsterte sich, als eine junge Detective Constable namens Antonia auf sie zukam.

»Danke, dass Sie so schnell hergekommen sind, Boss«, sagte sie.

»Sagen Sie mir nicht, dass Suzie Harris hier ist«, sagte Tanika.

»Suzie Harris?«

»Sieht aus wie ein kleiner Berg und zieht sich an, als würde sie gleich loswandern.«

»Oh, Suzie Harris! Sie meinen, eine unserer Hauptzeuginnen.«

»Sie war dabei?«

»Das war sie. Die anderen Zeugen haben ausgesagt, dass

unser Opfer vergiftet wurde. Deshalb habe ich angerufen. Es könnte sich um einen Mord handeln.«

»Ist sie allein?«

»Wer?«

»Suzie Harris?«

»Natürlich. Oder war es, als Mr Lushington starb. Jetzt sind zwei Freundinnen bei ihr. Zur Unterstützung.«

»›Zur Unterstützung‹«, murrte Tanika leise und ging zum Haupteingang.

Hinter dem Krankenwagen erhaschte Tanika einen Blick auf Suzie, die wie ein Wasserfall auf Judith Potts und Becks Starling einredete.

»Mit Ihnen werde ich nicht sprechen«, rief Tanika den Frauen zu und eilte weiter.

»Ich bin Zeugin!«, sagte Suzie, aber Tanika verschwand schon im Rathaus.

»Wir freuen uns auch, Sie zu sehen«, sagte Judith mit verschränkten Armen.

Judith Potts war Ende siebzig und hatte einen strahlenden, intelligenten Blick – an diesem Abend strahlten ihre Augen aber möglicherweise wegen des Schlückchens Whisky, das sie sich zuvor gegönnt hatte.

»Ich kann sie verstehen«, versuchte es Becks.

Becks Starling war mit dem Pastor der All Saints Church von Marlow verheiratet und, mit großem Abstand, die Schüchternste der drei.

»Ach ja?«, fragte Judith.

»Wir sind wie ein Bumerang«, erklärte Becks. »Wir tauchen immer wieder auf. Vor allem bei Morden.«

»Wenn du ein Bumerang sein willst, meinetwegen«, sagte Suzie. »Aber ich nicht. Und ich bin nicht einfach ›aufgetaucht‹, ich habe seinen Tod miterlebt. Niemandem geht es heute Abend schlechter als mir.«

»Ich glaube«, sagte Judith so diplomatisch wie möglich, »Geoffrey würde etwas anderes behaupten.«

»Aber wie soll ich jetzt meinen Bauantrag durchbekommen? Ich wette, der Ausschuss wird sich monatelang nicht treffen. Ganz ohne Sitzungsleiter.«

»Gehen wir«, sagte Judith.

»Wohin denn?«, fragte Becks.

»Wenn Tanika uns nichts sagen will, suchen wir uns eben eine andere Möglichkeit«, sagte sie und lugte durch das Fenster des Plenarsaals.

»Da wird sie nicht glücklich sein«, sagte Becks.

»Sie ist nie glücklich«, bemerkte Suzie und stellte sich zu Judith ans Fenster. »Jedenfalls nicht mit uns.«

»Wir sollten sie nicht ausspionieren«, sagte Becks vorsichtig und blieb hinter ihren Freundinnen stehen.

»Wie du meinst«, sagte Suzie und tat es Judith nach.

Im Plenarsaal sprach Tanika mit einem Polizeifotografen, während zwei Rettungssanitäter den toten Bürgermeister in einen schwarzen Leichensack packten.

»Und du bist dir *sicher*, dass Geoffrey vergiftet wurde?«, fragte Judith.

»Er hat einen Schluck Kaffee getrunken und ist mausetot umgefallen.«

»Das Gift war im Kaffee? Wer hat den zubereitet?«

»Ich glaube, er selbst«, sagte Suzie nachdenklich. »Siehst

du die Durchreiche da drüben?« Sie zeigte auf das kleine Fenster auf der anderen Seite des Zimmers. »Er hat eine dieser Kaffeekapseln in die Nespresso-Maschine getan. Aber ich habe nicht genau hingeschaut. Ich habe nicht damit gerechnet, dass er stirbt.«

»Hat noch jemand die Maschine benutzt?«, fragte Judith.

»Ich glaube nicht. Marcus kam zuerst und hat sich einen Tee mit diesem Wasserkessel gemacht. Dann hat er sich hingesetzt. Und Jeremy war nicht mal in der Nähe der Kaffeemaschine – aber Debbie schon!«, sagte Suzie aufgeregt. »Zuerst wollte sie nichts, aber nachdem Geoffrey sich seinen Kaffee gemacht hatte, ging sie zur Nespresso-Maschine und machte sich auch einen. Oje, sie hat uns entdeckt«, ergänzte Suzie und trat zurück.

Judith sah zu, wie Tanika den Plenarsaal verließ. Wenige Sekunden später öffnete sich die Eingangstür des Rathauses und Tanika kam in großen Schritten auf sie zu.

»Was machen Sie denn da?«, fragte sie scharf.

»Wir?«, fragte Judith mit gespielter Unschuld.

»Ja, Sie.«

»Wir machen gar nichts.«

»Sie haben durchs Fenster geschaut.«

Becks hob die Hand.

»Ich nicht«, sagte sie.

»Wir müssen den Tatort begutachten«, sagte Judith herrisch.

»Ach, das glauben Sie tatsächlich?«, fragte Tanika.

»Falls Sie etwas übersehen, was leider der Fall ist.«

»Wie bitte?«

»Sie haben etwas übersehen.«

»Na, das höre ich ja gern. Sie stehen vor dem Rathaus und glauben, ich hätte etwas übersehen?«

»Zum Beispiel die Zuckerdose.«

»Welche Zuckerdose?«

»Ganz genau!«, sagte Judith selbstzufrieden. »Wo ist sie?«

»Wovon in aller Welt reden Sie?«

»Sie vermuten auch, dass Geoffrey vergiftet wurde?«

»So stellt sich der Tatort bisher dar.«

»Na, das ist ja schon mal was – wenigstens diesmal tippen Sie auf Mord. Aber nur, weil das Opfer aus seiner Kaffeetasse trank und dann starb, muss das Gift nicht im Kaffee gewesen sein. Es hätte in der Milch sein können. Aber das scheint eher unwahrscheinlich, da Marcus sich einen Tee mit derselben Milch gemacht hat. Wenn das Gift also nicht in der Milch war, wo dann? Und da ist mir der Würfelzucker auf Geoffreys Untertasse aufgefallen. Höchst merkwürdig. Denn soweit ich es beurteilen kann, steht keine Dose mit Würfelzucker auf dem Tisch. Vielleicht ist sie auf den Boden gefallen, aber dort sehe ich sie auch nicht.«

Kurz erinnerte sich Tanika, dass Judith sie zwar zur Weißglut bringen konnte, aber selten – eigentlich nie – falschlag. Sie seufzte und sagte dann mit einem müden Lächeln: »Sie finden sich allein zurecht?«

»Falls ich Sie richtig verstehe, dann vielen Dank.«

»Wir stehen also wieder am gleichen Punkt, meine Damen. Sie wollen ermitteln. Zu dritt. Zum dritten Mal.«

»Oh nein«, sagte Becks. »Das letzte Mal war reiner Zufall.

Und das Mal davor auch. Diese Morde gingen uns wirklich nichts an.«

»Gingen uns nichts an?«, fragte Suzie wütend.

»Na ja, du weißt schon, was ich meine«, sagte Becks, die keinen Streit vom Zaun brechen wollte. »Wir wurden doch alle unfreiwillig in diese ersten Morde verwickelt.«

»Und trotzdem sind Sie wieder hier«, sagte Tanika.

»Ich hatte keine Ahnung, dass Geoffrey sterben würde«, sagte Suzie. »Ich wollte ihn nur bestechen, damit er meinen Bauantrag absegnet.« Zu spät fiel Suzie ein, dass sie mit einer Polizeibeamtin sprach. »So meine ich das natürlich nicht – Bestechung wäre ja illegal. Ich wollte mich nur mit den Prozessen vertraut machen. Um zu verstehen, wie Geoffrey tickt.«

»Ich weiß schon, wie das ablaufen wird«, sagte Tanika. »Weil Sie schon einmal hier sind, werden Sie ermitteln wollen. Ganz egal, was ich sage. Lassen Sie uns also Folgendes tun. Morgen kommen Sie aufs Polizeirevier in Maidenhead, dann beauftrage ich Sie in diesem Fall offiziell als zivile Beraterinnen.«

Die drei Freundinnen waren geschockt.

»Sie wollen uns nicht aufhalten?«, fragte Judith.

»Ich habe Sie schon einmal dazugeholt, das kann ich wieder tun.«

»Aber das war gegen den Willen des Detective Inspector.«

»Darüber würde ich mir an Ihrer Stelle keine Sorgen machen. Der Detective Inspector wird dieses Mal zustimmen.«

»Hat er uns verziehen?«, fragte Becks hoffnungsvoll.

»Wohl kaum. DI Hoskins ist nur noch schlechter auf Sie

zu sprechen. Aber seine Meinung ist egal«, sagte Tanika mit einem vielsagenden Grinsen.

»Warum?«, fragte Suzie. »Wurde er versetzt? Oder hat er bei einem Undercover-Einsatz lange Finger gemacht?«

»Oh nein, er arbeitet immer noch auf dem Revier. Aber er ist nicht mehr mein Vorgesetzter.«

»Wie kann das sein?«, fragte Becks.

»Ich bin im Schnellverfahren befördert worden, habe meine Prüfungen bestanden – und jetzt bin ich Detective Inspector.«

Kurz waren Judith und ihre Freundinnen sprachlos, dann drückte Becks Tanika fest, während Judith und Suzie sie beglückwünschten.

»Das ist ja wunderbar!«, sagte Judith und fasste so die Gefühlslage der drei Freundinnen zusammen.

»Allerdings«, stimmte Tanika zu und lächelte gleichermaßen verlegen wie erfreut.

»Ihr Vater muss so stolz auf Sie sein.«

»Er wüsste zwar gerne, wann ich Superintendent werde, aber ja, da haben Sie recht.«

»Natürlich ist er stolz.«

»Diesen Tag streiche ich mir im Kalender an«, sagte Suzie mit einem Glucksen. »Die alte Truppe arbeitet wieder zusammen.«

»Ganz genau«, stimmte Tanika zu. »Aber versprechen Sie mir, auf mich zu hören? Es ist immer noch recht unorthodox, zivile Berater und Beraterinnen bei Ermittlungen hinzuzuziehen. Auch wenn ich mir sicher bin, dass ich das Richtige tue.«

»Keine Sorge, uns können Sie vertrauen«, sagte Judith und wühlte in ihrer Handtasche nach einer kleinen Bonbondose. Sie bot sie ihren Freundinnen an. »Das ist doch ein Anlass zum Feiern. Bonbon?«

Die Frauen suchten sich Bonbons aus. Judith musste an die vier Musketiere denken, die vor ihren Einsätzen die Schwerter kreuzten.

»Eine für alle?«, fragte sie.

»Und alle für eine!«, sagten ihre Freundinnen.

Sie steckten sich die Süßigkeiten in den Mund, und Judith biss mit einem befriedigenden Knirschen auf ihr Bonbon.

KAPITEL 3

Der nächste Morgen brachte kühle Frühlingsluft, und in der ganzen Stadt wurde über Geoffreys Ermordung gesprochen. In sämtlichen Cafés und von der Methodistenkirche bis zum Ruderclub gab es kein anderes Thema. Viele verspürten neben dem Schock ein scharfes Verlustgefühl. Geoffrey war einfach ein Teil von Marlow gewesen, und seine jahrelange Arbeit und nie abreißende gute Laune hatten Tausende Menschen berührt. Innerhalb weniger Stunden wurden haufenweise frische Blumen und Karten vor dem Rathaus abgelegt, und ein steter Menschenstrom floss in die All Saints Church, um Gedenkkerzen anzuzünden.

Judith, Becks und Suzie trafen um 9 Uhr bei der Anmeldung des Polizeireviers Maidenhead ein. Der Polizeibeamte schien tief in Gedanken versunken, fand dann aber tatsächlich ihre Ausweise. Es war schwer zu sagen, ob er oder die drei Freundinnen überraschter waren. Dann übergab er ihnen die Polizeiausweise und drückte einen Knopf, um die Tür hinter der Anmeldung zu öffnen.

Dahinter führte eine Treppe in den ersten Stock. Die drei Frauen kannten das Polizeirevier bereits – einmal hatten sie Tanika sogar halboffiziell helfen dürfen –, aber wegen ihres Außenseiterstatus hatte man sie immer erst im Notfall hinzugezogen. Sie wussten nicht, wie ihre Anwesenheit im Anfangsstadium eines Falles aufgenommen werden würde. Oder besser gesagt, weil sie einige von Tanikas Kollegen und Kolleginnen kannten, wussten sie es sehr wohl, und ihre Vorfreude hielt sich stark in Grenzen.

Jetzt standen sie im ersten Stock vor einer Doppeltür. Judith strich sich die Haare glatt und bemerkte, dass Suzie noch etwas Grünes zwischen den Zähnen hatte.

»Danke«, sagte Suzie und kratzte sich mit einem dreckigen Fingernagel an den Zähnen.

»Meine Güte«, sagte Becks, brachte ihren Gedanken aber nicht zu Ende. Das musste sie nicht. Ihren Freundinnen dachten das Gleiche.

»Wisst ihr, was ich tue, wenn ich ins Schwimmen gerate?«, sagte Judith ins Nichts. »Ich schwimme einfach weiter. Auf geht's. Kinn hoch, Schultern zurück.«

Judith öffnete die Tür und führte ihre Freundinnen in die Einsatzzentrale. An einem halben Dutzend Schreibtischen arbeiteten Beamte in Zivil, hinter ihnen ein großes Whiteboard. Am anderen Ende des Raums gab es weitere verglaste Büros, unter anderem das von Tanika, die auf sie zukam.

»Okay, alle zusammen«, rief sie, »hört mal her. Das hier sind unsere zivilen Beraterinnen. Vielleicht kennt ihr sie vom Fall Dunwoody vor ein paar Jahren; denkt dran, dass sie uns damals essenzielle Informationen geliefert haben. Letztes Jahr haben wir beim Mord an Sir Peter Bailey wieder informell zusammengearbeitet. Auch dabei war ihre Hilfe unerlässlich, deshalb will ich sie dieses Mal von Anfang an dabeihaben. Ich stelle sie euch kurz vor. Das hier ist Suzie

Harris. Sie war vor Ort, als Mr Lushington starb. Sie führt Hunde aus, also kennt sie jede und jeden in Marlow.«

»Und ich bin Radiomoderatorin«, ergänzte Suzie.

»Wie bitte?«

»Ich habe eine Radiosendung auf *Marlow FM*, am Sonntagabend. Sie heißt *Haustierzeit*.«

»Okay …«

»Und einige von Ihnen kennen mich vielleicht aus *Paul Merchant gegen die Cowboys*.«

Tanikas Team sah Suzie ausdruckslos an.

»Das lief vor ein paar Monaten auf ITV2 – direkt vor *Catchphrase's Catchiest Moments*.«

»Genau wie Suzie«, sagte Tanika und versuchte, die Kontrolle wiederzuerlangen, »kennt auch Becks Starling ganz Marlow.«

»Ach, ich weiß nicht«, sagte Becks und zuckte zusammen, als Judith ihr den Ellbogen in die Rippen stieß.

»Sie ist mit dem Pastor der All Saints Church verheiratet und weiß ganz genau, wie hier der Hase läuft.«

»Das würde ich so nicht sagen«, ergänzte Becks. »Eigentlich weiß ich gar nichts.«

»Womit wir bei Judith Potts wären«, kämpfte sich Tanika weiter und versuchte, nicht allzu angestrengt zu klingen. »Sie erstellt Kreuzworträtsel für Tageszeitungen und gibt sich nie mit einem ›Nein‹ zufrieden – oft nicht mal mit einem ›Ja‹. Sie ist eine der scharfsinnigsten Personen, die ich kenne.«

Das Kompliment ließ Judith strahlen.

Dann stellte Tanika ihr Team vor, und den drei Freundinnen schlug eine ganze Bandbreite an Emotionen entgegen.

Manche waren skeptisch, andere amüsiert – was die Frauen nicht störte, schließlich hatten die meisten Polizeibeamten sie bisher so behandelt –, aber es gab einen Mann, der besonders griesgrämig dreinschaute. Detective Sergeant Brendan Perry war Mitte fünfzig und offensichtlich nicht einverstanden.

»Die arbeiten offiziell an diesem Fall mit?«, fragte er Tanika.

»Als Beraterinnen.«

»Aber sie erhalten einen Vollzugriff auf die Akten?«

»Den hatten sie schon einmal.«

»Dürfen sie Zeugen befragen?«

»Das werden wir sehen«, sagte Tanika, die nicht nachgeben wollte, aber das ebenfalls für ein heikles Thema hielt.

Indessen besah Judith sich das Whiteboard mitsamt Tatortfotos.

»Hat irgendjemand die Zuckerschale gefunden?«, fragte sie.

»Was meinen Sie?«, fragte DS Perry.

»Am Tatort. Eine Zuckerschale?«

Tanika spürte, wie der zögerliche Zusammenhalt ihres Teams ins Wanken geriet.

»Das heißt wohl nein«, sagte Judith. »Und die Obduktion? Wurde sie bereits durchgeführt?«

»Ja«, sagte Tanika, dankbar für den Themenwechsel. »Laut Obduktionsbericht starb Mr Lushington durch die Einnahme von Akonit. Im Labor fand man Akonit in den Kaffeeresten seiner Tasse.«

»Und was bitte schön ist Akonit?«, fragte Suzie.

»Eine Pflanze«, sagte Judith, »die manchmal als Königin der Gifte bezeichnet wird. Sie wird auch Eisenhut, Mönchskappe oder Wolfswurz genannt. Laut der griechischen Mythologie wuchs sie dort, wo Herkules den dreiköpfigen Kerberos aus dem Hades zerrte. Bei Shakespeare nimmt Julia Eisenhut, als sie am Ende von *Romeo und Julia* Selbstmord begeht. Und die Hexen in *Macbeth* brauen ihren Trank damit – dort wird es ›Wolfeszahn‹ genannt –, Shakespeare hatte wohl eine Schwäche für Akonit.«

»Woher wissen Sie das?«, fragte DS Perry.

»Wenn man schon so lange Kreuzworträtsel erstellt, gabelt man alle möglichen obskuren Fakten auf. Wie zum Beispiel, dass ›Liebesnest‹ ein Anagramm von ›Besenstiel‹ ist. Das fand ich schon immer ganz charmant.«

»Aber warum ist Akonit die Königin der Gifte?«, fragte Suzie.

»Weil es keine giftigere Pflanze gibt«, antwortete Judith.

»Okay«, sagte Tanika, der das Gespräch dank Judith völlig entglitten war. »Wir haben ein Vernehmungszimmer für Sie vorbereitet, ich zeige es Ihnen.«

»Aber was ist mit dem Zucker?«, fragte Judith, ohne sich vom Fleck zu bewegen. »Laut Obduktionsbericht hat Geoffrey Akonit zu sich genommen. Wurde auch Zucker in seinem Körper gefunden?«

»Ja«, sagte Tanika. »Und auch in seinem Kaffee, bevor Sie fragen.«

»Was doch ein großes Rätsel darstellt«, sagte Judith triumphierend. »Woher stammte der Zucker in seinem Kaffee, wenn am Tatort keine Zuckerdose gefunden wurde?«

»Antonia«, sagte Tanika und wandte sich zur jungen Polizeibeamtin vom Vorabend. »Könntest du dich noch mal am Tatort umschauen? Suche nach einer Zuckerdose oder Zuckerpäckchen – irgendwelche Spuren von Zucker, ganz egal, wo.«

»Ja, Boss«, sagte Antonia und begann sofort, ihre Sachen zusammenzupacken.

»Sind Sie jetzt zufrieden?«, fragte Tanika Judith als Friedensangebot.

»Oh nein«, sagte Judith lächelnd. »Ich bin erst zufrieden, wenn wir Geoffreys Mörder hinter Schloss und Riegel gebracht haben. Kommt schon«, sagte sie zu Suzie und Becks und machte sich auf den Weg hinaus.

»Wohin gehen Sie?«, fragte Tanika.

»Ja, wohin gehen wir?«, fragte Becks, während sie und Suzie zu ihrer Freundin aufschlossen.

»Zu mir«, sagte Judith. »Wir arbeiten dort.«

»Aber ich habe hier doch ein leeres Büro für Sie«, sagte Tanika.

»Aber das möchten wir nicht annehmen. Wir leben in Marlow, wir werden nicht jeden Tag hierherfahren, wenn wir auch bei mir zu Hause wunderbar arbeiten können. Nur keine Sorge, wir melden uns, wenn wir Sie brauchen«, sagte sie, bevor sie ging – Suzie und Becks folgten ihr im Schnellschritt.

Tanika sah die Skepsis im Blick ihrer Polizeibeamten.

»Zurück an die Arbeit«, sagte sie und ging in ihr Büro.

An ihrem Schreibtisch ließ sie den Kopf in die Hände sinken. Sie hatte so hart gearbeitet, um Detective Inspector zu werden. Diese Beförderung hatte ihr riesige Opfer abverlangt. Setzte sie mit Judith, Suzie und Becks ihre Karriere aufs Spiel?

KAPITEL 4

Judith lebte in einem wunderschönen Herrenhaus am Rande von Marlow, gleich an der Themse. Sie teilte ihr Zuhause mit einem zahmen Bengalkater namens Daniel, deckenhohen Bücherregalen voller Nachschlagewerke und einem alten Blüthner-Flügel, den sie nur spätabends spielte, wenn sie ein Schlückchen Whisky zu viel getrunken hatte. Eine Schicht Staub bedeckte die Möbel, der Kamin wurde so gut wie nie gekehrt, Kleidung und Geschirr stapelten sich überall.

Das Leben alleine war für Judith pures Glück. Zumindest im Großen und Ganzen. Auf den ersten Blick schien alles perfekt: Sie erstellte Kreuzworträtsel für überregionale Zeitungen, schwamm fast täglich in der Themse, konnte meist tun und lassen, was sie wollte, und musste auf niemanden Rücksicht nehmen, erst recht nicht auf einen Mann. Aber wenn man genauer hinsah, stieß man auf ihre tragische Vergangenheit. Ihr gewalttätiger Mann war vor vielen Jahrzehnten gestorben, und kurz darauf hatte sie begonnen, sämtliche regionalen und überregionalen Zeitungen zu horten. Wenig später beschloss sie, dass *alle* Veröffentlichungen eine Rettung verdienten, von Kirchenzeitungen bis zu Rundschreiben des Stadtrats. Und als die Papierstapel sie zu überwältigen drohten, verwandelte sie einfach zwei Seitenzimmer in ein Archiv und hielt das Ganze unter Verschluss. Während der Ermittlung zum Tod ihres Nachbarn war sie gezwungen worden, ihr Geheimarchiv mit Becks und Suzie zu teilen, und seitdem hatte sie eine Zimmerhälfte geräumt, um Platz für eine polizeiliche Ermittlungswand zu schaffen. Allerdings stand völlig außer Frage, den Rest ihres Archivs aufzulösen. Es bedeutete ihr zu viel, auch wenn sie es nicht in Worte fassen konnte. Genauso wenig hätte Judith sich von einem ihrer Gliedmaßen trennen wollen. Das Archiv war ein Teil von ihr.

Als Judith ihre Freundinnen an diesem Morgen zur verschlossenen Tür im Wohnzimmer führte, schien die Sonne hell durch die Koppelfenster, und die Narzissen steckten ihre Köpfe durch das dichte Gras.

»Wenn Tanika das so möchte, sollten wir auf dem Polizeirevier arbeiten«, sagte Becks zum hundertsten Mal.

Zum hundertsten Mal ignorierten sie ihre Freundinnen, und Judith öffnete das Vorhängeschloss mit dem Schlüssel an ihrer Halskette.

»Du hast in der Zwischenzeit sicher nichts aussortiert?«, fragte Suzie, als sie den ersten der beiden Archivräume betraten.

In der hinteren Hälfte des Zimmers türmten sich weiterhin uralte Zeitungen bis an die Decke, andere Papiertürme waren schon vor langer Zeit eingestürzt.

»Die Antwort lautet offensichtlich nein«, sagte Becks, gefolgt von einem gewaltigen Nieser. »Entschuldigt«, sagte sie und hielt sich ein Taschentuch vor die Nase.

Im vorderen Teil des Raums standen drei aufklappbare

Gartenstühle, an der Wand hing eine große Karte von Marlow.

»Wie gehen wir dieses Mal vor?«, fragte Suzie.

»Zuerst schreibe ich die Namen aller Sitzungsteilnehmer auf die Kärtchen, dann hefte ich sie an die Wand«, sagte Judith. »So können wir über jeden einzelnen sprechen.«

»Hast du denn genug Papier?«, fragte Suzie und deutete auf die Tausenden Zeitungen.

»Sehr witzig«, sagte Judith und nahm sich einen Stapel Karteikarten. »Geoffrey Lushington, das Opfer. Suzie, hilf uns doch zur Abwechslung mal. Wie war er gestern Abend drauf?«

Judith schrieb »Geoffrey Lushington – Opfer« auf eine Karteikarte und pinnte sie an die Wand. Dann markierte sie das Rathaus auf dem Stadtplan und spannte rotes Wollgarn zwischen den beiden Reißzwecken.

»Klar«, sagte Suzie. »Eigentlich so wie immer, gut gelaunt. Ich habe früher seinen Hund ausgeführt. Er hatte einen wunderschönen Spaniel namens Monthy. Tat nie, was er sollte, völlig unerziehbar, dafür habe ich ihn geliebt. Und Geoffrey war immer nett, nichts war ihm zu viel. Es machte ihm nicht einmal etwas aus, dass ich Monthy vergessen habe, was ein paarmal passiert ist. Manchmal führte er sogar die Hunde für mich aus.«

Das überraschte weder Judith noch Becks. Suzie hatte schon immer ein gewisses Maß an Chaos verursacht, also konnten sie sich problemlos vorstellen, dass einige ihrer Kunden und Kundinnen schlussendlich die Arbeit übernahmen und Suzie trotzdem dafür bezahlten.

»Das kann ich nur unterschreiben«, sagte Becks. »Ich muss Colin zu all diesen fürchterlichen Veranstaltungen begleiten, und Geoffrey hat sich immer Mühe gegeben und mit mir geredet. Aber natürlich sind diese Abende gar nicht so fürchterlich!«, ergänzte Becks, um niemanden zu enttäuschen. »Aber sie ähneln sich sehr, und die meisten Würdenträger wollen sowieso nur mit Colin reden, weil er der Pastor ist. Ich bin nur das Plus eins.«

»Du bist niemals ›nur das Plus eins‹«, sagte Judith.

»Danke. Geoffrey hat mich auch nie so behandelt. Er erkundigte sich immer nach mir. Und seit diesem Empfang fand er mich sogar interessanter als Colin.«

»So ist er mir auch im Gedächtnis geblieben«, sagte Judith. »Man begegnet selten Männern, die uns wie wertvolle Mitglieder der Gesellschaft behandeln. Er hatte überhaupt keine Angst vor Frauen.«

»Das macht diesen Mord umso seltsamer«, sagte Becks. »Wer würde denn einen so netten Mann umbringen?«

»Gute Frage. Wir sollten uns unbedingt auf das *Warum* konzentrieren«, sagte Judith und schrieb »WARUM?« auf eine Karteikarte. »Warum musste ein so guter Mensch sterben? Was war er von Beruf?«

»Eine Art Verleger«, sagte Suzie. »Zumindest war sein Haus vollgestopft mit Büchern. Sie standen überall.«

»Hatte er Familie?«

»Keine Kinder«, sagte Suzie. »Aber er war früher mal verheiratet.«

»Was ist mit seiner Frau passiert?«

»Sie ist gestorben, glaube ich. Schon vor einiger Zeit.«

»Nur der Vollständigkeit halber«, sagte Judith, »sein Tod könnte kein Selbstmord gewesen sein?«

»Ich denke nicht«, sagte Becks. »So etwas Schreckliches hätte er nicht in der Öffentlichkeit gemacht, dafür war er viel zu nett. Er hätte Rücksicht auf die Anwesenden genommen. Was hattest du eigentlich bei der Sitzung zu suchen, Suzie?«

»Ich? Ach, nicht viel«, sagte Suzie, als sei es keiner Erwähnung wert.

»Aber du hast Tanika erklärt, dass du Geoffrey bestechen wolltest«, sagte Judith. »Worum ging es dabei?«

»Ja, das stimmt«, sagte Suzie und sah ein, dass sie klaren Wein einschenken musste. »Wenn ihr es unbedingt wissen müsst: Ich wollte mir ansehen, wie die Bauanträge geprüft werden. Und vielleicht wollte ich sichergehen, dass irgendwann auch mein Antrag abgenickt wird.«

»Was für ein Bauantrag?«, fragte Judith überrascht.

»Ach, nur eine Kleinigkeit.«

»Aber dein Haus ist doch gerade fertig geworden«, sagte Becks. »Deine Fassade sieht toll aus.«

»Danke. Aber ich bin mit dem TV-Architekten ins Gespräch gekommen, während einer Drehpause. Er hat mir von diesem neuen Trend in Japan erzählt, jemand solle das hier nachmachen.«

»Welcher Trend?«

»Ihr müsst versprechen, nichts davon zu erzählen. Ich will nicht, dass jemand anderes vor mir zum Zug kommt.«

»Natürlich«, sagte Judith.

»Okay. Bereit? Es geht um ein … Kapselhotel.«

»Ein Kapsel-was?«, fragte Judith.

»Ihr wisst schon, diese japanischen Kapselhotels. Da schläft man quasi in einem Zigarrenetui.«

»So eins willst du nicht ernsthaft in Marlow bauen.«

»Marlow ist perfekt!«

»Und wo? Du hast kein passendes Grundstück.«

»Ich habe einen Garten«, sagte Suzie etwas zu defensiv. »Und am Anfang wäre es nicht besonders groß. Man kann die Einheiten einzeln kaufen, also wollte ich mit sechzehn Kapseln anfangen. Allerdings ist das Ganze eine legale Grauzone. Mein Architektenfreund meinte, man brauche keine Baugenehmigung, wenn man unter der standardisierten Zaunhöhe bleibt.«

»Entschuldige, ich komme nicht mehr mit«, sagte Judith. »Du willst ein Hotel bauen, das niedriger als dein Gartenzaun sein soll?«

»Genau. Acht Kapseln nebeneinander, aber nur zwei aufeinander – am Anfang zumindest.«

Darauf wussten Judith und Becks keine Antwort.

»Aber das lassen wir jetzt erst mal unter den Tisch fallen«, sagte Suzie.

»Es klingt, als könntest du das ganze Hotel unter den Tisch fallen lassen«, sagte Judith.

»Sehr witzig. Marlow ist doch ein Touristenmagnet. Und der Garten hat einen separaten Eingang. Der Stadtrat müsste nur den Bordstein absenken, dann sollte sich das Geld wie von selbst verdienen.«

»Falls der Bauausschuss das überhaupt genehmigt«, sagte Becks.

»Genau. Deshalb passt es mir gar nicht in den Zeitplan, dass Geoffrey sich einfach so hat umbringen lassen.«

»Zurück zum Thema«, sagte Judith, »eine Sache habe ich auf dem Revier unterschlagen. Akonit wirkt extrem schnell.«

»Das habe ich gemerkt«, sagte Suzie. »Geoffrey hat einen Schluck getrunken, und ein paar Sekunden später war er tot.«

»Wer auch immer ihn vergiftet hat, muss also im Plenarsaal gewesen sein.«

»Willst du damit sagen, ein Ausschussmitglied hat ihn ermordet?«

»Ganz genau. Und wir sollten herausfinden, wer.«

KAPITEL 5

»Also«, sagte Judith zu Suzie, »wer nahm noch an der Sitzung teil?«

Suzie versuchte, ihre Gedanken zu ordnen. »Marcus Percival saß gleich rechts neben Geoffrey. Ich kannte ihn noch gar nicht.«

»Warum wirst du dann so rot?«

»Ich werde doch nicht rot, warum sollte ich rot werden?«

»Ich kenne seine Frau Claire«, sagte Becks, die unangenehme Situationen gerne glättete. »Sie ist sehr lieb, ich mag sie wirklich gern. Sie reitet, liebt ihre Hunde – und zwei ihrer Kinder gehen auf die *Holy Trinity*. Marcus bin ich nicht oft über den Weg gelaufen, aber er wirkte auch immer sehr nett. Er ist der Geschäftsführer von *Percival's Estates*, als Makler muss man schließlich nett sein.« *Percival's* war Marlows angesehenste Immobilienagentur, die anscheinend nur besonders teure Anwesen vermittelte. »Es hilft auch, dass er zum Sterben schön ist.«

»Und das weiß er nur zu gut«, sagte Suzie, die nichts mehr von ihren roten Wangen wissen wollte.

»Also ist er eitel?«, fragte Judith.

»Vielleicht«, sagte Becks. »Oder einfach charmant.«

»Könnte er ein Mörder sein?«

»Wenn man alle Eigenschaften eines potenziellen Mörders betrachtet, ist er das genaue Gegenteil.«

»Er kommt trotzdem an die Wand«, sagte Judith und pinnte eine Karte mit seinem Namen an. »Aber wenn er Geoffrey nicht umgebracht hat, wer bleibt noch übrig?«

»Jeremy Wessel«, sagte Suzie.

»Oh, den kenne ich«, sagte Judith. »Oder zumindest haben wir schon Klingen gekreuzt. Er ist Architekt, beinahe hätte ich ihn beauftragt.«

»Was ist passiert?«

»Als ich mein Dach vor ein paar Jahren reparieren ließ, hat mich der Bauunternehmer auf mögliche Wasserschäden an den Schwellen aufmerksam gemacht. Ich sollte mir von einem Architekten ein neues Dach entwerfen lassen. Also ließ ich Jeremy kommen, aber er war mir wirklich unsympathisch. Er war so respektlos – und fragte sogar, ob mein Mann einverstanden sei. Könnt ihr euch das vorstellen?«

»Was hast du gesagt?«

»Dass mein Mann keine Rolle spielt, weil er vor über vierzig Jahren gestorben ist. Jeremy war überheblich, aber gleichzeitig wirkte er nicht besonders helle.«

»Ha!«, sagte Suzie vergnügt. »Den Eindruck hatte ich auch.«

»Er war wirklich arrogant«, stimmte Judith zu. »Wer weiß, warum. Meinen potenziellen Auftrag hat er abgelehnt. Machte ein paar Witze, dass er nicht Architekt geworden sei, um Dächer zu entwerfen. Einer dieser Witze, die eigentlich ernst gemeint sind. Ich habe ihn schlussendlich nicht beauftragt und das Dach so belassen.«

»Trotz Wasserschaden?«, fragte Becks.

»Wer hat denn keinen kleinen Wasserschaden? Das Dach hat schon hundert Jahre auf dem Buckel, da wird es noch ein paar mehr schaffen«, sagte Judith und pinnte eine Karteikarte für Jeremy an die Wand.

»Außerdem«, sagte Suzie, »hat er recht schnell die Fassung verloren. Als ihn die anderen in die Schranken wiesen, meinte er, er stehe in letzter Zeit sehr unter Druck.«

»Wirklich?«, antwortete Judith und machte eine Notiz auf der Karteikarte. »Ich frage mich, was dahintersteckt. Wer ist als Nächstes dran?«

»Debbie Bell, die Schriftführerin. Ich kann sie absolut nicht ausstehen. Es schien, als sei nichts jemals gut genug für sie.«

»War sie so überheblich wie Jeremy?«, fragte Becks.

»Nein, überhaupt nicht. Viel negativer. Als wäre sie immerzu enttäuscht von allem.«

»Könnte sie unsere Mörderin sein?«, fragte Judith.

»Vielleicht. Aber sie würde bei einem Mord nicht viel Aufmerksamkeit erregen wollen. Sie würde dich nicht mit einem Hammer erschlagen oder erwürgen, sondern von einer Klippe schubsen. Oder sich an deinen Bremsen zu schaffen machen.«

»Wie wäre es mit Gift?«

»Das wäre für jemanden wie Debbie die erste Wahl.«

»Gut zu wissen«, sagte Judith mit Blick auf die Pinnwand. »Also haben wir das Opfer, Geoffrey Lushington, und drei andere Personen aus dem Ausschuss – Marcus Percival, Jeremy Wessel und Debbie Bell. Sind das alle?«

»Nicht ganz«, sagte Suzie. »Es gibt noch ein letztes Ausschussmitglied. Sophia De Castro.«

»Kennst du sie?«, sagte Judith, die Suzies Tonfall bemerkt hatte.

»Nicht persönlich, aber ich kenne Leute wie sie. Nach einem Blick weiß man, dass sie zu diesen selbstgefälligen, reichen Menschen gehört. Sie hält sich für freundlicher und schicker angezogen als der Rest von uns – für sie wird alles zum Wettbewerb, den sie natürlich gewinnt. Außerdem verhielt sie sich irgendwie komisch gegenüber Geoffrey.«

»Was meinst du damit?«

»Ich weiß nicht genau. Sie haben nur kurz miteinander gesprochen, bevor er starb – ob Sophia Tee oder Kaffee wolle, reines Geplänkel. Aber die Stimmung war komisch, das habe ich mir gleich aufgeschrieben.«

»Höchst interessant«, sagte Judith und schrieb »Spannungen mit Geoffrey?« auf Sophias Karte. »Worum es dabei wohl ging?«

Becks runzelte die Stirn.

»Woran denkst du?«, fragte Judith.

»Sophia De Castro?«, sagte Becks. »Bei dem Namen klingelt irgendwas. Ich glaube, Colin hat sie einmal erwähnt. Irgendein Skandal, in den die Kirche involviert war. Einen Augenblick«, sagte sie und öffnete eine Suchmaschine auf ihrem Handy.

»Ein Skandal?«, fragte Suzie und gab ebenfalls Sophias Namen bei Google ein. »Das klingt vielversprechend. Vielleicht finde ich etwas.«

In einiger Entfernung fiel die Morgenpost klappernd

durch den Briefschlitz, aber Judith blieb an Ort und Stelle und ließ sich mit ihrem Tee auf einen der Campingstühle sinken. Schon beim ersten Schluck erfüllte sie eine warme Zufriedenheit. Es gab einfach keine bessere Beschäftigung, als die Hintergründe potenzieller Mörder zu recherchieren.

»Sie hat eine eigene Webseite«, sagte Suzie. »Sie steht auf ›Wellness‹, Heilmittel und Kristalle, so ein Mumpitz.«

»Das ist kein Mumpitz«, sagte Becks. »›Es gibt mehr Ding' im Himmel und auf Erden …‹«

»Sie hat einen Podcast namens *Sophias Homöopathie-Heimshow.*«

»Sie steht auf Homöopathie?«, sagte Judith und rümpfte die Nase.

»Warum hat heutzutage jeder einen Podcast?«, maulte Suzie.

»Ach, natürlich!«, sagte Judith, die den Grund für Suzies schlechte Laune verstanden hatte. »Podcasts machen deiner Radiosendung Konkurrenz.«

»Volltreffer«, sagte Suzie düster. »*Marlow FM* mag zwar nicht professionell sein, aber wir arbeiten trotzdem wie ein richtiger Radiosender. Im Gegensatz zu diesen Podcastern.«

»Tut mir leid«, sagte Becks und hielt ihr Handy in die Höhe. »Wenn ich ›Sophia De Castro‹ und ›Skandal‹ suche, finde ich nichts. Vielleicht denke ich an etwas anderes. Oder ich habe sie verwechselt.«

»Das glaube ich nicht«, sagte Suzie und sah von ihrem Handy auf. »Weil ihre Webseite beweist, dass sie die Mörderin ist.«

»Wirklich?«, fragte Judith.

»Hier steht es schwarz auf weiß. Es gibt eine ganze Seite über die Kräuter und Pflanzen in ihrem Garten. Und ein Abschnitt des Gartens ist ihr ›ganzer Stolz‹. Kaum zu glauben, dass sie damit auf einer öffentlich einsehbaren Webseite angibt, denn in ihrem Garten gibt es alle möglichen tödlichen Pflanzenarten.«

»Auch Akonit?«, fragte Becks.

»Das können wir nur auf einem Weg herausfinden. Wir sollten sie fragen.«

KAPITEL 6

Als die drei Frauen ihre Mäntel überzogen, fiel Suzies Blick auf einen Brief an der Haustür.

»Oh, ein Brief«, sagte sie und hob ihn auf.

»Überrascht dich das wirklich?«, fragte Becks.

»Das ist doch ein richtiger, altmodischer Brief. Mit einer handschriftlichen Adresse und allem Drum und Dran«, sagte Suzie und gab ihn Becks.

Die Adresse war in einer fein säuberlichen Schreibschrift verfasst worden, in dunkelblauer Tinte, die aus einem teuren Füllfederhalter stammen musste. Außerdem – das war Becks gleich aufgefallen – bestand der Umschlag aus schwerem hellblauem Leinenpapier. Vermutlich hatte ihn der Absender bei *Smythson's* in der Bond Street gekauft.

»Dieser Brief ist wirklich etwas ganz Besonderes«, sagte Becks.

»Wir sollten jetzt mit Sophia sprechen«, sagte Judith, nahm Becks den Brief ab und legte ihn zur Seite.

»Willst du ihn nicht aufmachen?«, fragte Suzie.

»Nein«, sagte Judith bestimmt und ging hinaus.

Suzie und Becks sahen sich an. Was hatte es damit auf sich?

Doch als sie bei Sophia ankamen, war der Brief bereits

in Vergessenheit geraten. Sie wohnte in einer großen viktorianischen Backsteinvilla an einer weitläufigen Biegung der Themse in Richtung Bourne End. Am Ende des abschüssigen Gartens stand ein Bootshaus mit einer Außentreppe, die ins Obergeschoss führte.

»Meine Güte«, sagte Suzie, als sie ausstiegen.

»Sehr herrschaftlich«, stimmte Becks zu.

Suzie winkte einigen Spaziergängern auf der anderen Flussseite zu.

»Was machst du?«, fragte Becks.

»So tun, als würde ich hier wohnen«, sagte Suzie und ging zur Haustür. Mit einem Ruck zog sie an der Klingelschnur, und drinnen läutete ein Glöckchen.

»Was ist unsere Taktik?«, fragte Becks.

»Taktik?«, sagte Suzie, als sei das ein Schimpfwort. »Ich würde sagen, wir packen den Stier bei den Hörnern.«

»Ist das wirklich eine gute Idee?«

Da öffnete ihnen Sophia De Castro, die aussah wie das blühende Leben. Suzie hielt ihren Polizeiausweis hoch.

»Polizei«, sagte sie. »Können wir mit Ihnen sprechen?«

»Wie bitte?«, fragte Sophia verständnislos. »Sie sind Polizeibeamte?«

»So ist es.«

»Nein, sind wir nicht«, sagte Becks, bevor Suzie erneut das Wort ergreifen konnte. »Wir helfen der Polizei, aber wir gehören nicht offiziell dazu. Ich bin die Frau des Pastors – wegen meiner Sünden«, ergänzte sie. Dieser Witz kam nie an.

»Sie waren bei der Sitzung«, sagte Sophia zu Suzie.

»Wir können Ihnen alles erklären«, sagte Judith. »Dürfen wir hereinkommen?«

Nach einer kurzen Pause sagte Sophia: »Natürlich«, und führte sie ins Haus.

Die drei Freundinnen folgten Sophia über schwere Teppichböden in eine hübsche Küche samt AGA-Markenherd und frisch geschnittenen Narzissen auf dem Esstisch.

»Kräutertee?«, fragte Sophia. »Ich habe frische Minze, falls Sie möchten.«

»Das wäre wunderbar«, sagte Judith. Ihr fiel eine Postkarte am Kühlschrank auf. Goldenes Licht strahlte durch die Risse einer Porzellantasse, darunter stand: »Wir alle sind zerbrochen. Nur so scheint das Licht herein.«

»Tatsächlich«, fuhr Judith fort, »wollten wir genau deshalb mit Ihnen sprechen. Sie haben einen eigenen Kräutergarten, nicht wahr?«

»Ach, natürlich«, sagte Sophia. »Sie sind Podcast-Fans.«

Die Frauen wussten nicht recht, was sie dazu sagen sollten.

»Erzählen Sie uns doch davon«, versuchte es Becks schließlich.

»Ich habe nur nebenbei damit angefangen«, sagte Sophia und zerriss frische Minzblätter, »um mit anderen zu teilen, was ich über Kräutermedizin und die heilenden Kräfte der Natur gelernt habe.«

»Haben Sie wirklich einen Giftgarten?«, fragte Suzie.

Sophia lächelte.

»Oh ja«, sagte sie, gab die Blätter in eine gläserne Teekanne und füllte sie mit kochendem Wasser direkt aus dem

Hahn auf. Der würzige Duft frischer Minze erfüllte den Raum.

»Faszinierend«, sagte Judith. »Dürfen wir ihn einmal sehen?«

»Den zeige ich Ihnen nur zu gern. Er ist sehr beliebt.«

Nachdem sie den Tee getrunken hatten, führte Sophia sie durch den Garten zu einer dichten Stechpalmenhecke. Gewundene Eibenzweige formten einen Torbogen, daran hing ein Holzschild, in das ein Totenkopf mit gekreuzten Knochen eingebrannt war.

»Ist das gefährlich?«, fragte Suzie.

»Wenn Sie sich nicht auskennen, birgt die Natur immer Gefahren«, sagte Sophia großspurig. »Aber mit dem richtigen Wissen ist kaum etwas gefährlich.«

Mit einem Lächeln ging Sophia durch den Torbogen. Suzie zuckte mit den Schultern, dann folgten die drei Freundinnen Sophia in den Giftgarten, der viele Hochbeete und ein kleines Gewächshaus mit weiteren exotischen Pflanzen enthielt.

»Was haben Sie denn zur Auswahl?«, fragte Suzie, als erkundige sie sich im Pub nach den Bieren vom Fass.

»Zunächst einmal sind Sie gerade durch einen Bogen aus Eibenholz gegangen.«

»Eiben sind nicht gefährlich«, sagte Becks.

»Eibenzweige nicht, aber ihre Beeren schon. Oder besser gesagt die Kerne. Das Fruchtfleisch ist unproblematisch, nur die Kerne dürfen Sie nicht schlucken. So pflanzt sich der Baum fort. Vor allem Füchse fressen liebend gerne Eibenbeeren.«

»Warum fressen sie giftige Beeren?«, fragte Judith.

»Das ist ziemlich ausgeklügelt. Die Füchse fressen die

Beeren, weil sie so lecker sind. Während sich das Fruchtfleisch in ihren Mägen auflöst, machen sie weiter, als sei nichts gewesen. Aber ist die Schutzhülle weg, vergiftet der Kern das arme Tier, der Fuchs übergibt sich und spuckt die Kerne wieder aus. So entsteht eine neue Eibe, und zwar in einiger Entfernung des ersten Baums.«

»Beeindruckend«, sagte Suzie.

»In der Natur hat alles seinen Zweck. Kennt man ihn nicht, gerät man in Schwierigkeiten.«

Suzie deutete auf einige Pflanzen unter Plastiktüten.

»Was hat es damit auf sich?«, fragte sie.

»Im Frühling tun sich einige Pflanzen schwer. Die Tüten schützen sie vor Frostschäden.«

»Sie haben Brennnesseln«, sagte Judith und deutete auf einen großen Busch mit pelzigen Stielen und Blättern.

»*Urtica dioica*. Für Brennnesseltee dürfen Sie nur die Blattspitzen ernten. Kochen Sie den Rest der Blätter oder die Stiele, ist der Gestank schlimmer als verkochter Kohl. Und die haarigen Stiele verursachen bekanntermaßen Ausschlag.«

»Was gibt es hier noch?«, fragte Becks.

»Alles! Krokusse, Teufelskirsche, Stechpalme und Efeu, Glockenblumen, Narzissen – was Sie wollen.«

»Wie wäre es mit Akonit?«, fragte Suzie.

»Natürlich! Welcher Garten wäre komplett ohne das satte Dunkelviolett von Akonit? Ich zeige es Ihnen.«

Sophia ging an den Brennnesselbüschen vorbei zu einem Hochbeet, in dem einige Pflanzen unter Glashauben wuchsen. Offenbar waren verfilzte Haarbüschel um die Pflanzen gelegt worden.

»Sind das Haare?«, fragte Becks entsetzt.

»Die nehme ich jeden Morgen aus meiner Bürste.«

»Warum?«

»Es hält die Schnecken ab. Menschenhaare mögen sie nicht.«

Nach Becks' Grimasse zu urteilen, konnte sie die Schnecken gut verstehen, aber Sophia hatte sich bereits einem langstieligen Busch mit strahlend violetten, glockenähnlichen Blüten zugewandt.

»Man sieht gleich, warum Akonit auch Mönchskappe genannt wird«, sagte Judith anerkennend. »Die Blüten sehen genauso aus.«

»Oh, Sie interessieren sich fürs Gärtnern?«, sagte Sophia.

»Das weniger«, sagte Judith, die eines Tages wirklich versuchen wollte, ihren überwucherten Garten zurückzuschneiden. »Mein Interessengebiet sind Kreuzworträtsel, deshalb besitze ich viele Nachschlagewerke über Pflanzen.«

»Dann wissen Sie sicher, dass schon eine Berührung dieser Schönheiten tödlich sein kann«, sagte Sophia mit strahlenden Augen. »Zugegebenermaßen hat mich Akonit schon immer fasziniert. Alle anderen Pflanzen in diesem Garten haben heilkundliche Eigenschaften oder schmecken hervorragend, wenn man sie richtig zubereitet. Bis auf die Mönchskappe. Sie ist einfach nur tödlich.«

»Warum lassen Sie sie dann hier anwachsen?«

»Weil sie wunderschön ist, finden Sie nicht? Ich lasse sie doch nicht außen vor, nur weil sie so giftig ist. Warum haben Sie überhaupt so ein großes Interesse daran?«

»Geoffrey wurde mit Akonit vergiftet.« Judith beschloss, dass Ehrlichkeit die beste Strategie war.

Schockiert wich Sophia zurück.

»Das kann nicht wahr sein.«

»Leider doch«, sagte Becks.

»Sie glauben doch nicht etwa, dass es *mein* Akonit war?«

»Ich kann mir nicht vorstellen, dass jeder x-beliebige Hobbygärtner Akonit anbaut.«

»Oh doch, das tun sehr viele. Außerdem habe ich in meinem Podcast darüber gesprochen. Alle meine Zuhörer und Zuhörerinnen – und davon gibt es jede Woche Tausende weltweit – würden von dem Akonit in meinem Garten wissen. Sie hätten sich heimlich eine Pflanze ausgraben können. Ich erwähne immer, wie tödlich es ist. Wissen Sie, dass es auch als Königin der Gifte bekannt ist?«

»Tatsächlich ja«, sagte Judith.

»Also wollen Sie sagen«, sagte Suzie, »dass irgendjemand eine Ihrer Pflanzen gestohlen haben könnte?«

»Sie haben mich doch gestern Abend gesehen. Ich kam zu spät und setzte mich einfach hin. Ich war nie in der Nähe von Geoffrey oder seiner Kaffeetasse.«

»Woher wissen Sie, dass sein Kaffee ihn getötet hat?«, fragte Judith.

»Es muss der Kaffee gewesen sein«, sagte Sophia, nun wirklich aufgebracht. »Er hat nichts anderes getrunken. Und Akonit schmeckt bitter, den Geschmack müsste man überdecken. Was auch immer ihn umgebracht hat, muss also in seinem Kaffee gewesen sein.«

»Sie sagten, Sie kamen zu spät«, sagte Judith. »Warum?«

»Ist das wirklich wichtig?«

Wieder wedelte Suzie mit ihrem Schlüsselband samt Polizeiausweis.

»Unserer Meinung nach schon«, sagte sie.

»Na schön. Als ich zur Sitzung aufbrach, bemerkte ich, dass ich einen Platten hatte. Ich musste den Reifen bei *Platts* wechseln lassen – das kam mir tatsächlich sehr ungelegen. Und Ihre Fragerei finde ich auch ganz fürchterlich. Warum sollte gerade ich Geoffrey etwas antun?«

»Es war gestern Abend leider nicht zu übersehen, dass es gewisse Spannungen zwischen Ihnen und Geoffrey gab«, sagte Suzie.

»Da liegen Sie eindeutig falsch.«

»Nein, die Stimmung war definitiv angespannt.«

»Mir war es einfach peinlich, zu spät zu kommen. Auf keinen Fall könnte ich Geoffrey etwas antun, das müssen Sie mir glauben. Vor allem nicht, seitdem er mir vor einigen Jahren aus der Patsche geholfen hat. Wäre er nicht in die Bresche gesprungen, hätte ich in große Schwierigkeiten geraten können.«

Judith und ihre Freundinnen sahen sich an. War das also der Skandal, an den sich Becks zu erinnern versuchte?

»Können Sie uns erzählen, was passiert ist?«, fragte Becks.

»Es ist mir ziemlich peinlich, aber ich will schließlich Ihre Ermittlungen nicht behindern. Das Ganze ist fünfzehn Jahren her, Geoffrey hatte damals den Vorsitz im Ausschuss für öffentliche Einrichtungen. Er übergab mir die Verantwortung für die Friedhöfe.«

»Ja, jetzt weiß ich's wieder!«, sagte Becks. »Sie haben Leute in die falschen Gräber gesteckt.«

»So muss man es wirklich nicht ausdrücken, aber Sie haben recht, es war unschön. Ich habe damals die Übersicht von Bisham mit dem überfüllten Friedhof in Marlow vertauscht. Aber es ging nicht lange so, das muss ich dazusagen. Wir reden nur von ein paar Wochen. Sobald ich es bemerkt habe, habe ich Geoffrey alles gebeichtet, und er war wunderbar. Er weigerte sich, mir die Schuld zu geben. Er wollte einfach alles in Ordnung bringen. Und das schaffte er, überzeugte die betroffenen Familien, keinen Streit vom Zaun zu brechen – und den Stadtrat nicht zu verklagen. Er kümmerte sich um alles, ohne dass es mir um die Ohren flog, und dafür bin ich ihm auf ewig dankbar. Weshalb ich gestern Abend überhaupt kein Problem mit ihm hatte. Ich verdanke ihm mehr als jedem anderen Menschen auf der Welt.«

»Erinnern Sie sich noch an die Betroffenen?«, fragte Judith.

»Einige Dokumente aus dieser Zeit bewahre ich in meinem Bootshaus auf. Dort habe ich mir ein Aufnahmestudio eingerichtet, und in den Dachschrägen gibt es Stauraum. Aber aus dem Stegreif erinnere ich mich nicht an die Details. Dieses Kapitel wollte ich so schnell wie möglich beenden. Einen Fehler in diesem Ausmaß habe ich seitdem nicht mehr gemacht.«

Während Sophia sprach, fuhr ein schnittiger schwarzer Mercedes in die Einfahrt und schwebte auf das Haus zu. Sophia runzelte die Stirn.

»Könnte eventuell ein anderes Ausschussmitglied Geoffrey schaden wollen?«, fragte Judith.

»Natürlich nicht«, sagte Sophia abgelenkt. »Wer Geoffrey

kannte, mochte ihn. Und jetzt habe ich Ihnen genug geholfen – finden Sie alleine raus?«, sagte Sophia und eilte dann ins Haus.

Die drei Freundinnen tauschten Blicke aus.

»Das ist ja interessant«, sagte Becks. »Habt ihr gesehen, wie anders sie sich verhalten hat, sobald das Auto ankam? Wer wohl gerade nach Hause gekommen ist?«

»Das sollten wir herausfinden«, sagte Judith und folgte Sophia.

»Wir können ihr doch nicht nachstellen!«, japste Becks, doch Suzie hatte sich schon an die Fersen ihrer Freundin geheftet.

Becks seufzte. Zwar genoss sie den Nervenkitzel der Ermittlungen, musste sich aber damit abfinden, das einzige gesetzestreue Mitglied ihrer Freundinnengruppe zu sein. Als sie zu Judith und Suzie aufgeschlossen hatte, erspähten sie Sophia durch die bodentiefen Fenster. Sie stand an der Tür, trug schnell etwas Lippenstift auf und richtete sich die Haare, dann betrachtete sie sich etwas zu lange im Spiegel, setzte ein fröhliches Lächeln auf und öffnete die Tür. Ohne ihre Begrüßung zu erwidern oder einen Blick an sie zu verschwenden – oder auch nur stehen zu bleiben –, kam ein schlecht gelaunter dunkelhaariger Mann im grauen Anzug herein und reichte Sophia seine Aktentasche. Dann stiefelte er in den ersten Stock und ließ Sophia allein im Flur zurück.

Sophia ließ die Tasche fallen und beförderte sie mit einem Tritt unter den Beistelltisch.

KAPITEL 7

Judith und ihre Freundinnen beschlossen, sich ins Café *Strawberry Grove* zurückzuziehen. Auf der High Street betrachtete Judith die geschäftigen Menschen, die flatternden Wimpel und lächelte. Es gab wirklich keinen schöneren Anblick als das emsige Treiben auf der High Street von Marlow.

»Also, was halten wir von Sophia?«, fragte sie.

»Sie ist unsere Mörderin«, sagte Suzie nüchtern. »Die Mordwaffe war Akonit, in ihrem Garten gibt es Akonit. Damit ist der Fall für mich abgeschlossen. Und während der Sitzung gab es eindeutig Spannungen zwischen ihr und Geoffrey. Außerdem ist sie diejenige, die Menschen in die falschen Gräber gesteckt hat.«

»Ja, das war wirklich interessant«, sagte Becks. »Ich werde Colin fragen, ob er sich noch daran erinnert.«

»Gute Idee«, sagte Judith. »Aber wisst ihr, wer mich interessiert? Sophias Mann. Falls er das war.«

»Ja, das war er«, sagte Becks. »Nur ein Ehemann würde sich so verhalten.«

Suzie und Judith wussten um Becks' recht angekratzte Ehe und stimmten ihrem Urteil gerne zu.

»Aber warum würde eine Erdmutter wie Sophia einen so gefühlskalten Menschen heiraten?«, fragte Judith.

»Ihr habt das Haus doch gesehen«, sagte Suzie. »Geld. Deshalb heiratet Sophia so jemanden.«

»Die Damen!«, erklang eine Stimme. Ein Mann kam auf sie zu; für Judiths Geschmack war sein Anzug zu blau und sein Lächeln mindestens genauso verdächtig.

Es war Marcus Percival.

»Kennen wir uns?«, fragte Judith.

»Entschuldigen Sie die Störung«, sagte er und wandte sich dann an Suzie. »Wenn ich mich richtig erinnere, waren Sie bei der Sitzung, als Geoffrey starb.«

»Das war ich«, sagte Suzie etwas geschmeichelter, als Judith für angebracht hielt.

»Ich kenne Sie aber nicht«, sagte Judith so wenig aufreizend wie nur möglich.

»Entschuldigen Sie. Marcus Percival. Ich bin Mitglied im Bauausschuss, wie Geoffrey. Ich war da, als er starb – ganz schrecklich. Haben Sie denn schon erste Spuren?«

»Warum in aller Welt fragen Sie uns?«

»Die Polizei kann sicher gar nicht erwarten, Sie wieder um Hilfe zu bitten. Wie bei den anderen Fällen. Gerade weil ein Mitglied des berühmten Trios vor Ort war«, sagte er und lächelte noch einmal Suzie zu, die nun völlig ungeniert grinste.

»Die Polizei hat uns schon angefragt«, sagte Suzie stolz.

»Haben Sie bereits einen Hauptverdächtigen?«

»Was vermuten Sie?«, fragte Judith.

»Ich? Wenn Sie es unbedingt wissen wollen: Ich denke, sein Tod war ein schrecklicher Unfall, ein absoluter Schock.«

»Seine Frau ist schon seit längerer Zeit tot«, sagte Judith.

»Mary? Eine traurige Geschichte. Geoffrey und sie waren von Kindheit an verliebt. Sie heirateten so schnell wie möglich und waren jahrzehntelang ein Paar. Er war eine große Nummer im Verlagswesen – wenn er sich nicht gerade für Marlow einsetzte – und sie saß in fast jedem Wohltätigkeitskomitee der Stadt.«

»Was ist daran traurig?«, sagte Suzie.

»Ach, entschuldigen Sie. Sie starb an Krebs. Das muss etwa zwanzig Jahre her sein.«

»Hat er nicht wieder geheiratet?«, fragte Becks.

»Nein, Geoffrey erzählte mir immer, er könne nur ›ein Mädel‹ haben. Mit dieser Liebe habe er schon großes Glück gehabt, das würde nicht noch einmal passieren.« Entschieden ergänzte Marcus: »Niemand hat ihn umgebracht – das kann nicht sein –, ich kann Ihnen gar nicht sagen, was für ein netter Kerl er war. Schauen Sie sich nur meine Schwester an, eine verlorene Seele. Das war sie leider schon immer. Und eine Trinkerin. Wenn man jung ist, mag das noch Spaß machen, aber Sie wissen genau, was dann im Alter passiert. Wie auch immer, vor ein paar Jahren geriet sie mit der Miete in Verzug. Steckte den Kopf in den Sand. Bis ich davon erfuhr, schuldete sie ihrem Vermieter schon Tausende Pfund. Ein richtiger Schock, das können Sie mir glauben. Aber Geoffrey sprang ein. Lieh mir das Geld für sie. Können Sie sich das vorstellen? Natürlich habe ich es nach und nach zurückgezahlt, also ziehen Sie keine voreiligen Schlüsse. Aber es geht nicht nur darum, dass Geoffrey mit dem Geld aushalf. Er bemühte sich auch, meiner Schwester Halt zu geben.

Wollte ihr zeigen, dass er für sie da war. Es bedeutete ihr so viel. Er war wirklich ein ganz besonderer Mensch.«

»Würde Ihre Schwester darüber mit der Polizei sprechen?«

»Natürlich. Sie hat Geoffrey vergöttert.«

»Und Sie glauben wirklich, dass sein Tod ein Unfall war?«, fragte Judith.

»Das scheint mir am plausibelsten. Vielleicht war Rattengift oder so etwas in seiner Tasse? Ich weiß es nicht.«

»Könnte ein Ausschussmitglied ihm das angetan haben?«

Marcus lachte.

»Der Bauausschuss arbeitet schon seit Jahren zusammen. In den Protokollen werden Sie sehen, dass nie ein böses Wort gefallen ist. Wir sind ein gutes Team.«

»Das schien mir nicht so«, sagte Suzie.

»Sie meinen Jeremy? Er ist päpstlicher als der Papst, mehr nicht. Ihn frustriert es, wenn er seinen Willen nicht durchsetzen kann. Das kann anstrengend sein, aber es ist wichtig, dass einer von uns auf die Regeln und Verordnungen achtet.«

»Erzählen Sie uns von den anderen Ausschussmitgliedern«, sagte Judith.

»Was soll ich da erzählen? Sophia tut ganz verträumt, aber es gibt nicht ein Haus – oder Grundstück – in Marlow, das sie nicht genau im Blick hat. Sie ist ganz besessen von den Bauprojekten hier, ein Superweib.«

»Superweib?«, fragte Judith mit zusammengekniffenen Augen.

»Na ja, ein Supertyp, nur eben eine Frau.«

»Und sie steckt sicher nicht hinter der Sache mit Geoffrey?«, fragte Suzie.

»Ja, ganz sicher.«

»Aber fanden Sie nicht, dass eine gewisse Spannung zwischen ihr und Geoffrey herrschte?«

»Überhaupt nicht. Sie etwa?«

»Und wenn ich Ihnen sage, dass die Giftpflanze, mit der Geoffrey umgebracht wurde, in Sophias Garten wächst?«

Marcus' Interesse war geweckt.

»Er starb an einer Pflanze?«, sagte er. »Da steigt doch die Wahrscheinlichkeit für einen Unfall. Vielleicht ließ jemand die Pflanze stehen, und er aß sie aus Versehen.«

»Akonit ist höchst giftig«, sagte Judith. »Schon eine Berührung kann tödlich sein. Es ist bestimmt nicht zufällig in Mr Lushingtons Kaffee geraten.«

»Aus wessen Garten es kommen mag, ist egal«, sagte Marcus. »Sophia hat sicher nichts damit zu tun. Sie ist eine gute Seele, würde nie jemandem etwas antun.«

Er lächelte selbstzufrieden.

»Sie haben Debbie Bell vergessen«, sagte Judith.

»Debbie? Oh Gott, ist das peinlich«, sagte Marcus, wirkte aber völlig unbeeindruckt. »Ich habe sie nicht erwähnt, weil sie schlicht und ergreifend uninteressant ist, es tut mir leid. Verstehen Sie mich nicht falsch, sie leistet harte Arbeit für die Stadt, aber, na ja, sie bleibt einem nicht gerade in Erinnerung. Wie ich gerade bewiesen habe. Aber erzählen Sie mir mehr, ich bin ganz Ohr. Sie gehen also von einem Mord aus, die Polizei auch?«

»Wie meinen Sie das?«

»Behandelt die Polizei den Fall als Mord oder nur als verdächtigen Todesfall?«

»Wir dürfen keine Details mit der Öffentlichkeit teilen«, sagte Judith.

»Verständlich. Nun ja, dann lasse ich Sie weiterarbeiten. Aber sollten Sie Fragen haben, besuchen Sie mich gern. Sie wissen, wo *Percival's* ist?«

Marcus deutete die High Street hinauf, obwohl die drei Freundinnen genau wussten, wo sich sein Büro befand. In Marlow wussten das alle.

Nach seiner Verabschiedung sahen sie ihm hinterher, und Judith vermutete, dass ihm das klar war.

»Seht ihr«, sagte Becks, »genau, wie ich es gesagt habe. Er ist sehr charmant.«

»Du nicht auch!«, sagte Judith.

»Was?«

»Suzie hat schon weiche Knie bekommen und jetzt auch noch du.«

»Ich?«, sagte Suzie überrascht.

»Ja, du.«

»Magst du ihn nicht?«

»Darum geht es gar nicht. Aber er ist doch sehr interessiert an unseren Ermittlungen, findet ihr nicht?«

»Oh«, sagte Becks. »Jetzt, wo du es sagst.«

»Ich frage mich, warum wohl.«

Im Café nahmen sie sich Tee und Kuchen und zogen sich an einen kleinen Tisch zurück, um ihre bisherigen Erkenntnisse zu besprechen. Nachdem sie eine halbe Stunde diskutiert und Suzie immer wieder darauf bestanden hatte, dass Sophia die Mörderin sein müsse, wollte Becks lieber nach Hause und das Abendessen vorbereiten, und dann klingelte auch Suzies Handywecker, da sie einen Zwergschnauzer in Hurley abholen musste. Judith machte sich ebenfalls auf den Weg nach Hause. Normalerweise hätte sie wohl ein Bad im Fluss genommen, um ihre Gedanken anzuregen, aber ihr fehlte die Kraft.

Stattdessen goss sie sich ein winziges Schlückchen Whisky in ein Kristallglas, trank es in einem Zug aus und versank für einen kurzen Augenblick in Kindheitserinnerungen. Sie stellte das Glas mit einem dumpfen Klirren ab und legte Holz im Kamin nach, den sie morgens angeheizt hatte. Ein paar Stöße ihres Lederbalgs erweckten das knisternde Feuer wieder zum Leben. Dann nahm sie sich den handgeschriebenen Brief vom Morgen und schmiss ihn ungeöffnet ins Feuer. Die Ränder färbten sich schwarz, dann ging der Umschlag in Flammen auf und gab den fein säuberlich geschriebenen Brief preis. Bevor sie die Worte entziffern konnte, rasten die brennenden Ränder aufeinander zu und der gesamte Brief brannte lichterloh.

Ja, sagte sie sich, es war besser so.

Jetzt konnte sie sich komplett auf den Fall konzentrieren. Sie ließ sich in ihren liebsten Ohrensessel sinken und erinnerte sich, dass Sophia und Marcus Geoffrey als perfekten Menschen beschrieben hatten. Aber Suzie hatte recht: Das konnte nicht der Wahrheit entsprechen. Er musste irgendein düsteres Geheimnis haben, warum sonst wäre er umgebracht worden?

Ein lautes Klingeln ließ Judith aufschrecken. Sie nahm den cremefarbenen Hörer des Telefons ab.

»Judith Potts«, meldete sie sich.

Am anderen Ende der Leitung herrschte Stille. Nein, das stimmte nicht ganz, Judith konnte Atemgeräusche hören.

»Hallo?«, sagte sie irritiert. Sollte das ein Telefonstreich sein?

»Folgen Sie dem Geld«, sagte eine gedämpfte Stimme, die Judith kaum verstehen konnte. Es klang, als spräche die Person durch ein Stoffknäuel.

»Wie bitte?«

»Wenn Sie herausfinden wollen, wer Geoffrey Lushington umgebracht hat, müssen Sie dem Geld folgen.«

»Wie sind Sie an meine Nummer gekommen?«, fragte Judith, aber da hörte sie bereits ein Klicken in der Leitung.

Der Anrufer hatte aufgelegt.

KAPITEL 8

Am nächsten Morgen wollte Becks positiv gestimmt in den Tag starten, auch wenn er gleich ruiniert werden würde. Sie konnte nichts dagegen tun, und ihr Missmut ließ sich nur schwer abhalten.

Zumindest lag der Grund dafür ausnahmsweise nicht im engsten Familienkreis. Nach all ihrer heroischen Verbrechensbekämpfung mit Judith und Suzie hatte sich Becks' Status innerhalb der Familie fast unmerklich verschoben. Ihre Tochter Chloe war nun an der Universität – sie studierte vergleichende Religionswissenschaften in Exeter, was ihre Eltern gelinde gesagt überrascht hatte. Chloes neuer Lebensabschnitt als Studentin hatte ihr ein Quäntchen Reife eingebracht, sodass sie ihre Mutter allmählich, wenn auch widerwillig, als eine würdige Gleichgestellte anerkannte.

Und Sam war mittlerweile achtzehn und mitten in den Vorbereitungen für den Schulabschluss. Oder wäre es gewesen, hätte er sich das kleinste bisschen Mühe gegeben. Vor einem Monat hatte er seinen Eltern nach fürchterlichen Probeprüfungen verkündet, er würde von nun an nicht mehr aktiv für die Prüfungen lernen – und sie sollten sich nicht sorgen, denn für ihn sei das »schon okay«. Colin hatte ihm die Leviten lesen wollen, aber Becks erinnerte ihn, dass Sam die

Schule noch nie gemocht hatte und sich so Raum schaffen könne, um andere Interessen zu entwickeln. Das sei alles schön und gut, sagte Colin, hätte Sam tatsächlich andere Interessen – außer seiner PlayStation, dem Pub und Schlafen. Insgeheim war Becks derselben Meinung, setzte sich aber trotzdem durch. Sie würden Sam Freiraum lassen.

In dieser Angelegenheit also, wie mittlerweile in vielen anderen, beugte sich Colin seiner Frau. Becks bildete sich ein, dies sei ihrem Dasein als berühmte Verbrechensbekämpferin zu verdanken, aber wahrscheinlich hatte es eher mit einer Reihe kluger Investitionen zu tun, durch die sie völlig unbeabsichtigt ein kleines Vermögen angehäuft hatte. Colin wusste um die Rente eines Pastors. Er war dankbar, dass Becks so viel getan hatte, um sie finanziell abzusichern. Im Großen und Ganzen lief Becks' Familienleben nun endlich ganz nach Plan.

Und genau da hatte sich Marian Starling angekündigt, Colins Mutter. So eine zutiefst unsympathische Person wie Marian hatte Becks noch nie getroffen – und dabei war sie, wie sie Colin oft erzählte, schon einigen Mördern begegnet.

Becks hätte diese große Abneigung gegenüber ihrer Schwiegermutter gerne hinter sich gelassen, aber Marian hatte sie ihr im Laufe der Jahre geradezu aufgezwungen. Wie Becks hielt Colin seine Mutter meist für einen Albtraum, aber Marian übte eine fatale Kontrolle über ihren Sohn aus.

Während Becks und Colin ihren morgendlichen Plausch in der Küche führten, rauschte Marian in einem Wollkaftan herein, den sie im Vorjahr auf einem Solo-Trip zur »Selbstfindung« in den Anden gekauft hatte.

»Beachtet mich gar nicht«, sagte sie. »Ich koche mir nur eine Tasse Tee. Macht einfach weiter.«

Beinahe wäre Colin aufgestanden, aber Becks warf ihm einen warnenden Blick zu. Seine Mutter war in der Lage, sich ohne jegliche Hilfestellung einen Tee zu machen.

»Also schaust du dir die Sache mit den Friedhöfen an?«, sagte Becks, um ihr Gespräch wiederaufzunehmen.

Auf der Suche nach einer sauberen Tasse nahm Marian mit großem Gepolter eine nach der anderen aus dem Küchenschrank. Alle Tassen waren sauber.

»Ich weiß noch nicht, wo ich nachschauen soll«, sagte Colin und blickte schnell zu seiner Mutter, die nicht existenten Staub aus einer Tasse pustete.

»Hat die Diözese denn keine Dokumente dazu? Oder irgendein Archiv?«

»Wahrscheinlich schon.«

Marian wühlte sich nun schwermütig durch Dutzende verschiedene Teepackungen in einem anderen Schrank. Keine schien sie zufriedenzustellen.

»Wir haben denselben Tee zur Auswahl wie gestern«, sagte Becks.

»Und ihr habt sicher keinen Assam? Colin liebt Assam, das ist sein Lieblingstee.«

»Ich, äh, trinke schon seit einer Weile keinen Assam mehr«, sagte Colin und wandte sich wieder Becks zu. »Kannst du die Dokumente nicht vom Stadtrat bekommen?«

»Geoffrey wollte den Skandal angeblich vertuschen«, sagte Becks. »Mich interessiert die Sicht der Kirche. Sie könnte sich von der Dokumentation des Stadtrats unterscheiden.«

Marian starrte nun peinlich genau in die Zuckerdose, als könnten Mäuseköttel darin versteckt sein. Da sprang Becks auf und schlug mit der flachen Hand auf den Tisch.

»Marian«, sagte sie.

Marian täuschte Überraschung vor.

»Ihr habt immer noch keinen feineren Zucker, oder?«

»In diesem Haus gibt es ganz normalen Kristallzucker, aber in einer heißen Tasse Tee löst sich alles auf.«

Aus Marians Blick sprach maßlose Toleranz.

»Ich kann den Unterschied schmecken«, sagte sie wie eine wahre Märtyrerin. »Wenn ich zu hohe Ansprüche stelle, tut es mir leid. Natürlich bin ich nicht perfekt, aber seit Colins Vater von uns gegangen ist, habe ich es nicht leicht gehabt.«

»Mach dir keine Sorgen«, sagte Colin, um wieder mal Frieden zu stiften. »Ich kümmere mich um deinen Tee.«

»Das ist sehr lieb von dir, ich will euch nicht zur Last fallen.«

»Geh ruhig in dein Zimmer«, fuhr Colin fort. »Nimm die Zeitung mit. Und ich bringe dir eine schöne Tasse Tee.«

»Das würdest du für mich tun? Wie freundlich«, sagte sie und trottete aus dem Raum wie eine Gefangene auf dem Weg zum Galgen.

Als sie endlich weg war, eilte Colin zum Wasserkocher und zu den Teebeuteln, um seiner Frau auszuweichen, aber Becks hielt Schritt.

»Wie lange bleibt sie noch bei uns?«, fauchte sie.

»Sie kann nirgendwohin.«

Das stimmte allerdings. Bis vor Kurzem hatte Marian in einer Einzimmerwohnung in Sevenoaks, Kent gelebt. Nachdem ihr Mietvertrag ausgelaufen war, stand sie bei ihrem Sohn auf der Matte.

»Ihr steht doch die Welt offen!«, sagte Becks. »Aber sie wird nicht gehen, und wir wissen beide genau, warum.«

»Sie wollte Zeit mit ihren Enkelkindern verbringen.«

»Sie hat Sam gestern Simon genannt.«

»Deshalb will sie ihn besser kennenlernen.«

»Sie hatte achtzehn Jahre Zeit.«

»Müssen wir uns immer wegen ihr streiten?«

»Wenn du endlich aufhörst, sie zu verteidigen.«

»Ich bin ihr Sohn.«

»Ja, das ist leider verdammt wahr.«

Der Wasserkocher klickte, und das Ehepaar sah sich an. Eigentlich wussten sie, dass sie Marian beide schrecklich fanden.

»Und was faselt sie immer von deinem Vater, der ›von uns gegangen ist‹?«

»Das ist nicht nett«, warnte Colin.

»Er ist nicht gestorben, sondern nach Frinton-on-Sea gezogen.«

»Für manche Leute macht das keinen großen Unterschied.«

»Jetzt bloß keine Witze, Colin.«

»Mir ist doch klar, wie anstrengend sie ist, aber sie weiß eben nicht, wie sie die Trennung sonst verarbeiten soll.«

»Er hat sich vor drei Jahren von ihr getrennt«, sagte Becks. »Und seitdem schmeißt sie ihre Abfindung aus dem Fenster.«

»Dass sie nicht mit Geld umgehen kann, ist nicht ihre Schuld.«

»Oh, ich glaube schon.«

»Nicht schon wieder«, sagte Colin, der wusste, in welche Richtung sich das Gespräch entwickeln würde.

»Sie ist erst hier aufgetaucht, nachdem du ihr von meinen Aktiengewinnen erzählt hast.«

»Ich war stolz auf dich. Das sollte sie wissen.«

»Und jetzt ist sie hier und beschwert sich, weil wir nicht die teuren Kekse kaufen!« Becks sammelte sich kurz. »Was braucht es, damit sie endlich geht?«

Colin seufzte.

»Das weißt du doch.«

»Geld«, sagte sie. »Und ich werde meins nicht mit ihr teilen. Das ist für die Kinder. Schließlich wird Oma ihnen nichts vererben.«

»Irgendwann wird sie gehen«, sagte Colin und goss den Tee auf.

»Das hoffe ich doch. Ich warne dich, nach den letzten Jahren könnte ich versucht sein, den perfekten Mord zu begehen.«

Becks fand diesen Gedanken so absurd, dass sie grinsen musste. Auch Colin grinste, wenn auch etwas müder.

Da klingelte ihr Handy. Sie nahm ab und hörte zu.

»Okay, Judith«, sagte Becks. »In zehn Minuten bin ich da.«

KAPITEL 9

Becks fand Judith, Suzie und Tanika vor ihrer behelfsmäßigen Ermittlungswand.

»Das alles haben Sie auch für den letzten Mord gemacht?«, fragte Tanika und schaute anerkennend zu den angepinnten und verknüpften Karten.

»Natürlich«, sagte Judith stolz.

Die verstaubten Zeitungen und Magazine, die sich in der anderen Raumhälfte türmten, zogen Tanikas Blicke auf sich.

»Früher war ich Sammlerin.«

»Früher?«, fragte Tanika mit gehobener Augenbraue.

»Lassen Sie mich erzählen, was gestern Abend passiert ist«, sagte Judith, um das Thema zu wechseln, und berichtete von dem anonymen Anruf.

»›Folgen Sie dem Geld‹?«, fragte Tanika. »Wir haben Mr Lushingtons Finanzen überprüft, aber da gab es keine Überraschungen. Ich gebe meinem Team Bescheid, damit sie nachbohren. Was können Sie mir über den Anrufer sagen?«

»Nicht viel«, sagte Judith. »Seine Stimme klang wie ein Roboter und war gedämpft. Als hätte er sie verzerrt.«

»Mit einem Computerprogramm?«

»Durchaus möglich.«

»Also hätte es auch eine Frau sein können?«

»Vielleicht. Es klang zwar wie ein Mann, aber insgesamt nicht sonderlich menschlich. Ich wollte den Anruf zurückverfolgen, aber die Nummer war unterdrückt.«

»Kein Grund zur Sorge«, sagte Tanika. »Das Telefonunternehmen hat die Nummer trotzdem. Da kommen wir ran.«

»Das hatte ich gehofft«, sagte Judith. »Sobald Sie den Anrufer identifiziert haben, sollten wir ihm einen Besuch abstatten. Und herausfinden, warum er anonyme Anrufe absetzt.«

»Könnten wir darüber reden?«, sagte Tanika. »Ich bin wirklich dankbar für Ihre Hilfe, aber Sie sollten nicht mit Hauptzeugen wie Mr Percival oder Mrs De Castro sprechen, ohne es vorher mit mir abzuklären.«

»Wie sollen wir Ihnen ansonsten helfen?«

»Wir müssen eine bestimmte Reihenfolge einhalten, damit der Fall später auch vor Gericht Bestand hat.«

»Papperlapapp!«

»Nein – wirklich –, das muss so sein.«

»Ja, natürlich müssen *Sie* darauf achten«, stimmte Judith zu. »Aber das ist nicht der beste Weg für unsere Zusammenarbeit. Wir sollten mit allen reden dürfen, wie wir wollen, weil wir nicht offiziell zur Polizei gehören.«

»Und wir haben uns noch nie als Polizei ausgegeben«, sagte Suzie zur Überraschung von Judith und Becks. »Wir erklären immer, dass wir Ihnen nur aushelfen. Was uns gesagt wird, ist niemals offiziell. Darum geht es doch. An einem Ort wie Marlow, wo jeder jeden kennt, brauchen Sie inoffizielle Kommunikationskanäle.«

»Bei Ihnen klingt das wie Belfast in den 70ern«, sagte Tanika.

»Suzie hat recht«, sagte Judith. »Sie sollten erlauben, dass wir unser eigenes Süppchen kochen. Stellen Sie sich einfach vor, wir wären Privatdetektivinnen.«

Tanika runzelte die Stirn. Judiths Plan zuzustimmen, hielt sie für keine gute Idee, aber die drei Freundinnen hatten schließlich entscheidend zur Lösung von zwei vorherigen Fällen beigetragen.

»Wie wäre es, wenn ich Sie auf Stand bringe?«, sagte sie, um das Thema zu wechseln.

»Gute Idee!«, sagte Judith und nahm den Deckel von ihrem Filzstift.

»Zunächst zum Tatort, denn wir haben im Plenarsaal nichts sonderlich Belastendes gefunden.«

»Und die Zuckerschale?«

»Laut Antonia hat man nirgendwo eine Zuckerschale gefunden.«

»Wie interessant«, sagte Judith.

»Da bin ich mir nicht so sicher.«

»Aber in Geoffreys Magen wurde Zucker gefunden, genauso in seinem Kaffeerest, wo soll er also hergekommen sein?«

»Vielleicht hatte er ein Päckchen dabei?«

»Haben Sie irgendwo ein leeres Zuckertütchen gefunden?«

»Eine kleine Papierverpackung würde sicherlich nichts beweisen. Aber wir haben etwas Bemerkenswertes im Flur vor dem Plenarsaal gefunden. Dort hängt eine Überwachungskamera, die das Kommen und Gehen im Rathaus aufzeichnet, deren Kabel aber durchtrennt wurde.«

»Wirklich?«, sagte Becks. »Hat sie noch aufgezeichnet, wer das Kabel durchgeschnitten hat?«

»Leider reicht der Bildausschnitt nicht bis zur Tür. Wer auch immer es getan hat, konnte also in den Flur gehen und das Kabel durchtrennen, ehe er oder sie ins Blickfeld der Kamera geriet.«

»Wann ist das passiert?«, fragte Judith.

»Morgens am Tag der Ausschusssitzung, bei der Mr Lushington starb.«

»Aber warum würde der Mörder sich dazu gezwungen sehen? Akonit wirkt so schnell, dass er eine der Personen sein muss, die im Plenarsaal waren – weshalb uns die vollständige Liste der Verdächtigen vorliegt. Warum wäre dann wichtig, ob die Kamera aufzeichnet, wer vorher durch den Flur ging? Oder danach? Was will uns der Mörder vorenthalten?«

»Guter Punkt«, stimmte Tanika zu.

»Das ist sehr mysteriös.«

»Und es gibt noch etwas. Wir haben Mr Lushingtons Privatunterlagen durchkämmt und nichts gefunden, was ansatzweise belastend sein könnte. Alle E-Mails und SMS drehen sich um seine Arbeit als Bürgermeister; jegliche Konflikte schien er zu schlichten und immer das Beste aus seinem Gegenüber herausholen zu wollen – als wollte er niemandem ein Haar krümmen.«

»Das haben Marcus und Sophia auch gesagt«, grummelte Suzie.

»Aber eines haben wir gefunden. Ein Selfie auf seinem Handy. Ein Foto von Brüsten in einem Spitzen-BH.«

»Wie aufregend«, sagte Judith und klatschte in die Hände. »Von wem ist das Bild?«

»Das ist der Haken. Wir können es nicht eindeutig zuordnen, denn es ist eine Nahaufnahme, bei der man nur Brüste in einem schwarzen BH sieht.«

»Verstehe«, sagte Judith, notierte es auf einer Karteikarte und pinnte sie neben Geoffreys Namen. »Also ist er der Typ Mann, der so ein Foto auf dem Handy hat.«

»Nicht ganz«, sagte Tanika. »Er ist der Typ Mann, dem so ein Foto geschickt wird.«

»Es wurde ihm *geschickt?*«

»Offenbar. Laut den Metadaten wurde es am 27. Januar um 20:20 Uhr in Marlow aufgenommen.«

»Aber das klingt nicht nach ihm«, sagte Becks. »Marcus Percival sagte, Geoffrey war seiner Frau ganz ergeben, auch wenn sie vor zwanzig Jahren gestorben ist.«

»Kein Mann bleibt seiner Frau treu«, sagte Suzie. »Vor allem nicht nach dem Tod. Seien wir ehrlich, die meisten Männer haben schon irgendeine Neue im Bett, bevor die alte überhaupt beim Bestatter angekommen ist.«

»Können Sie die Brüste beschreiben?«, fragte Judith Tanika.

»Judith!«, rief Becks auf. »Wir werden doch nicht damit anfangen, Brüste zu untersuchen.«

»Natürlich nicht, aber sie könnten trotzdem Hinweise liefern. Waren sie denn zum Beispiel besonders groß?«

»Das gefällt mir überhaupt nicht«, sagte Becks und stand auf. »Ganz und gar nicht.«

»Ein Mann wurde ermordet!«, sagte Suzie.

»Aber nicht von Brüsten. Diese ganze Unterhaltung ist völlig unangebracht.«

»Die besagte Frau war weiß«, sagte Tanika so sachlich und professionell wie möglich. »Ich tippe auf eine Frau mittleren Alters – über vierzig, wenn ich raten müsste, vielleicht noch älter –, und die Größe und Form ihrer Brüste würde ich als durchschnittlich beschreiben. Aber das lässt sich schwer sagen. Allerdings gibt es ein Detail. Die Frau hat ein markantes Muttermal etwas unterhalb ihrer linken Brust. Es ist etwa so groß wie ein Penny und diamantförmig.«

»Also das ist *sehr* spannend«, sagte Judith und schrieb »diamantförmiges Muttermal« neben »Brüste?« auf eine Karte.

»Wissen wir, ob Sophia De Castro oder Debbie Bell so ein Muttermal hat?«, fragte sie.

»Ich fürchte nicht.«

»Und findet ihr, dass eine von ihnen durchschnittlich große Brüste hat?«, überlegte Suzie.

»Mir ist dieses gesamte Gespräch wirklich sehr unangenehm«, sagte Becks.

»Sei nicht so verklemmt.«

»Ich bin nicht verklemmt. Aber das hängt doch vom BH und vom Schnitt der Kleidung ab. Wenn diese Brüste wirklich durchschnittlich sind, könnte es jede Frau sein.«

»Nur um das klarzustellen«, sagte Tanika zu Judith, »wenn Sie irgendeiner Frau das Oberteil hochziehen, um dieses Muttermal zu finden, werde ich Sie wegen Belästigung anzeigen.«

»Keine Sorge, das werde ich sicher nicht tun«, sagte Judith aus tiefster Überzeugung, die ihr Tanika nicht recht abkaufen wollte.

Tanikas Handy klingelte. Nach einigen geflüsterten Fragen legte sie stirnrunzelnd auf.

»Gibt es ein Problem?«, fragte Judith.

»Das war DS Perry. Er hat Debbie Bell gerade zum zweiten Mal befragt.«

»Warum?«

»Die Spurensicherung hat alle Fingerabdrücke untersucht, die auf den Kapseln in der Nespresso-Maschine erfasst wurden. Auf einer von ihnen waren nur Debbie Bells Fingerabdrücke.«

»Das war zu erwarten«, sagte Suzie. »Ich erinnere mich, dass sie sich einen Kaffee gemacht hat. Also muss sie eine dieser Kapseln benutzt haben.«

»Diese Kapsel interessiert uns nicht. Sondern die zweite, die das Gift beinhaltet haben muss, mit dem Mr Lushington umgebracht wurde – auf dieser Kapsel sind seine Fingerabdrücke.«

»Was Sinn ergibt«, sagte Suzie. »Ich habe auch gesehen, wie er sich einen Kaffee machte.«

»Aber auf dieser vergifteten Kapsel wurden ebenfalls Debbie Bells Fingerabdrücke gefunden. Sie sagt, dafür gebe es eine rationale Erklärung, aber laut DS Perry war sie sehr patzig, weshalb er ihre Geschichte nicht richtig verstanden haben könnte. Sie war wohl sehr kurz angebunden, hat sich aber nicht wie eine Schuldige verhalten. Das passiert manchmal. Insbesondere wenn gewisse Personen etwas schüchterner sind, um es freundlich zu sagen. Sie erstarren, sobald sie einen Polizeibeamten sehen.«

Judith erinnerte sich an DS Perry, der ihre Zusammenarbeit mit der Polizei besonders angezweifelt hatte.

»Seine Manieren lassen sehr zu wünschen übrig«, sagte sie.

»Das kommt noch dazu«, stimmte Tanika zu.

»Gäbe es doch nur ein paar nette, freundliche Zivilistinnen, die stattdessen für Sie mit Debbie Bell sprechen könnten«, sagte Judith.

Tanika sah zu Judith und verstand.

»Okay«, seufzte sie. »Vielleicht könnten Sie drei kurz mit ihr sprechen?«

»Vielleicht haben wir dafür keine Zeit«, sagte Judith kühl.

»Übertreiben Sie es nicht.«

Auf Judiths Gesicht breitete sich ein Grinsen aus.

»Dann würden wir der Polizei nur zu gern helfen. Oder nicht, meine Damen?«

KAPITEL 10

Debbie Bell lebte in einem Neubau am Hockeyclub von Marlow, und als Judith und ihre Freundinnen eintrafen, parkte ein Transporter vor ihrem Haus. Debbie stand in der Haustür, und ein älterer Herr trug Pappkartons in die Garage.

»Hallo!«, rief Judith.

Der Mann rief ihnen eine freundliche Begrüßung zu, aber Debbie verzog das Gesicht.

»Wer sind Sie?«, fragte sie.

Judith erklärte, dass sie der Polizei halfen, doch das verbesserte Debbies Laune keineswegs.

»Ich habe doch gerade mit diesem blöden Typen gesprochen«, sagte sie.

»Dem Polizeibeamten?«

»Seine Fragen waren so was von unverschämt.«

»Das tut mir leid«, sagte Becks. »Wir sind ihm auch schon begegnet, und ihm fehlt es durchaus an Manieren.«

»Das können Sie laut sagen.«

»Wir haben nur ein paar Folgefragen, das ist alles. Das sollte nur ein paar Minuten dauern.«

»Und wir sind nicht ganz so unverschämt«, sagte Judith mit ihrem freundlichsten Lächeln.

»Was ist in den Kartons?«, fragte Suzie.

»Enten«, sagte Debbie.

»Enten?«, fragte Suzie überrascht.

»Natürlich keine lebendigen.«

»Natürlich nicht«, sagte Suzie, auch wenn ihre Freundinnen vermuteten, dass sie genau davon ausgegangen war.

Beim Abstellen fiel einer der Kartons um, und strahlend gelbe Spielzeugenten ergossen sich über die Einfahrt.

»Etwas vorsichtiger, ja?«, sagte Debbie gereizt.

»Die sind sicher für das Stadtfest von Marlow?«, sagte Becks. »Für das Entenrennen?«

»Genau.«

»Ich liebe das Entenrennen«, sagte Becks, sah aber, dass Judith nur noch Bahnhof verstand. »Man bezahlt ein Pfund, um eine kleine Plastikente zu adoptieren. Dann werden alle Enten gleichzeitig in den Fluss gesetzt. Tausende. Da treibt eine große Flotte tanzender gelber Entchen in Richtung Brücke. Die Ente, die das Wehr als Erste erreicht, gewinnt.«

»Was gibt es zu gewinnen?«, fragte Suzie.

»Es geht nicht um den Preis«, sagte Debbie. »Sondern um Spenden für regionale Wohltätigkeitsorganisationen.«

»Und das zeigt wieder einmal, wie sehr Ihnen das Gemeinwohl am Herzen liegt«, sagte Becks. »Ich bin mir sicher, dass Sie nicht genug Anerkennung für Ihre ganze Arbeit erhalten – all diese verschiedenen Ausschusssitzungen. Als Pfarrersfrau weiß ich, dass die Arbeit meines Mannes oft für selbstverständlich gehalten wird. Es ist wirklich beeindruckend, wie Menschen wie Sie diese Stadt am Laufen halten.«

»Vielen Dank, das ist sehr nett von Ihnen. Wollen Sie nicht hereinkommen?«, sagte Debbie, die von Becks' Worten bezirzt worden war.

Suzie zeigte Becks einen Daumen nach oben, dann folgten sie Debbie. Sie führte die drei Freundinnen in eine kleine Küche, die, wie ihre Besitzerin, etwas trist war. Ein großer Kühlschrank blockierte die Gartentür.

»Und weshalb werden die Enten an Sie geliefert?«, fragte Suzie.

»Weil ich als Einzige im Gemeindeausschuss Stauraum habe, den man anständig abschließen kann, nämlich meine Garage. Und von mir als Buchhalterin wird angenommen, dass ich gerne Inventuren vornehme, auch wenn das definitiv nicht der Fall ist. Im Frühjahr passe ich auf die Enten auf und ab Anfang September auf die Weihnachtsmannkostüme für den *Santa Fun Run*. Die nehmen noch mehr Platz weg.«

»Sie arbeiten als Buchhalterin?«, fragte Becks.

»Ich wurde vor dreiundzwanzig Jahren vereidigt.«

»Wo arbeiten Sie?«

»Beim *Marlow Wealth Management* in der Spittal Street. Kennen Sie das Unternehmen? Es gehört Sophias Mann Paul.«

»Ach ja?«, sagte Judith und erinnerte sich an Pauls miserable Laune nach ihrem Gespräch mit Sophia. »Wie würden Sie Paul beschreiben?«

»Hart, aber fair.«

»Vertrauenswürdig?«

»Natürlich. Ansonsten könnten wir nicht die Vermögen unserer Kunden und Kundinnen betreuen.«

»Wenn Sie also Buchhalterin sind«, sagte Judith, »was würden Sie mir raten, wenn ich sage: ›Folgen Sie dem Geld‹?«

»›Folgen Sie dem Geld‹? Ich weiß nicht. Man könnte sagen, das tue ich jeden Tag, aber eigentlich bedeutet das gar nichts. Geld bewegt sich nicht. Wie sollte man ihm also folgen?«

»Könnte Geoffrey finanziell schlecht dagestanden haben?«

»Natürlich nicht. Er war einer der anständigsten Menschen, die ich kannte.«

»Sind Sie sich sicher?«

»Absolut. Er achtete akribisch darauf, nicht einen einzigen Penny zu verschwenden. Und predigte immer wieder, unsere Gelder gehörten den Bewohnern von Marlow. Ich kann mir nicht ansatzweise vorstellen, dass er etwas Böses im Schilde führen würde.«

Die Frage hatte Debbie offensichtlich irritiert, also ging Becks zu einem Regal, das Dutzende kleiner Porzellanfiguren enthielt.

»Sind die von Lladró?«, fragte sie.

Debbies Gesicht hellte sich auf.

»Ja, das sind sie«, sagte sie. »Ich habe schon als kleines Mädchen Lladró-Figuren gesammelt.«

»Sie sind etwas ganz Besonderes.«

»Danke schön.«

Als Debbie zum Regal ging, kam Judith eine diabolische Idee.

»Was ist mit der da ganz oben?«, sagte sie und deutete auf eine Meerjungfrau im obersten Regal.

»Die ist äußerst selten und sehr wertvoll.«

»Vielleicht könnten Sie sie für mich herunterholen?«

Judith machte die Geste vor, und ihre Freundinnen verstanden. Debbie trug ein kurzes dunkelgrünes Oberteil, und Judith hoffte, es würde hochrutschen und vielleicht ein diamantförmiges Muttermal entblößen, wenn Debbie sich nur weit genug streckte.

»Sie glauben, da komme ich ran?«, sagte Debbie überrascht. Schließlich konnten alle sehen, dass dieses Regalfach völlig außer Reichweite war.

»Bestimmt, versuchen Sie es doch.«

Aber das ließ Debbie sich nicht gefallen.

»Die Figur ist viel zu wertvoll. Dafür kriegt man mindestens tausend Pfund.«

»Natürlich«, stimmte Becks zu. »Sie sollten nicht riskieren, dass sie zerbricht«, ergänzte sie, eher an Judith gerichtet.

»Worüber wollten Sie mit mir sprechen?«, fragte Debbie. »Ich muss gleich die Enten zählen.«

»Wir wollten nur etwas mehr über Geoffrey erfahren«, sagte Becks.

»Ich habe dem Polizisten schon alles erzählt.«

»Aber das war doch ein Mann, der sicherlich nicht richtig zugehört hat. Dieses schreckliche Ereignis muss Sie mitgenommen haben.«

»Sie haben recht, ihn schien überhaupt nicht zu interessieren, inwiefern Geoffreys Tod mich getroffen hat. Er hat mich eher wie eine Verdächtige behandelt.«

»Das lag wohl an Ihren Fingerabdrücken auf der Kaffeekapsel«, sagte Suzie.

»Aber ich habe doch erklärt, wie das zustande kam. Ich habe mir meinen Kaffee nach Geoffrey gemacht. Und als ich meine Kapsel in die Maschine tun wollte, sah ich, dass seine nicht durchgefallen war. Sie wissen doch, wie das mit diesen Maschinen ist. Ständig bleibt irgendetwas hängen. Also öffnete ich die Vorderseite, nahm Geoffreys Kapsel heraus und schmiss sie in den kleinen Mülleimer. Dann schloss ich die Maschine wieder und machte mir meinen Kaffee, wie immer.«

»Sie haben absolut recht«, stimmte Becks zu. »Diese Maschinen können so fummelig sein.«

»Danke«, sagte Debbie und freute sich über die Bestätigung. »Darf ich Sie im Gegenzug etwas fragen? Der Polizist sagte mir, Geoffreys Kapsel sei vergiftet gewesen. Stimmt das wirklich?«

»Ich fürchte schon«, sagte Judith.

»Aber wie um Himmels willen ist das Gift in der Kapsel gelandet?«

»Leider muss die Polizei davon ausgehen, dass es Absicht war.«

»Aber das ist nicht möglich. Wie gesagt war Geoffrey einer der anständigsten Menschen, die ich kannte. Warum würde ihm jemand schaden wollen?«

»Sophia und Marcus haben das Gleiche gesagt«, bestätigte Judith. »Beide hatten Anekdoten parat, um Geoffreys Freundlichkeit zu beweisen.«

Damit hatte sie Debbies Wettbewerbseifer ausgelöst.

»Da kann ich Ihnen auch etwas erzählen«, sagte sie. »Vor ein paar Jahren hatte ich plötzlich gesundheitliche Probleme.

Nichts Lebensgefährliches – das stellte sich zumindest später heraus. Aber ich habe mir Sorgen gemacht. Ich erwähnte gegenüber Geoffrey, dass ich zu bestimmten Tests ins Krankenhaus müsse, und er ließ alles stehen und liegen, um mich zu fahren. Das war wirklich nicht nötig. Ich habe ein eigenes Auto, aber er ließ sich nicht davon abhalten. Es sei immer schwer, einen Parkplatz vor dem Krankenhaus zu finden, sagte er, das solle mir erspart bleiben. Und er war wirklich immer da. Bei jedem Termin. Er brachte mich hin und holte mich später wieder ab. Er ließ mich nie hängen.«

»Das ist wunderbar«, sagte Becks.

»Ja, oder?«

»Er war wirklich ein Heiliger«, fügte Becks hinzu.

»Denken Sie, Jeremy wäre derselben Meinung?«, fragte Judith.

»Weshalb fragen Sie?«

»Kurz bevor Geoffrey starb, schien er die Geduld zu verlieren«, sagte Suzie. »Das habe ich selbst gesehen.«

»So ist Jeremy nun mal. Er ist ein kleiner Westentaschendiktator, wenn es um Regeln und Verordnungen geht.«

Debbie legte die Stirn in Falten.

»Woran denken Sie?«, fragte Becks.

»Nun ja, wo Sie schon erwähnen, dass er die Geduld verlor, fällt mir doch etwas ein. Aber das hat sicherlich nichts zu bedeuten.«

Judith wühlte in ihrer Handtasche und zog die Bonbondose hervor.

»Wie wäre es, wenn Sie uns davon erzählen und wir gemeinsam entscheiden? Möchten Sie ein Bonbon?«

Das Angebot entzückte Debbie.

»Danke schön«, sagte sie und steckte sich ein Bonbon in den Mund. »Ich bin mir sicher, dass es nicht von Bedeutung ist, aber vor ein paar Wochen bekam ich mit, wie Geoffrey und Jeremy sich richtig angingen. Nach einer Sitzung der Rotarier, deshalb hatte es sicher nichts mit der Arbeit für den Stadtrat zu tun. Wir gehören alle zu den Rotariern, aber wenn Sie mich fragen, herrschte seitdem eine ziemliche Spannung zwischen Geoffrey und Jeremy.«

»Worum drehte sich der Streit?«

»Das weiß ich nicht. Ich sah sie auf dem Parkplatz, neben Geoffreys Auto. Jeremy wirkte sehr wütend, und Geoffrey sagte etwas wie: ›Den gebe ich dir nicht wieder.‹«

»›Den gebe ich dir nicht wieder‹?«, wiederholte Suzie.

»Genau. Oder etwas Ähnliches. Ich stieg einfach ins Auto und fuhr los. Aber jetzt frage ich mich, ob diese Sache belastend sein kann. Der Streit zwischen den beiden.«

»Glauben Sie, Jeremy wäre zu einem Mord fähig?«

Debbie lutschte grübelnd ihr Bonbon.

»Er könnte nicht nur einen Mord begehen, sondern gleich eine ganze Mordserie hinlegen. Der Typ Mensch, bei dem die Nachbarn sagen: ›Er war immer ruhig und hat uns nie gestört.‹ Aber dann, auf dem Phantombild, könnte er einem Mörder nicht ähnlicher sehen.«

Judith und ihre Freundinnen sahen sich an. War das möglich? War Jeremy Wessel ihr Mörder?

KAPITEL 11

Nachdem die drei Frauen Debbies Haus verlassen hatten, wandte sich Becks an Judith.

»Du hast versprochen, nicht nach dem Muttermal zu suchen!«, sagte sie.

»Habe ich auch gar nicht«, sagte Judith mit gespielter Unschuld.

»Das hast du wohl!«

»Ich habe nicht nach einem Muttermal Ausschau gehalten, sondern Debbie nur gebeten, etwas aus dem obersten Regalfach zu nehmen.«

»Du bist wirklich unverbesserlich.«

»Na das hoffe ich doch. Ansonsten wäre es doch langweilig.«

»Aber was halten wir von Debbie Bell?«, fragte Suzie.

»Ich weiß nicht«, sagte Becks. »Sie war nicht so negativ, wie ich gedacht hatte.«

»Sie war ziemlich negativ«, sagte Suzie.

»Aber sie sammelt diese romantischen, hübschen Figürchen. Ich glaube, hinter Debbie Bell steckt mehr, als man denken mag.«

»Und könnte es etwas bedeuten, dass sie für Sophias Mann arbeitet?«, fragte Suzie.

»Möglich. Aber du kennst Marlow ja. Jeder arbeitet für jeden. Jetzt muss ich auf jeden Fall wieder zum Pfarrhaus.«

»Wovon redest du?«, sagte Judith. »Du steckst gerade inmitten wichtiger Polizeiangelegenheiten.«

»Aber ich muss wirklich los. Ich habe angeboten, heute Nachmittag in der Liston Hall Sandwiches vorzubereiten.«

»Aber laut Debbie könnte Jeremy unser Mörder sein«, sagte Suzie. »Wir müssen mit ihm reden.«

»Tanika hat uns nur erlaubt, mit Debbie zu sprechen.«

»Hör dir selbst mal zu! Ist das die Becks, die mit Kryptowährungen ein kleines Vermögen verdient hat? Und die die ganze Stadt zusammengetrommelt hat, um einen Baum von der Straße zu ziehen, mitten im Sturm?«

Bei Suzies Worten konnte Becks sich ein kleines Strahlen nicht verkneifen, wurde dann aber von ihrem Handyklingeln abgelenkt. Es war Colin, der wohl herausfinden wollte, warum sie nicht bereits im Pfarrhaus stand und Sandwiches schmierte.

Sie drückte den Anruf weg.

»Wisst ihr was?«, sagte sie entschlossen. »Ich würde Jeremy sehr gerne befragen.«

Eine schnelle Internetsuche verriet ihnen, dass Jeremys Architekturbüro im Gewerbegebiet *Globe* im Osten der Stadt lag. Während Suzie sie dorthin brachte, klingelte Becks' Handy wieder. Wieder war es Colin.

»Ich sage ihm lieber kurz Bescheid«, sagte Becks und nahm ab. »Tut mir leid, Colin, aber ich habe heute keine Zeit, die Sandwiches vorzubereiten.«

»Das ist in Ordnung«, sagte Colin am anderen Ende der

Leitung. »Ich dachte mir schon, dass du genug zu tun hast – deshalb rufe ich an. Entschuldige den Wortwitz, aber ich habe etwas gegraben, was deine Friedhofsgeschichte angeht.«

»Wie bitte? Es ist in Ordnung, wenn ich nicht helfe?«

»Aber du hilfst doch – nur eben der Polizei und nicht mir, und das ist wohl etwas wichtiger. Und jetzt lass mich dir erzählen, was ich über Sophia De Castro herausgefunden habe.«

»Warte«, sagte Becks, »ich stelle dich laut.«

Becks hantierte mit ihrem Handy.

»Könnt ihr mich gut hören?«, fragte Colin über den Lautsprecher.

»Glasklar«, sagte Judith.

»Diese ganze Sache ist wirklich spannend. Denn wir besitzen die alten Dokumente tatsächlich noch. Und Sophia De Castro richtete ein absolutes Chaos an. Sie hat die reservierten Grabstellen einer Familie auf die allgemeine Warteliste gesetzt, sodass wildfremde Menschen neben den verstorbenen Ehepartnern begraben wurden, obwohl diese Gräber reserviert und bezahlt waren.«

»Das ist ja schrecklich«, sagte Becks.

»Aber es kommt noch schlimmer, weil Sophia es mit ihrem Rettungsversuch nur noch schlimmer machte – sie ließ Grabsteine umsetzen und verwechselte wieder Gräber. Es gibt sogar eine arme Familie, deren verstorbene Verwandte nicht mehr auffindbar ist, könnt ihr euch das vorstellen? Nicht zu wissen, wo eure Tante oder wer auch immer begraben liegt?«

»Warum in Gottes Namen wurde sie nicht verklagt?«, fragte Judith.

»Genau da wird es interessant. In unserem Archiv gibt es Briefe, die Geoffrey Lushington an den Bischof von Oxford geschrieben hat, weil wir Teil seiner Diözese sind. Und die solltet ihr sehen. Er bittet so leidenschaftlich und überzeugend um Vergebung für Sophia – wirklich ein Paradebeispiel dafür, wie man einem Bischof Honig ums Maul schmiert. ›Die Art der Gnade weiß von keinem Zwang‹ und so weiter und so fort.«

»›Sie träufelt wie des Himmels milder Regen / Zur Erde unter ihr‹«, beendete Judith das Zitat aus Shakespeares *Der Kaufmann von Venedig*.

»Ganz genau. Euer Mr Lushington war wirklich ein sehr beeindruckender Zeitgenosse«, sagte Colin abschließend. »Er hat niemanden tyrannisiert oder erpresst, sondern sich so selbstlos wie nur möglich verhalten. Er wollte nicht, dass der Ruf einer jungen Frau unter einem riesigen Fehler leidet.«

»Höchst interessant«, sagte Judith. »Vielen Dank für deine Hilfe, Colin.«

»Sehr gerne. Ach ja, Becks, meine Mutter will dir einen Abend freigeben, deshalb kocht sie heute. Eines von Sams Lieblingsgerichten.«

»Das kann sie doch nicht machen!«, sagte Becks.

Becks' Vehemenz überraschte Judith und Suzie.

»Sie will doch nur helfen, mein Schatz.«

»Das tut sie nicht. Sie versucht, mich schlechtzumachen.«

»Ich weiß, so wirkt es oft, aber dieses Mal …«

Becks beugte sich nach vorne und zischte ins Telefon: »Bei uns zu Hause koche ich. Wenn sie helfen möchte, kann sie die Betten neu beziehen oder ihr Zimmer putzen – oder einfach einen Abend woanders verbringen und nicht im Weg rumstehen!«

Am anderen Ende der Leitung gab es eine Pause.

»Das finde ich ein bisschen gemein …«

»Was ist Sams Lieblingsessen?«

»Ganz einfach, Burger mit Pommes.«

»Richtig. Und was habe ich vom Essensplan gestrichen?«

Colins Schweigen bestätigte, dass er das Problem endlich verstand. Becks hatte beschlossen, dass die Familie so wenig Fleisch und schlechte Kohlenhydrate wie möglich essen sollte. Das war besser für Umwelt und Gesundheit. Also hatte sie Rindfleischburger durch vegane Burger ersetzt und Pommes durch selbst gemachte Süßkartoffelecken. Es war ein langer und steiniger Weg zur Erleuchtung gewesen, aber nach Becks' monatelanger Überredungskunst mochte ihre Familie Erbsenburger mit Süßkartoffelecken genauso gern wie Rindfleischburger mit Pommes.

»Oh«, sagte Colin. »Verstehe.«

»Sie tut das absichtlich«, sagte Becks. »Das siehst du doch, oder?«

»Sie hat Sam schon gesagt, er könne haben, was er wolle.«

»Tja, kann er nicht. Solange sie unter meinem Dach lebt, wird sie essen, was auf den Tisch kommt. Kannst du ihr das ausrichten?«

»Ich? Ja, sicher«, sagte Colin, aber sein Zögern verriet das Gegenteil.

»Wehe, wenn nicht«, sagte Becks angespannt und legte auf.

Suzie und Judith warteten auf eine Erklärung von Becks.

»Meine Schwiegermutter wohnt aktuell bei uns«, gab Becks zu.

Suzie brach in schallendes Gelächter aus.

»Ach, wirklich?«

»Ich weiß, das ist ein Klischee – die gemeine Schwiegermutter –, aber sie ist noch viel schlimmer. Sie ist richtig böse.«

»Das ist ein starkes Wort«, sagte Judith.

»Zu meiner Hochzeit hat sie ihr Hochzeitskleid getragen.«

»Was?«, sagte Suzie.

»Könnt ihr euch das vorstellen? Marian hat nicht nur Weiß getragen, was schlimm genug gewesen wäre, sondern tatsächlich ihr eigenes Hochzeitskleid. Natürlich ließ sie es kürzen, um mehr Bein zu zeigen – sie hat ganz wunderbare Beine, die wir alle an diesem Tag bewundern durften. Aber sie wollte all meinen Freunden und Freundinnen zeigen, dass sie die wahre Braut war – mit einem kleinen Hauch von ›Übrigens passe ich noch in mein Hochzeitskleid‹.«

»Oh«, sagte Judith. »Das ist wirklich böse.«

»Vor drei Jahren hat Colins Dad sie endlich verlassen, nachdem er sie sein ganzes Leben lang ertragen hat. Sie ist wie ein Kind, übernimmt keinerlei Verantwortung. Seit der Trennung gibt sie das Geld nur für sich aus – ganz, wie sie will. Und dann, als ihr das Geld ausging, verkaufte sie das Haus und zog in einen Bungalow. Aber hat sie ihre Lektion gelernt? Sie schmeißt das Geld weiter zum Fenster raus – nimmt immer Taxis, kauft sich teure Klamotten, lässt sich jede Woche die Haare machen –, es geht immer nur darum, was Marian will. Und als ihr das Geld wieder ausging, verkaufte sie den Bungalow und zog in eine Mietwohnung. Und jetzt ratet mal? Selbst die konnte sie sich nicht mehr leisten. Also ist sie bei uns aufgeschlagen. Und jetzt scheint sie es sich zum Lebenswerk zu machen, mich bei jeder Gelegenheit zu untergraben.«

»Okay«, sagte Suzie. »Hast du schon mal darüber nachgedacht, sie umzubringen?«

»Täglich«, sagte Becks. »Aber was bleibt mir übrig? Sie ist Colins Mutter, die Oma von Chloe und Sam. Ich kann sie doch nicht einfach rauswerfen. Oder?«

»Du könntest sie in Suzies Kapselhotel stecken«, sagte Judith.

»Ha!«, lachte Becks. »Nur zu gerne.«

Suzie stellte den Rückspiegel ihres Transporters ein und tat so, als hätte sie den Witz nicht gehört.

»Was ist los?«, fragte Judith.

»Was?«, sagte Suzie, als wüsste sie nicht, wovon Judith sprach.

»Du bist ganz still geworden.«

»Ich? Nein. Ich bin nie still.«

»Gerade eben schon. Liegt dir irgendetwas auf dem Herzen?«

»Es ist nur … was für ein Zufall, dass du das Hotel ansprichst. Es gibt da ein paar Hindernisse. Ich habe mir die Pläne noch einmal online angeschaut, und ihr wisst doch, dass ich davon ausgegangen bin, dass eine Einheit acht Kapseln breit und zwei Kapseln hoch ist, richtig?«

»Deshalb ist sie nicht höher als dein Zaun«, sagte Judith.

»Aber ich habe die Pläne falsch gelesen. Die Einheit ist nicht acht Kapseln breit und zwei Kapseln hoch, sondern zwei breit und acht hoch.«

Nach einem überraschten Schweigen brach Judith in Gelächter aus, und Becks hielt sich die Hand vor den Mund, um ihr breites Grinsen zu verbergen.

»Du wolltest also einen Turm in deinem Garten bauen, der acht Hotelzimmer hoch, aber nur zwei Zimmer breit ist?«

»Das ist nicht witzig«, sagte Suzie. »Ich habe viel Arbeit reingesteckt, und jetzt ist das alles umsonst.«

»Ja, natürlich«, sagte Becks, die sofort Mitleid hatte. »Das muss dich so frustrieren.«

»Es ist *ziemlich* witzig«, sagte Judith.

Suzie fuhr mit finsterem Blick weiter und schniefte.

»Es *ist* ziemlich witzig«, stimmte sie widerwillig zu.

»Wie hoch wäre die Konstruktion geworden?«, fragte Judith.

»Einundzwanzig Meter.«

Bei der Vorstellung eines einundzwanzig Meter hohen Turms in Suzies Garten konnten die Freundinnen nur noch lachen.

»Ich bin so eine Idiotin«, sagte Suzie.

»Quatsch. Idiotinnen fassen keine Mörder.«

»Und ziehen ihre beiden Kinder nicht so großartig auf«, ergänzte Becks.

»Das denkst du?«

»Beide deiner Töchter haben Partner, mögen ihre Jobs und sind glücklich.«

»Ja, du hast recht. Das sind sie.«

»Und das kannst du dir hoch anrechnen. Ich finde es beeindruckend, wie hart du schon immer gearbeitet hast. Mit der Hundebetreuung, der Radiosendung oder dieser Idee für ein Hotel. Du hältst immer die Augen auf, und wenn du eine Chance siehst, ergreifst du sie. Findest du das auf Dauer nicht anstrengend?«

»Wie meinst du das?«

»Natürlich musstest du so hart arbeiten, als deine Kinder noch klein waren, aber jetzt haben sie ihr eigenes Leben. Und deins hast du dir auch ziemlich gut eingerichtet. Die Hundebetreuung lässt dir viel Zeit für andere Interessen.«

»Andere Interessen wie Verbrechensbekämpfung«, sagte Judith.

»Und bei der Radiosendung am Sonntagabend kannst du weitere Kontakte in der Stadt knüpfen. Wenn du mich fragst, klingt das nach einem erfüllten Leben.«

Suzie sah ein, dass Becks recht haben könnte. Ihr ganzes Leben lang hatte sie geackert, um über die Runden zu kommen; in jeder Situation hatte sie überlegt, ob etwas für sie herausspringen könnte. Aber was würde passieren, wenn sie stattdessen einfach akzeptierte, dass sie glücklich war? Es war eine radikale Idee, zumindest aus ihrer Sicht, aber für weitere Grübeleien gab es keine Zeit, denn in diesem Augenblick fuhren sie bei Jeremys Geschäftsadresse vor.

Sie befanden sich in einem der ältesten Teile des Gewerbegebiets. Nicht jede Büroeinheit war vermietet, und die Farbe an Jeremys Fenstern blätterte ab.

»Könnte einen Architekten gebrauchen«, sagte Suzie, nachdem sie ausgestiegen waren.

Sie klopften an, und Jeremy öffnete ihnen mit einem überheblichen Grinsen.

»Guten Tag, die Damen. Ach, Sie kenne ich doch«, sagte er zu Suzie. »Sie saßen doch auf der Besuchergalerie, als Geoffrey starb?«

»Genau«, sagte Suzie.

»Was für ein Zufall, dass Sie ein paar Tage später hier auftauchen.«

»Das ist kein Zufall – wir arbeiten im Auftrag der Polizei«, sagte Suzie und zeigte ihm ihren Ausweis.

»Wir sind aber trotzdem Zivilistinnen«, ergänzte Becks.

»Und würden Ihnen gerne einige Fragen zu Mr Lushington stellen«, sagte Judith.

Jeremys Augenwinkel zuckte kaum merklich.

»Dann kommen Sie mal rein«, sagte er mit einem Lächeln, das nicht viel Selbstbewusstsein ausstrahlte. Eigentlich war es überhaupt kein Lächeln. Sie folgten ihm voller Erwartungen.

KAPITEL 12

Jeremy führte die Frauen in ein kleines Büro. Am einzigen Fenster stand ein Zeichentisch, ein zweiter Schreibtisch mit einem Computer wurde von zwei Aktenschränken eingekeilt. Eine billige Tür war zur Schreibtischplatte umfunktioniert worden.

»Ich wollte mir gerade einen Tee machen, möchten Sie auch einen?«, sagte er.

»Wie nett«, sagte Judith. »Ich nehme gerne einen Tee.«

»Ich auch«, sagte Suzie. »Mit zwei Stück Zucker, wenn Sie welchen dahaben.«

»Natürlich. Und Sie?«, fragte Jeremy Becks.

»Für mich nicht, vielen Dank.«

Jeremy stellte den Wasserkocher an.

»Ehrlich gesagt bin ich dankbar für die Ablenkung. Ich habe den Morgen damit verbracht, die Waschbecken im neuen Toilettenblock des Rugbyclubs unterzubringen.«

»Sie kümmern sich um den Ausbau des Rugbyclubs?«, fragte Suzie.

»Genau.«

»Und Sie sitzen im Bauausschuss des Stadtrats?«, fragte Judith.

»Keine Sorge, wenn eines meiner Projekte besprochen wird, enthalte ich mich wegen des Interessenkonflikts. Die eigenen Hausaufgaben kann man nicht benoten. Was haben Sie bei der Sitzung gemacht?«, fragte er Suzie und verteilte die Teetassen.

Suzie brachte es nicht übers Herz zu lügen.

»Ich hatte überlegt, einen Bauantrag für ein Hotel einzureichen«, sagte sie.

»Große Pläne!«, sagte Jeremy beeindruckt.

»Groß sind sie nicht wirklich«, sagte Suzie kläglich. »Eher hoch und schmal.«

»Wir hatten auch schon miteinander zu tun«, sagte Judith. »Sie haben sich vor ein paar Jahren mein Dach angesehen, wegen einer möglichen Neugestaltung.«

»Entschuldigen Sie, daran kann ich mich nicht erinnern. Ich habe viele kleine Aufträge.«

»Schlussendlich habe ich Sie nicht beauftragt.«

Die versteckte Kritik kam nicht bei Jeremy an.

»Das erklärt wohl, warum ich mich nicht daran erinnere. Also, wie kann ich Ihnen behilflich sein?«

»Wir möchten Ihnen einige Fragen zu Geoffrey stellen«, sagte Judith.

»Natürlich. Schießen Sie los – auch wenn das jetzt etwas geschmacklos klingt«, ergänzte Jeremy. »Was möchten Sie wissen?«

»Nun ja, wir haben bereits mit Sophia, Marcus und Debbie gesprochen, die uns alle versichert haben, was für ein guter Mensch Geoffrey war.«

»Das war er, da würde ich zustimmen.«

»Auch wenn Sie am Abend seines Todes mit ihm gestritten haben?«, sagte Suzie.

»Das war kein richtiger Streit, ich habe mich eher in Rage geredet. Das sollte ich wirklich nicht. Manchmal bin ich selbst mein größter Feind.«

»Sie sagten auch, Sie stünden in letzter Zeit sehr unter Druck«, sagte Suzie.

»Ach ja? Ich meinte wohl nur, dass ich hier alles alleine schmeiße. Und jede Menge zu tun habe.«

»Für mich klang es, als steckte mehr dahinter. Sie warfen Geoffrey vor, Sie zu belehren.«

»Weil er das tut. Typisch Laie, wenn ich ehrlich bin. Liest ein paar Bücher über Frank Gehry und denkt, er weiß alles über Architektur.«

»Gefährliches Halbwissen«, sagte Judith.

»Genauso ist es. Marlow ist eine historische Stadt, dem kann man nicht entkommen. Genau das zieht die Touristen an – dass sich hier Gebäude aus dem siebzehnten, achtzehnten und neunzehnten Jahrhundert aneinanderreihen. Deshalb gibt es trotzdem Platz für Modernismus, aber es muss eben zum bisherigen Häuserbestand passen. Diese Dynamik hat Geoffrey nie verstanden. Aber trotzdem lief nie etwas aus dem Ruder«, ergänzte Jeremy schnell. »Vor allem, weil ich meine Meinung immer durchsetzen konnte. Gerade Sophia und Debbie waren dagegen, Plastikhäuser in grellen Farben mitten auf die High Street zu setzen. Bei strittigen Angelegenheiten konnte ich mich immer auf ihre Stimmen verlassen. Aber Sie sollen keinen falschen Eindruck bekommen. Dass wir uns wirklich uneinig waren, passierte nur alle Jubeljahre. Meistens haben wir einfach nur absolut einwandfreie Anträge von Anwohnern und Anwohnerinnen abgestempelt.«

Jeremy hatte sich wieder gefangen, also beschloss Judith, ihn etwas aufzurütteln.

»Gibt es irgendetwas Besonderes, worüber Sie in letzter Zeit mit Geoffrey gestritten haben?«

»Nein, nicht dass ich wüsste.«

»Wirklich nicht?«, sagte Judith und sah Jeremy aufmerksam an. »Debbie erzählte uns, dass Sie kürzlich nach einer Sitzung der Rotarier mit Geoffrey gestritten haben.«

Jeremys Auge zuckte wieder.

»Das hat sie behauptet?«, sagte er, auch wenn er offensichtlich genau wusste, wovon sie sprachen.

»Geoffrey soll zu Ihnen gesagt haben: ›Den gebe ich dir nicht wieder.‹«

Jeremy leckte sich die Lippen, seine Gedanken rasten, aber dann hellte sich sein Blick auf.

»Debbie dachte, das sei ein Streit?«, sagte er und lachte. »Manchmal geht sie mir wirklich auf den Geist. Erzählen Sie das niemandem, aber sie ist der Miesepeter im Ausschuss. Sie sieht immer nur das Schlimmste. Im Ernst.«

»Können Sie uns erzählen, was an diesem Abend tatsächlich passiert ist?«

»Zunächst einmal war das kein Streit. Oder eine irgendwie geartete Meinungsverschiedenheit. Geoffrey hat mich aufgezogen, das war's. Es sollte ein Witz sein.«

»Ach ja?«

»Wir trinken beide gerne mal einen Whisky. Darüber

konnten wir uns am besten unterhalten. Nach den Ausschusssitzungen gingen wir oft noch etwas trinken und sprachen über besonders feine Single Malts, auf die wir seit unserem letzten Treffen gestoßen waren. Geoffrey liebte torfige Whiskys, das war sein Spezialgebiet. Als ich auf einen Whisky aus Japan stieß, den ich zugegebenermaßen nicht von einem Malt von der Isle of Jura unterscheiden konnte, musste ich ihm die Flasche einfach leihen. Ich vermutete, er würde ihm schmecken, und lag richtig. Das ist schon alles, was er sagen wollte. ›Den gebe ich dir nicht wieder‹ – der Whisky sei zu gut, um ihn zurückzugeben. Wenn ich ehrlich bin, brachte er mich damit sogar zum Lachen. Ich konnte seine Begeisterung verstehen. Ich mag eher Florales – mit einem Hauch Schwefelaroma –, also konnte er die Flasche von mir aus gerne behalten.«

»Um welche Marke ging es?«, fragte Judith, die Jeremy diese Geschichte kein bisschen abkaufte.

»Kyoto Gold. Wenn Sie Whisky mögen, sollten Sie ihn probieren. Er ist ganz außergewöhnlich.«

»Also würden wir eine Flasche Kyoto Gold finden, wenn wir Geoffreys Haus durchsuchen?«

»Natürlich. Es sei denn, er hat sie ausgetrunken. Er war schon immer ein alter Zecher.«

»Sie glauben, er könnte eine ganze Flasche getrunken haben seit … wann war die Sitzung der Rotarier?«

»Vor drei Wochen, meine ich. Ja, er konnte definitiv eine Flasche innerhalb von drei Wochen trinken. Er lebte alleine, also hielt ihn niemand davon ab, sich jeden Abend einen großen, wärmenden Schluck Bernstein zu genehmigen.«

Suzie und Becks warfen sich einen Blick zu, denn Judith würde niemals drei Wochen an einer Whiskyflasche trinken.

»Also«, sagte Jeremy, der sich schon auf der Zielgeraden sah, »würde ich an Ihrer Stelle Debbies Schwarzmalerei links liegen lassen und mich darauf konzentrieren, dass Geoffrey und ich immer gut genug miteinander auskamen, um zusammen in den Pub zu gehen, und ich ihm sogar Whisky lieh. Bei jeglichen Konflikten ging es immer nur um Nichtigkeiten, die wir ganz professionell lösen konnten. Das waren nur Mücken, aus denen man keine Elefanten machen sollte.«

»Darf ich Sie dann fragen«, sagte Judith, »ob Geoffrey Geldsorgen hatte?«

»Nicht dass ich wüsste. Mir gegenüber hat er nie etwas erwähnt.«

»Verstehe. Und was wäre Ihre Antwort, wenn ich zu Ihnen sage: ›Folgen Sie dem Geld‹?«

Jeremy zuckte mit den Schultern.

»Das sagt mir nichts. Oh Gott, Ihr Zucker!«, unterbrach er sich plötzlich. »Den habe ich ganz vergessen«, sagte er zu Suzie und ging in die kleine Küche.

»Das ist kein Problem«, sagte Suzie. »Ich sollte sowieso weniger Zucker essen.«

»Nein, keine Sorge, hier haben Sie ihn«, sagte er und reichte ihr eine Zuckerschale.

Dieser Anblick brachte Judith auf einen Gedanken.

»Sie haben keinen Tee bei der Ausschusssitzung getrunken, richtig?«

»Tatsächlich nicht. Auch keinen Kaffee. Aber Geoffrey

schon, falls Sie darauf hinauswollen. Eine Tasse Kaffee mit zwei Stück Zucker.«

»Sie haben gesehen, wie er den Zucker in seinen Kaffee getan hat.«

»Klar. Und?«

»Können Sie uns sagen, in welchem Behältnis der Zucker aufbewahrt wurde?«, fragte Judith neugierig.

Die Frage verblüffte Jeremy.

»Der Zucker war in einer dieser Glasdosen. Die kennt man doch, mit einem Metallverschluss und einem orangefarbenen Gummi.«

»Sie meinen ein Weckglas?«, sagte Becks.

»Genau – die Zuckerwürfel waren in einem kleinen Weckglas.«

»Und haben Sie das Glas gesehen, nachdem Geoffrey gestorben war?«, drängte Judith.

»Sie stellen wirklich die seltsamsten Fragen«, sagte Jeremy schmunzelnd, er hatte sich wieder gefasst. »Tatsächlich habe ich es gesehen. Es stand noch auf dem Tisch, neben Geoffreys Tasse. Ich erinnere mich daran, weil es nicht umgefallen war, obwohl Geoffrey doch vom Stuhl stürzte.«

»Das Weckglas mit den Zuckerwürfeln stand definitiv noch auf dem Tisch?«

»Oh ja.«

Judith bedankte sich bei Jeremy und führte ihre Freundinnen hinaus.

»Was ist denn los?«, fragte Becks.

»Wir arbeiten für die Polizei«, sagte Judith.

»Definitiv«, sagte Suzie und hielt ihr Schlüsselband hoch.

»In beratender Position«, ergänzte Becks.

»Dann sollten wir Tanika raten, den Tatort von uns untersuchen zu lassen. Ein Zuckerglas ist verloren gegangen, und die Polizei konnte es bisher nicht auftreiben. Es ist an der Zeit, dass wir es finden.«

KAPITEL 13

Tanika wusste nicht, ob es eine gute Idee war, ihre zivilen Beraterinnen an den Tatort zu lassen. Eigentlich wusste sie sogar genau, dass es eine fürchterliche Idee war. Aber die Spurensicherung hatte ihre Arbeit im Plenarsaal abgeschlossen, und auch Tanika war neugierig, weil Jeremy behauptet hatte, das Zuckerglas habe nach Geoffreys Tod noch auf dem Tisch gestanden.

Am Rathaus schloss Tanika ihnen auf, und Judith blickte zur kleinen Überwachungskamera an der Decke, gleich oberhalb des Eingangs.

»Das ist also die Kamera, deren Kabel durchtrennt wurde?«, fragte sie.

»Genau«, sagte Tanika. »Es wurde genau hier durchtrennt.« Das Kabel lief an der Wand hinab, und Tanika deutete zu einer Stelle auf Kniehöhe.

»Es ist wirklich seltsam, dass jemand meinte, diese Kamera außer Gefecht setzen zu müssen«, sagte Judith. Der Schauplatz war völlig unscheinbar. Rechter Hand ging die Tür zum Plenarsaal ab, die versiegelt war. Linker Hand lagen drei Türen zu weiteren Verwaltungsbüros, eine Treppe am Ende des Korridors führte in den ersten Stock. Gleich daneben hing ein graues öffentliches Telefon samt zerkratzter

Plastikhaube, diverse Plakate informierten über Projekte des Stadtrats, und ein einsames, altes Ölgemälde zeigte einen Mann in Kniebundhosen und Dreispitz.

»Das Kabel muss vom Mörder durchtrennt worden sein«, sagte Suzie.

»Das denke ich auch«, sagte Judith. »Aber warum? Eine der Personen im Plenarsaal muss Geoffrey ermordet haben, warum sollten wir also nicht mitbekommen, dass diese Person ins Rathaus geht? Was übersehen wir?«

»Machen wir weiter«, sagte Tanika, entfernte das Siegel und schloss den Plenarsaal auf. »Wir müssen schließlich eine Zuckerdose finden.«

»Wo hast du gesessen, Suzie?«, fragte Judith.

»Hier oben«, sagte Suzie und deutete auf die Galerie.

»Aber du weißt nicht mehr, ob jemand Geoffrey Zucker angeboten hat?«

»So genau habe ich nicht aufgepasst, ehrlich gesagt.«

»Wir sollten wohl in der Küche suchen«, sagte Judith und machte sich auf den Weg.

»Gibt es neue Entwicklungen, seitdem wir das letzte Mal gesprochen haben?«, fragte Tanika.

»Nichts Gravierendes«, sagte Suzie. »Laut Debbie waren ihre Fingerabdrücke auf Geoffreys Kaffeekapsel, weil sie in der Maschine feststeckte und Debbie sie herausnehmen musste, ehe sie sich einen Kaffee machen konnte. Allerdings hat sie uns von einem Streit zwischen Geoffrey und Jeremy Wessel erzählt. Als wir vorhin mit ihm sprachen, behauptete er, sie hätten sich über einen Whisky unterhalten, aber wenn Sie mich fragen, klang das nicht sonderlich glaubhaft.«

Tanika wusste kaum, ob sie die drei Frauen über das Gespräch mit Jeremy ausfragen oder sie deswegen verwarnen sollte, entschied sich aber für Ersteres.

»Warum glauben Sie ihm nicht?«

»Jeremy verhielt sich bei der ganzen Sache ziemlich verdächtig.«

»Vielleicht war er nervös«, versuchte es Becks.

»Nein, es war mehr als das. Er verheimlichte etwas.«

»Könnte er unser Mörder sein?«, fragte Tanika.

»Möglich«, sagte Suzie. »Debbie Bell meinte, er sei zu Mord fähig. Aber wir tippen immer noch auf Sophia De Castro. Diese ganze positive Art, damit würde jeder verdächtig wirken. Und wer hält sich überhaupt einen Garten voller Gift? Mehr muss ich nicht wissen.«

Tanika lächelte. Auch sie war Suzies vorschnelle Urteile schon lange gewohnt.

»Und Sie?«, fragte Becks Tanika. »Konnten Sie Fortschritte machen?«

»Ja, das konnten wir«, sagte Tanika. »Wir haben die Telefonnummer von Judiths anonymem Anrufer herausgefunden.«

»Wirklich?«, sagte Judith, deren Kopf kurz in der Durchreiche auftauchte.

»Der Anruf wurde von einer öffentlichen Telefonzelle vor dem Hockeyclub abgesetzt. Aber bevor Sie in Begeisterung ausbrechen, muss ich Ihnen sagen, dass mir einer meiner Beamten berichtete, jegliche Fingerabdrücke seien von dem Telefon gewischt worden. Wer auch immer Sie angerufen hat, möchte wirklich nicht identifiziert werden.

Außerdem muss ich leider berichten, dass uns der Tipp ›Folgen Sie dem Geld‹ keine Durchbrüche beschert hat. Ich habe Geoffreys Konten noch einmal von den Finanzexperten unserer Spurensicherung durchgehen lassen, aber er gab wohl nicht viel Geld aus, lebte seinen Verhältnissen entsprechend und hatte nur ein Konto. Bei ihm gibt es keinerlei finanzielle Unregelmäßigkeiten. Also frage ich mich, worauf sich ›Folgen Sie dem Geld‹ ansonsten beziehen könnte.«

»Könnte unser anonymer Anrufer von den Geldern des Stadtrats sprechen?«, fragte Becks. »Ich sitze in genug Komitees, um zu wissen, dass sich schnell etwas unterschlagen lässt.«

»Das Archiv des Stadtrats wird im Hauptbüro aufbewahrt, im ersten Stock. Ich werde uns die Befugnis beschaffen, die Dokumente aufs Revier zu bringen.«

»Das halte ich für eine gute Idee. Aber es dürfen nicht nur die Dokumente des Bauausschusses sein. Wir brauchen die Unterlagen aller Ausschüsse, in denen Geoffrey sitzt. Und außerdem alles, was mit den anderen Mitgliedern des Bauausschusses zu tun hat. ›Folgen Sie dem Geld‹ könnte sich genauso gut auf sie beziehen. Bei allem, was man uns über Geoffrey erzählt hat, ist das sogar wahrscheinlicher.«

»Stimmt«, sagte Tanika. »Und Sie haben recht, was Mr Lushington angeht. Wir haben nicht eine Person gefunden, die etwas Schlechtes über ihn zu sagen hat. Er wurde wirklich von allen verehrt. Ach, und auf Ihren Vorschlag hin haben wir mit Marcus Percivals Schwester gesprochen. Sie hat alles bestätigt, was Mr Percival Ihnen erzählt hat. Dass Mr Lushington ihr finanziell aushalf, es aber nicht dabei beließ. Er wollte sie nicht unglücklich sehen, deshalb setzte er alles daran, sie wieder auf den rechten Weg zu bringen. Er verschaffte ihr einen Job im Unternehmen eines Freundes und ermunterte sie, in die Kirche zu gehen. Sie erzählte mir, der Job und die Kirche gaben ihr den nötigen Rückhalt, um mit dem Trinken aufzuhören. Seitdem ist sie nüchtern, drei Jahre schon.«

»Das ist doch nicht zu fassen!« Suzie hatte die Schnauze voll. »Alle erzählen uns, wie toll Geoffrey war – aber irgendjemand lügt doch. Weil jemand einen Grund hatte, ihn zu ermorden. Wer war es, und warum musste Geoffrey sterben?«

»In der Teeküche gibt es kein Weckglas mit Würfelzucker«, sagte Judith und kehrte in den Plenarsaal zurück. »Lasst uns überlegen, Jeremy hat das Glas direkt nach Geoffreys Tod auf dem Tisch gesehen. Nehmen wir an, es wurde von einem der vier Sitzungsteilnehmer entfernt«, fuhr sie fort und ging zum Konferenztisch. »Bist du auch danach auf der Galerie geblieben, Suzie?«

»Nicht ganz«, sagte Suzie. »Ich bin runtergegangen, aber mir wurde gesagt, man brauche meine Hilfe nicht.«

»Tatsächlich?«, sagte Tanika.

»Von Jeremy. Er sagte, er habe alles unter Kontrolle, und Debbie rief schon den Notarzt an, also ging ich raus, um mich bei Judith und Becks zu melden.«

»Hat in dieser Zeit irgendjemand den Plenarsaal verlassen?«, fragte Judith.

»Nein.«

»Also hätte niemand das Glas an dir vorbeischmuggeln

können«, sagte Judith. »Obwohl eines der vier Ausschussmitglieder durch die Brandschutztür in der Teeküche entkommen sein könnte.«

»Das wäre sicherlich aufgefallen«, sagte Tanika. »Ihnen zufolge blieben alle vier Zeugen bei der Leiche – gemeinsam –, bis der Krankenwagen und die Polizei eintrafen. Und dann machten sie ihre Aussagen gleich nebenan im Marlow Museum.«

»Dann überlegen wir weiter«, sagte Judith und ließ den Raum auf sich wirken. »Wenn ich den Zucker loswerden wollen würde – und zwar schnell –, ohne dass ich den Raum verlassen oder betreten könnte, aber überall Zeugen stünden, was würde ich tun?«

Judith ging zu den Aktenschränken. Nach und nach öffnete sie die Schubladen und rief schließlich triumphierend: »Na, was haben wir denn da?«

»Du hast es?«, fragte Suzie ungläubig.

Judith hatte eine Schublade voller Hängemappen hervorgezogen und blickte tief in den Aktenschrank.

»Hat jemand eine Taschenlampe?«

Becks, Tanika und Suzie leuchteten mit ihren Handys in die hinterste Ecke des Schranks, wo ein kleines, umgekipptes Weckglas lag. Darin war Würfelzucker.

»Wie erfreulich«, sagte Judith.

»Okay, weg vom Aktenschrank«, sagte Tanika und nahm sich einen der Spurensicherungsbeutel, die ihr Team zurückgelassen hatte. Doch sie legte ihn gleich wieder ab, um sich hellblaue Handschuhe überzuziehen.

»Blaue Handschuhe!«, rief Suzie.

»Ja, blaue Handschuhe«, sagte Tanika und stülpte den Beweisbeutel konzentriert um. Mit dem Beutel nahm sie das Glas auf, stülpte den Beutel wieder um und verschloss ihn.

Judith und Becks bemerkten, wie Suzie zur Durchreiche starrte, als hätte sie gerade ein Gespenst gesehen.

»Gibt es ein Problem?«, fragte Judith.

»Haben die anderen den Typen in der Küche erwähnt?«, fragte Suzie.

»Wie bitte?«, sagte Tanika.

»Ich habe mich gerade erst an ihn erinnert, wegen der blauen Handschuhe. Der Typ hat die gleichen getragen – Sie wissen schon, diese blauen, durchsichtigen Einweghandschuhe. Das fand ich übertrieben.«

»Wovon reden Sie?«

»Vor der Sitzung war jemand in der Teeküche.«

Vor Überraschung riss Tanika den Mund auf.

»*Was?*«, sagte sie.

»Er war schon weg, als die Sitzung anfing – deshalb kam ich gar nicht auf die Idee, ihn zu erwähnen. Ich nehme an, er hat den Tee für die Sitzung vorbereitet.«

»Und den Kaffee?«, fragte Judith.

»Das weiß ich nicht. Die Kaffeemaschine und der Wasserkessel – und alle Tassen und Untertassen – standen schon auf der Theke, als ich ankam.«

Suzie wusste, wie schlimm das klang, und Tanika sah entsprechend verärgert aus.

»Den Namen dieser Person haben Sie nicht mitbekommen?«

»Tut mir leid«, sagte Suzie kleinlaut. »Ich habe ihn noch

nie gesehen. Und er war weg, ehe ich ihn richtig wahrnehmen konnte.«

»Um Ihre Frage zu beantworten: Keiner der Zeugen hat erwähnt, dass jemand an diesem Abend in der Küche gearbeitet hat.«

»Wirklich nicht?«, fragte Judith.

»Ich werde jetzt also dieses Weckglas aufs Revier bringen«, sagte Tanika verkrampft. »Und dann werde ich jedes einzelne Ausschussmitglied fragen, ob sie diese Person in der Küche kennen. Und warum ihn bisher niemand erwähnt hat.«

Kapitel 14

Tanika brachte das Weckglas aufs Revier, und die drei Freundinnen blieben auf dem Parkplatz zurück, doch Becks war tief in Gedanken versunken.

»Ich bin so ein Kamel«, sagte Suzie.

»Mach dir keine Sorgen«, sagte Judith. »Tanika wird sicher herausfinden, wer unsere mysteriöse Servierkraft ist. Was ist los, Becks?«

»Wie bitte?«, fragte Becks.

»Du wirkst, als wärst du ganz woanders.«

»Ach, es ist gar nichts.«

»Es ist eindeutig nicht nichts.«

»Ich meine nur … wir sind eben *keine* Polizeibeamten.«

»Das haben wir auch nie behauptet«, sagte Suzie, auch wenn sie alle wussten, dass es eine glatte Lüge war.

»Aber wenn ich euch gleich erzähle, was ich weiß, werdet ihr euch aufregen und so tun, als wärt ihr die Polizei.«

»Das werden wir nicht«, sagte Suzie.

»Was genau weißt du denn?«, fragte Judith.

Becks biss sich auf die Lippe und wusste nicht, was sie als Nächstes tun sollte.

»Ich habe eine Idee«, sagte Judith. »Wie wäre es, wenn ich dir verspreche, dass wir – ganz egal, was du uns sagst – zuerst Tanika davon erzählen und nichts tun, solange sie nicht zustimmt.«

»Okay«, sagte Becks überzeugt. »Die Sache ist die: Ich kenne denjenigen, der bei allen Stadtratssitzungen Tee serviert.«

»Wirklich?«, sagte Suzie hocherfreut.

»Alec Miller, er macht das schon seit Jahren.«

»Woher weißt du das?«, fragte Judith.

»Er kümmert sich auch um die Veranstaltungen im Pfarrsaal. So verdient er sich etwas zu seiner Rente.«

»Weißt du zufällig, wo er wohnt?«

»Er hat ein Cottage oben am Wiley's Field. Manchmal helfe ich ihm, die Sandwiches und Getränke ins Auto zu tragen, und fahre mit ihm runter.«

»Auf was warten wir dann noch?«, sagte Judith und lief voraus zu Suzies Transporter, Suzie folgte ihr eilig.

»Wohin willst du?«, fragte Becks.

»Wir müssen mit Alec Miller sprechen!«

»Du hast versprochen, dass wir zuerst mit Tanika reden!«

»Und das werden wir – aber sie ist so beschäftigt mit dem Weckglas, dass es viel sinnvoller ist, gleich loszulegen und ihr *dann* davon zu berichten.«

Becks seufzte, denn eigentlich war ihr klar gewesen, wie Judith und Suzie reagieren würden. Sie stieg auf der Beifahrerseite ein und fragte: »Du würdest wirklich alles tun, um deinen Willen durchzusetzen, oder?«

»Könnte man so sagen«, antwortete Judith mit einem breiten Lächeln.

* * *

Alec Miller lebte in einem kleinen Cottage, das an ein unbebautes Feld am oberen Ende von Marlow grenzte. Suzie blieb vor dem alten Tor stehen.

»Was ist los?«, fragte Becks.

»Das ist eines der letzten Stückchen von Marlow, die noch nicht bebaut wurden«, sagte Suzie. »Aber das wird sich alles ändern«, fügte sie hinzu und deutete auf ein Baustellenschild am Tor. »Sie werden das Feld betonieren und jede Menge Häuser draufstellen.«

Laut Schild sollte eine Wohnsiedlung auf dem Feld errichtet werden. Einsprüche seien an den Stadtrat von Marlow zu richten.

»Die Stadt braucht dringend neue Häuser«, sagte Becks.

»Aber dafür kann man doch keine Felder platt walzen«, sagte Suzie.

»Kommt schon«, sagte Judith und führte ihre Freundinnen zu Alecs Haus. Ein Paar schlammige Stiefel standen auf der Veranda, und am Fenster löste sich allmählich ein Nachbarschaftswache-Aufkleber ab.

»Also, womit rechnen wir?«, fragte Suzie. »Reden wir gleich mit unserem Mörder?«

»Alec scheint mir kein Mörder zu sein«, sagte Becks. »Er ist einfach ein netter, alter Kerl. Ihr wisst schon, welche Sorte Mann ich meine.«

»Auch ›nette, alte Kerle‹ können einen Mord begehen«, sagte Judith.

»Natürlich. Aber ich kann mir nicht vorstellen, aus welchem Grund Alec zu so extremen Maßnahmen greifen würde. Ihr werdet schon sehen.«

Becks klopfte an die Tür.

Von innen rief ein Mann: »Moment bitte«, dann näherten sich schlurfende Schritte.

Ein großer, dünner Mann Mitte siebzig öffnete ihnen die Tür, er trug eine flaschengrüne Strickjacke und eine braune Kordhose, in der Hand ein altes Fernglas. Sein dunkles Haar wurde immer dünner, war aber ordentlich gekämmt, und sein zerfurchtes Gesicht verzog sich bei Becks' Anblick zu einem warmen Lächeln.

»Hallo, Mrs Starling. Ich habe gerade die Schwalben im Feld beobachtet«, sagte er und hielt das Fernglas hoch. »Vom Dachgeschoss hat man einen wunderschönen Blick.«

»Aber Sie sind doch gar nicht ...«, platzte es aus Suzie heraus.

»Wie bitte?«

»Sie sind nicht Alec Miller.«

»Doch, das bin ich«, sagte er schmunzelnd. »Wer sollte ich denn sonst sein? Ich habe schon mein ganzes Leben in diesem Haus gewohnt und hieß schon immer Alec Miller.«

»Aber ich habe den Typen gesehen, der dem Bauausschuss Tee serviert hat, und das waren Sie nicht. Sie sind viel zu groß, damit fängt es schon an.«

»Wovon reden Sie?«

Judith schritt ein.

»Entschuldigen Sie, Mr Miller, arbeiten Sie während der Sitzungen des Stadtrats in der Küche?«

»Ja, richtig«, sagte Alec erleichtert. »Zwar nur in Teilzeit, aber ich kümmere mich um die Sandwiches und Getränke, wenn es besondere Sitzungen oder Empfänge gibt. Genau wie in der Kirche. Nicht wahr, Mrs Starling?«

»Genauso ist es«, stimmte Becks zu.

»Mir macht die Arbeit Spaß, und so komme ich aus dem Haus.«

»Aber an dem Abend, als Geoffrey Lushington starb, arbeiteten Sie nicht?«, fragte Suzie.

»Ah, verstehe«, sagte Alec. »Jetzt weiß ich, was Sie meinen. Nein, Sie haben ganz recht, an dem Abend war ich nicht da.«

»Warum nicht?«, fragte Becks.

»Ja, das ist etwas seltsam«, sagte Alec und dachte nach. »Ich sollte wie üblich den Tee und ein paar Kleinigkeiten für die Ausschusssitzung vorbereiten, aber dann erhielt ich morgens einen Anruf, dass ich nicht gebraucht würde.«

»Wer hat Sie angerufen?«

»Keine Ahnung. Eine Frau.«

»Sind Sie sicher, dass es eine Frau war?«

»Oh ja.«

»Können Sie ihre Stimme beschreiben?

»Ich weiß nicht. Sie war ziemlich rau.«

Judith wusste, es gab nur eine Verdächtige mit einer rauen Stimme.

»Könnte das Sophia De Castro gewesen sein?«, fragte sie.

»Keine Ahnung – der Name sagt mir nichts.«

»Eine Sekunde«, sagte Becks und holte ihr Handy aus der Tasche. Sie wischte und tippte auf den Bildschirm, bis sie die richtige App gefunden hatte. »Ich habe Sophias Podcast abonniert. Er ist ziemlich interessant. Ihretwegen ziehe ich tatsächlich Homöopathie in Betracht. Es gibt so viel auf dieser Welt, das wir nicht wissen.«

»Aber wir wissen, dass Homöopathie Quatsch ist«, sagte Judith.

»Das sagst du, aber können wir uns jemals bei irgendetwas sicher sein?«

»Ja. Homöopathie ist Quatsch, ganz sicher.«

»Hey«, sagte Suzie, um ihre Freundinnen wieder zum Thema zurückzubringen. »Dafür haben wir jetzt keine Zeit.«

»Nein, natürlich nicht«, stimmte Becks zu und spielte den Podcast ab.

Über den Lautsprecher hörte man Sophia dozieren: »›Den Körper bei guter Gesundheit zu halten, ist eine Pflicht.‹«

»Das ist sie!«, sagte Alec begeistert.

Sophia sprach weiter: »›Andernfalls können wir unseren Geist nicht stark und klar halten.‹ Das sind nicht meine Worte, auch wenn sie von mir stammen könnten. Aber nein, sie wurden vor vielen Jahren von einem Mann namens Buddha geäußert.«

»›Ein Mann namens Buddha‹!«, prustete Judith.

»Nicht jetzt, Judith«, sagte Suzie.

»Sie haben recht«, sagte Alec und zeigte auf Becks' Handy. »Diese Stimme würde ich immer und überall erkennen. Das ist die Frau, die mich anrief und mir absagte.«

»Hat sie Ihnen eine Begründung gegeben?«

»Sie sagte, die Sitzung sei abgesagt, weshalb sie mich nicht bräuchten. Ehrlich gesagt dachte ich mir nichts dabei. Auch wenn ich Ihnen sagen kann, dass sie ganz schön unhöflich war. Sehr schnippisch. Und als ich mich nach dem Grund erkundigte, legte sie auf. Herrisch, so würde ich sie beschreiben. Aber sie hatte sich klar und deutlich ausgedrückt. Das Meeting würde nicht stattfinden. Also fuhr ich nicht hin. Und dachte mir dann nichts mehr dabei.«

»Nicht einmal, als Mr Lushington starb?«

Alec dachte nach, ihm wurde langsam unwohl.

»Ich dachte, es sei nicht relevant.«

»Ein Mann wurde mit Kaffee vergiftet – mit dem Kaffee, den Sie normalerweise kochen –, und zwar bei einer Sitzung, die angeblich abgesagt wurde. Sie dachten wirklich, es sei nicht relevant?«

»Ich lebe alleine hier oben. Ich will nur ein einfaches Leben führen«, jammerte er beinahe.

»Ich muss Ihnen leider sagen, dass Ihr einfaches Leben vorbei ist«, sagte Judith. »Sie müssen mit der Polizei sprechen.«

»Könnten Sie das nicht für mich tun?«

»Definitiv nicht. Die Polizei muss Ihre Aussage aufnehmen.«

Alec wirkte besorgt.

»Machen Sie sich keine Sorgen«, sagte Becks. »Wir kennen die Dame, die den Fall leitet. Sie soll Ihnen einen netten Beamten schicken.«

»Danke, Mrs Starling. Das weiß ich sehr zu schätzen.«

»Bitte, nennen Sie mich doch Becks.«

»Nein, die Frau des Pfarrers hat Respekt verdient. So gehört sich das.«

Judith dankte Alec für seine Hilfe und hatte dann keinen Grund, ihn noch länger aufzuhalten. Auf der Rückfahrt war Suzie still.

»Was ist los mit dir?«, fragte Becks.

»Dass Sophia Alec abgesagt hat, ist eine großartige Erkenntnis. Aber wenn ich ihn nicht in der Teeküche gesehen habe – und da bin ich mir ganz sicher –, wer war es dann?«

»Erinnerst du dich wirklich nicht, wie er aussah?«, fragte Judith.

»Ich weiß nicht. Er trug blaue Handschuhe, mehr ist mir nicht aufgefallen. Und er war definitiv um einiges kleiner als Alec Miller.«

»Ich habe eine Idee!«, sagte Becks. »Was haltet ihr von einer Runde ›Wer ist es?‹?«

»Genau das versuchen wir doch herauszufinden.«

»Nein, ich meine das Spiel.«

»Ich würde das hier nicht als Spiel bezeichnen«, sagte Judith. »Ein Mann wurde ermordet.«

»Nein, das Brettspiel für Kinder. Chloe hat ›Wer ist es?‹ früher geliebt. Man hat eine bestimmte Anzahl an Karten mit Gesichtern und muss sie nach und nach umklappen, wenn man bestimmte Merkmale ausschließen kann. Also denk jetzt wirklich gut nach, Suzie. Stell dir vor, du wärst wieder im Plenarsaal. Jemand arbeitet in der Teeküche. Siehst du ihn vor dir?«

Suzie schloss die Augen.

»Ja.«

»Dunkle oder helle Haare?«

»Hell.«

»Blond oder eine andere Farbe?«

»Blond.«

»Lange oder kurze Haare?«

»Kurz.«

»Lockig oder glatt?«

»Glatt.«

»Brille?«

»Ja.«

»Dicker oder dünner Rahmen?«

»Normal, würde ich sagen. Dunkel.«

»Gesichtsbehaarung?«

»Nein. Oh Gott, doch, ja. Ein Ziegenbärtchen.«

»Auch blond?«

»Gott, du bist richtig gut.«

»Beantworte einfach die Frage.«

»Blond. Sein Ziegenbart war blond.«

»War er groß?«

»Nein – das habe ich doch schon gesagt.«

»Also war er klein?«

»Nein. Das war er auch nicht.«

»Also mittelgroß?«

»Ich glaube schon.«

»Und sein Körperbau? War er dünn oder dick?«

»Ich weiß nicht mehr. Besonders dick war er nicht.«

»Also war er dünn?«

»Nein, er war auch nicht dünn, sondern durchschnittlich.«

»Okay, also war er durchschnittlich gebaut. Ohrringe?«

»Ich … ich glaube nicht.«

»Oder irgendwelche anderen Merkmale, die dir aufgefallen sind? Eine Narbe im Gesicht? Oder ein Nasenring?«

»Nein, er war einfach nur ein durchschnittlich großer und breiter Typ mit kurzem blondem Haar, dunkler Brille und einem blonden Ziegenbart – Wahnsinn!«, sagte Suzie und öffnete begeistert die Augen. »Stimmt, *genauso* sah er aus.«

»Brillante Arbeit, Becks«, sagte Judith. »Also ist er unser Mörder? Ein durchschnittlich gebauter Mann mit kurzem blondem Haar, blondem Ziegenbart und Brille?«

»Ist uns bei diesem Fall schon irgendeine Person begegnet, die so aussieht?«, fragte Becks.

»Ich glaube nicht«, sagte Judith. »Wer könnte es gewesen sein?«

»Ich kann euch auf jeden Fall sagen, wer es nicht war«, sagte Suzie. »Weder Marcus, Jeremy, Debbie noch Sophia. Sie hielten sich alle in der vorderen Hälfte des Plenarsaals auf, während der blonde Typ in der Teeküche arbeitete. Und Debbie und Sophia können es erst recht nicht gewesen sein, schließlich sind sie Frauen.«

»Obwohl Sophia zur selben Zeit da war?«, fragte Judith.

»Na klar. Das habe ich gerade gesagt.«

»Aber du meintest doch, Sophia kam zu spät. Sie sagte uns, sie habe einen Platten gehabt. Was mir plötzlich etwas zu gut in die Geschichte passt. Aber kam sie an, bevor oder nachdem unser blonder Freund die Teeküche verließ?«

»Lass mich nachdenken«, sagte Suzie. »Jeremy kam an und beschwerte sich, weil es keine Kekse gab – er war wirklich sehr nervig. Als Nächstes kam Geoffrey, und genau dann verließ der Typ die Küche durch die Brandschutztür. Ja, so war es. Dann plauderten Geoffrey und ich, er machte sich seinen Kaffee, nahm Platz, dann machte sich Debbie ihren Kaffee, was ein Weilchen dauerte, und erst dann kam Sophia.«

»Also erschien sie erst ein paar Minuten, nachdem die blonde Servierkraft gegangen war?«

»Wenn du es so formulierst, wohl schon.«

»Das ist wirklich *höchst* interessant.«

»Aber denken wir wirklich, dass sich eine so hübsche Frau wie Sophia kurz zuvor als irgendein Typ in der Küche ausgeben konnte?«

»Das klingt nicht sehr wahrscheinlich, oder?«

»Da fällt mir ein«, sagte Becks, »dass der blonde Mann vielleicht einfach nur das war – ein blonder Mann. Jemand, dem wir noch nicht begegnet sind.«

»Das stimmt«, sagte Suzie.

»Oder vielleicht sind wir ihm schon begegnet«, ergänzte Judith. »Aber für den Mord hat er sich verkleidet, mit einer blonden Perücke und einem falschen Bart.«

»Schwebt dir jemand vor?«

»Ich glaube schon. Denn mit Sicherheit können wir nur sagen, dass Sophia Alec anrief und ihm absagte. Da muss ich gleich an ihren Mann denken, der durchschnittlich groß und breit ist. Was wäre, wenn er an diesem Abend in der Küche gearbeitet hätte?«

»Du denkst, Sophias Mann hat Geoffreys Kaffeekapsel vergiftet?«, sagte Suzie laut, um sich mit dem Gedanken anzufreunden.

»Es wäre eine Möglichkeit«, sagte Judith.

»Allerdings haben wir auch gesehen, wie er seine Frau behandelt«, sagte Becks. »Ich bin mir nicht sicher, ob er mit ihr kooperieren würde.«

»Aber du denkst doch sicherlich auch, dass wir mit ihr reden müssen«, sagte Judith unschuldig. »Schließlich hat sie Alec aus dem Verkehr gezogen.«

»Oh Gott, ja«, sagte Becks und tappte in Judiths Falle, ohne es zu bemerken.

»Ich verstehe. Wir *sollten* also schnell losfahren, um die Verdächtigen zu befragen?«

»Das ist unfair, natürlich müssen wir mit Sophia sprechen!«

»Wie schön, dass wir uns da einig sind. Aber lasst uns nicht vergessen: Sie ist die Einzige, die Akonit anpflanzt – die Königin der Gifte.«

»Das musst du uns nicht ständig sagen«, sagte Suzie. »Wir haben es verstanden.«

»Das meinte ich nicht. Nur ging mir gerade auf, dass – in Anbetracht ihres Gartens – Sophia die eigentliche Königin der Gifte ist.«

Den drei Freundinnen wurde die schreckliche Wahrheit dieser Aussage klar.

KAPITEL 15

Die Frauen riefen Sophia nicht an, denn sie wollten sie überraschen – was nach hinten losging: Sophia war nicht zu Hause.

»Vielleicht macht sie uns nicht auf«, schlug Becks vor.

Als sie zum Transporter zurückkehrten, deutete Suzie auf das Bootshaus am Ende des Gartens. An der Außentreppe leuchtete eine rote Glühbirne.

»Sie ist dadrin«, sagte Suzie.

»Woher weißt du das?«, fragte Judith.

»Sie hat doch ein Studio im Bootshaus, und das rote Licht bedeutet, sie ist gerade dort und nimmt etwas auf. Wir haben dieselbe rote Leuchte bei *Marlow FM*.«

»Wie clever«, sagte Judith und ging den abschüssigen Garten hinab. Beim Anblick des Bootshauses spürte sie einen stechenden Neid. Zwar wollte sie ihr eigenes Bootshaus nicht hergeben, aber es fiel allmählich in sich zusammen und die Türen verrotteten. Der steinerne Bau in Sophias Garten mitsamt lackierten Türen erstrahlte im hellen Glanz.

Sie gingen die Außentreppe hinauf und klopften laut an.

»Paul!«, rief Sophia von innen. »Wie oft muss ich es dir noch sagen?«

Judith öffnete die Tür. »Entschuldigung, wir stören Sie doch nicht?«

Sophia saß am Schreibtisch, vor ihr ein Laptop und ein aufwendig montiertes Mikrofon. Sie zog sich ihr großes Paar schwarzer Kopfhörer vom Kopf. Hinter ihr führte eine Leiter in ein Mezzanin unter dem Dach, das mit Kartons und Stapeln alter Papiere vollgestopft war. Judith lächelte in sich hinein. Auch wenn das Leben mancher Menschen auf Hochglanz poliert wirkte, gab es immer einen Haufen Papierkram, der irgendwo untergebracht werden musste.

»Was um Himmels willen wollen Sie hier?«, sagte Sophia.

»Schickes Equipment«, sagte Suzie und nahm eines der Ersatzmikrofone aus dem Regal.

»Würden Sie das bitte wieder abstellen, das ist teuer.«

»Entschuldigen Sie den unangekündigten Besuch«, sagte Judith ohne den geringsten Hauch von Bedauern, »aber wir würden Ihnen gerne ein paar Fragen stellen.«

»Zum Beispiel, was Sie dazu gebracht hat, einen Podcast ins Leben zu rufen?«, ergänzte Becks, um Sophias Verärgerung etwas abzumildern.

»Mich?«, sagte Sophia, deren Wut schnell von ihrem Bedürfnis nach Selbstdarstellung verdrängt wurde. »Das wollte ich nie«, gab sie zu. »Aber mir wurde immer wieder gesagt, wie viel ich zu bieten hätte. Und dann wurde mir klar – ich hatte schon solches Glück im Leben, das sollte ich mit denen teilen, denen es anders ergeht.«

»Und wie viele Hörer haben Sie so?«, fragte Suzie wie ein Farmer, der sich nach der Kuhherde des Nachbarn erkundigt.

»Einige.«

»Mittlerweile kann ja jeder einen Podcast aufnehmen.«

»Da stimme ich Ihnen zu.«

»Man braucht nur das Geld für die nötige Technik.«

»Es ist so schön demokratisch.«

»Aber das kann nicht die Expertise eines richtigen Radiosenders ersetzen.«

»Ich habe über 50 000 Hörer und Hörerinnen.«

Dazu sagte Suzie nichts, aber weil Marlow nur etwa 15 000 Einwohner hatte, war Judith und Becks klar, dass Suzies sonntägliche Haustiershow nicht einmal ein Fünftel der Hörerschaft von Sophias Podcast erreichte.

»So viele Hörer haben Sie also insgesamt?«, fragte Suzie auf der Suche nach einem Krümelchen Trost.

»Nein, so viele laden jede Folge herunter. Manchmal mehr.«

Suzie hustete, räusperte sich und nickte dann anerkennend.

»Das ist nicht schlecht«, sagte sie.

»Worum geht es in Ihrem neuen Podcast?«, fragte Becks.

»Um die Beziehung zwischen den Mondphasen und unserem Biorhythmus.«

»Biorhythmus?«, fragte Judith, ehe sie sich bremsen konnte.

»Nun ja, unsere monatlichen Zyklen kennen wir schließlich alle und wissen, wie sie unsere Gefühlslage beeinflussen. Jetzt gibt es neue wissenschaftliche Erkenntnisse zu Biorhythmen. Man hat sowohl einen physischen Wohlseinszyklus identifiziert, der sich alle dreiundzwanzig Tage wiederholt, als auch einen intellektuellen Zyklus, der etwa dreiunddreißig Tage andauert.«

Judiths Augen verengten sich.

»Ich habe einen intellektuellen Zyklus, der sich alle 33 Tage wiederholt?«

»Es konnte bewiesen werden, dass die chemischen und hormonellen Sekretionsfunktionen des Biofeedbacks unseres Körpers sinusförmige Verhaltenscharakteristika besitzen.«

»Sinu-wiebitte?«, fragte Suzie.

»Sinusförmig – in der Form einer Sinuskurve. Es gibt nichts Wissenschaftlicheres als eine Sinuskurve«, sagte Sophia siegessicher zu Judith. »Das ist reine Mathematik.«

Becks und Suzie konnten Judiths tödliches Lächeln erkennen, aber Judith wusste, sie sollte sich Sophia nicht zur Feindin machen. Zumindest nicht ohne Grund.

»Ach, Sie haben recht«, sagte Judith unter Aufbringung einiger persönlicher Opfer.

»Also, wie kann ich Ihnen helfen?«, fragte Sophia.

»Wir möchten mehr über einen Anruf bei Alec Miller erfahren, den Sie am Morgen vor Geoffreys Tod getätigt haben.«

»Bei wem?«

»Sie kennen ihn«, sagte Suzie.

»Nein, das glaube ich nicht.«

»Er kümmert sich bei den Ausschusssitzungen um Tee und Kekse.«

»Ach, der? Seinen Namen kannte ich nicht. Alec heißt er also?«

»Sie haben sich nie nach seinem Namen erkundigt?«

»Das tut mir leid, aber Geoffrey schaut immer auf die Uhr. Entschuldigung, *schaute* immer auf die Uhr. Vor den

Sitzungen saßen wie nie lange herum. Wir legten einfach los.«

»Aber Alec macht das schon jahrelang«, sagte Becks.

»Und ich arbeite schon jahrelang hart für den Bauausschuss. Es tut mir leid, dass ich mich nie nach seinem Namen erkundigt habe. Außerdem«, sagte Sophia nachträglich, »habe ich ihn nicht gesehen, als Geoffrey starb. Sind Sie sicher, dass er überhaupt da war?«

»Zufälligerweise war er das nicht«, sagte Judith. »Aber *irgendjemand* hat in der Küche gearbeitet.«

»Dann tut es mir leid, aber ich kann Ihnen nicht helfen. Als ich ankam, war niemand in der Küche.«

»Wollen Sie wirklich behaupten, dass Sie Alec Miller nicht angerufen haben?«, fragte Suzie.

»Ich habe diesen Namen noch nie gehört und ihn sicher nicht angerufen.«

»Aber wir haben ihm Ihren Podcast vorgespielt«, sagte Becks. »Er erkannte Ihre Stimme sofort. Er sagte, Sie haben ihn angerufen und gesagt, er müsse am Abend nicht arbeiten.«

Sophia zuckte wenig überrascht mit den Schultern.

»Dann lügt er«, sagte sie. »Oder jemand hat meine Stimme nachgeahmt. Sie können meine Anrufliste durchgehen. Ich habe an diesem Tag niemanden angerufen – und ganz sicher keinen Mann, dessen Namen ich bis vor zwei Sekunden nicht kannte.«

»Können Sie uns sagen, was Sie morgens getan haben?«, fragte Judith.

»Ich erinnere mich nicht«, sagte Sophia und gab sich desinteressiert. »Oh, doch, ich weiß es, ich war zu Hause. Und habe Yoga gemacht.«

»Den ganzen Morgen?«

»Und meditiert. Ja.«

»Kann jemand Ihr Alibi bestätigen?«

»Natürlich nicht«, fuhr Sophia sie an. »Nur Paul und ich wohnen hier – mein Mann. Und an diesem Morgen arbeitete er. Wie jeden Morgen.«

Judith freute sich, Sophia provoziert zu haben, denn so wirkte sie etwas nahbarer.

»Wenn wir schon von Ihrem Mann sprechen«, sagte Judith, »wissen Sie, wo er sich aufhielt, als Geoffrey starb?«

»Ich habe nicht die geringste Ahnung. Da müssen Sie ihn selbst fragen.«

»Er ist der Geschäftsführer von *Marlow Wealth Management*, richtig?«, fragte Judith.

»Und?«

»Und wie kommen Sie miteinander aus?«, fragte Suzie.

»Was für eine Frage ist das denn?«

»Uns fiel bei unserem letzten Besuch zwangsläufig auf, dass er Sie nicht begrüßt hat, als er nach Hause kam.«

»Er ist oft müde, wenn er nach Hause kommt.«

»Nein, dahinter steckte mehr. Und wir haben gesehen, wie Sie seine Tasche unter den Tisch gekickt haben.«

»Sie haben mir nachspioniert?«, sagte Sophia verärgert.

»Wir waren in Ihrem Garten«, sagte Suzie und stellte sich ihr entgegen. »Es ist nicht unsere Schuld, dass wir das mitbekommen haben.«

»Paul und ich haben eine wunderbare Beziehung, eine

perfekte Beziehung – er ist der beste Mann auf der ganzen Welt –, würden Sie jetzt freundlicherweise mein Studio verlassen?«

Die Frauen sahen einander an. Dass Sophia behauptete, ihr Mann sei perfekt, war eine eindeutige Lüge.

KAPITEL 16

Judith konnte es kaum erwarten, Tanika von Sophias Anruf bei Alec Miller und von Paul De Castro als ihrem möglichen Komplizen zu erzählen. Tanika teilte Judiths Einschätzung und beauftragte einen Beamten, ihn zu befragen.

Nachdem Tanika Pauls Zeugenaussage gelesen hatte, brachte sie Judith bei einem Telefonat auf den neuesten Stand.

»Schlechte Neuigkeiten, fürchte ich«, sagte sie. »Paul De Castro hat ein Alibi für den Mordzeitpunkt. Er war in einem Kino in Maidenhead.«

»Haben Sie seine Geschichte überprüft?«, fragte Judith.

»Nachdem meine Beamten mit Mr De Castro gesprochen haben, sind sie zum Kino gefahren, und drei verschiedene Angestellte erinnern sich sehr gut an Mr De Castro, weil er an diesem Abend vor Beginn der Vorstellung um 18:30 Uhr eine Tüte Popcorn verschüttete. Tatsächlich provozierte er wohl einen kleinen Aufstand, weil er auf ein kostenloses Ersatzpopcorn bestand – das sie ihm schlussendlich gaben, wenn auch nur, um ihn ruhigzustellen. Es tut mir also leid, aber wer auch immer an diesem Abend in der Küche war, kann nicht Paul De Castro gewesen sein.«

»Und was haben die anderen Ausschussmitglieder zu dem Mann in der Küche gesagt?«

»Das ist eine frustrierende Angelegenheit. Wir haben uns noch mal mit Debbie Bell, Marcus Percival und Jeremy Wessel getroffen, und alle drei gaben zu, jemand sei in der Küche gewesen, als sie den Plenarsaal betraten, allerdings sei ihnen nicht in den Sinn gekommen, diese Person in ihren Aussagen zu erwähnen.«

»Wie bitte – *niemand* dachte, dieser Mann sei einer Erwähnung wert?«

»Das wirft kein allzu gutes Licht auf sie, ich weiß – alle drei denken, die Servierkräfte sind nicht der Rede wert. Marcus Percival ist der Einzige, dem überhaupt auffiel, dass nicht Alec Miller in der Küche arbeitete wie üblich, aber seine Erinnerung an den Mann ist sehr schwammig. Er konnte sich nur erinnern, dass er durchschnittlich groß und breit war und glatte, blonde Haare, eine Brille und ein blondes Bärtchen hatte.«

»Wie Suzie gesagt hat.«

»Ganz genau.«

»Es ist wirklich seltsam, dass keiner von ihnen früher auf die Idee kam, uns von diesem Mann zu berichten. Es sei denn natürlich, sie stecken alle unter einer Decke und täuschen vor, den blonden Mörder in der Küche nicht gesehen zu haben.«

»Halten Sie das für möglich?«

»Die Wahrscheinlichkeit ist nicht sonderlich hoch, oder? Warum bräuchten sie dann eine vierte Person in der Küche, die den Mord begeht? Zu dritt hätten sie Geoffrey einfach ermorden können. Haben Sie irgendwelche Fortschritte gemacht, was Alec Millers morgendliche Anruferin angeht?«

»Da wird es interessant. Wir konnten bestätigen, dass Mr Miller an diesem Morgen tatsächlich einen Aufruf über seinen Festnetzanschluss erhielt – das Gespräch dauerte 33 Sekunden.«

»Aber war es Sophia De Castro?«

»Das ist schwerer zu beweisen. Definitiv wissen wir nur, dass der Anruf vom öffentlichen Telefon im Erdgeschoss des Rathauses ausging.«

»Erklärt das wohl endlich, warum das Kabel der Überwachungskamera durchgeschnitten wurde?«

»Höchstwahrscheinlich. Wer auch immer Alec anrief, wollte Videobeweise für diesen Anruf tunlichst vermeiden.«

»Ja, das wäre logisch. Konnten Sie Fingerabdrücke vom Telefon abnehmen?«

»Das ganze Ding ist von Abdrücken übersät, aber die meisten sind verschmiert, und keine stimmen mit unseren Verdächtigen überein.«

»Mit Handschuhen hätte also trotzdem Sophia Alec vom Rathaus aus anrufen können?«

»Das könnte sein. Aber dementsprechend könnte es auch irgendein anderes Ausschussmitglied sein. Sie mussten schließlich nur Sophias Stimme nachmachen. Aber weil Mr Miller sagt, es sei Sophia De Castro gewesen, und der Anruf tatsächlich stattfand, sollten wir davon ausgehen, dass sie ihn anrief.«

»Das war es schon? Paul De Castro kann nicht der Mörder sein, weil er im Kino war«, sagte Judith und fasste ihre neuen

Erkenntnisse zusammen. »Der restliche Bauausschuss beachtet die Servierkräfte nicht, und wir können nicht bestätigen, dass Sophia wirklich Alec anrief – auch wenn das die plausibelste Erklärung zu sein scheint.«

»Ich fürchte, es gibt da noch eine letzte Sache. Und die wird Ihnen bestimmt nicht gefallen. Die Spurensicherung konnte zwei verschiedene Paar Fingerabdrücke von dem Weckglas abnehmen, das Sie im Aktenschrank gefunden haben. Sie gehören zu Geoffrey – keine große Überraschung – und Marcus Percival.«

»Aber warum sollte mir das nicht gefallen? Das sind ja großartige Neuigkeiten!«

»Ich fürchte nicht. Ich habe selbst mit Marcus Percival gesprochen, und er sagte, natürlich seien seine Fingerabdrücke auf dem Glas, weil er seinen Tee mit zwei Zuckerwürfeln getrunken habe. In seinen Worten: ›Das ist doch nicht kriminell!‹ Außerdem habe ich das Weckglas und den Zucker toxikologisch untersuchen lassen, und es wurden keine Akonitrückstände gefunden – weder im Glas noch in einem der restlichen Zuckerwürfel. Die ganze Sache mit dem Zucker führt leider zu nichts.«

Über diese Entwicklung war Judith nicht glücklich, auch wenn sie versuchte, nicht zu viel darüber nachzudenken. Auch während sie das Kreuzworträtsel in der *Times* löste, versuchte sie, nicht darüber nachzudenken. Oder während ihrer nachmittäglichen Schwimmeinheit. Und erst recht nicht, als sie zum Immobilienbüro *Percival's* radelte. Als Marcus sein Büro verließ, eilte sie über die Straße und tat so, als treffe sie ihn ganz zufällig.

»Wie sind Ihre Fingerabdrücke auf das Zuckerglas gekommen?«, fragte sie ohne Begrüßung.

Marcus lächelte gleichermaßen nachsichtig und unbeeindruckt.

»Ich habe Zucker in meinen Tee getan«, sagte er. »So ist das passiert. Ich nahm mir zwei Zuckerwürfel und reichte Geoffrey das Glas. Nichts davon ist ansatzweise belastend.«

»Es ist belastend, wenn man bedenkt, wo das Glas gefunden wurde.«

»Ja, die Polizei sagte mir, es sei in einem Aktenschrank gewesen.«

»Und darauf waren nur die Fingerabdrücke von Ihnen und Geoffrey.«

»Ich habe bereits erklärt, weshalb meine Fingerabdrücke auf dem Glas sind. Denken Sie doch mal nach. Wenn ich wirklich in Geoffreys Tod involviert wäre und ihn mit dem Zucker vergiftet hätte, würde ich das Glas dann so verstecken, dass man es einfach finden kann? Oder Fingerabdrücke darauf hinterlassen? Die Fingerabdrücke beweisen offensichtlich meine Unschuld.«

»Und wie ist es dann in den Aktenschrank geraten?«

»Ich habe keine Ahnung. Irgendjemand muss es hineingetan haben.«

»Ohne Fingerabdrücke darauf zu hinterlassen?«

»Das wäre nicht sonderlich schwer. In all dem Chaos hätte es jemand mit einem Taschentuch greifen können – oder mit einer der Papierservietten, die schon auf dem Tisch lagen. Was wiederum beweist, dass sich diese Person verdächtig verhalten hat, im Gegensatz zu mir. Oder vielleicht hat einer der Polizeibeamten das Glas versteckt, weil er keine Lust hatte, den Tatort richtig zu bearbeiten?«

»Das scheint mir eher unwahrscheinlich.«

»Ganz abgesehen von Wahrscheinlichkeiten kann ich Ihnen versprechen, dass ich nichts mehr mit dem Glas zu tun hatte, nachdem ich meine beiden Zuckerwürfel genommen und es an Geoffrey weitergereicht habe. Und jetzt muss ich wirklich los. Eine Besichtigung, da darf ich nicht zu spät sein.«

Mit einem mühelosen Lächeln ging Marcus die High Street hinab, beobachtet von Judith. Sie war zutiefst frustriert, denn Marcus hatte seine Antworten einfach abgespult. Man konnte fast meinen, er habe sie sich vorab zurechtgelegt. Aber zugegebenermaßen hatte die Polizei ihn bereits befragt, seine geübten Antworten sollten also keine große Überraschung sein.

* * *

»Was übersehen wir?«, fragte Judith Becks und Suzie am Abend, als sie vor ihrer behelfsmäßigen Ermittlungswand standen.

»Einen Mörder?«, fragte Suzie.

»Es war der Mann in der Teeküche«, sagte Becks und deutete auf die entsprechende Karteikarte. »Er hat Geoffrey umgebracht.«

»Auch wenn der einzige Mensch, der sich dahinter verbergen könnte, zur gleichen Zeit im Kino war – Paul De Castro«, sagte Suzie.

»Also muss es jemand anderes gewesen sein«, sagte Becks und versuchte, ihrer Logik zu folgen. »Wir müssen nur herausfinden, wer es war.«

»Na gut«, stimmte Suzie zu. »Und welche Fortschritte machen wir bei ›Folgen Sie dem Geld‹?«

Becks seufzte. »Ich habe die Nachmittage auf dem Revier verbracht, um mit Tanikas Team kistenweise Dokumente des Stadtrats durchzugehen. Ehrlich gesagt mache ich das, weil ich zu Hause Marian entkommen will.«

»Ist sie immer noch so schlimm?«

»Sagen wir es so – ich wühle mich lieber durch staubige Kartons voller alter Belege, anstatt Zeit mit ihr zu verbringen.«

»Es ist nicht in Ordnung, dass du aus deinem eigenen Haus vertrieben wirst«, sagte Judith.

»Da stimme ich zu. Aber wir haben auch noch nichts gefunden, was irgendwie nach Veruntreuung aussieht.«

»Warte mal«, sagte Suzie ungläubig. »Du willst sagen, im Stadtrat wird an keiner Stelle gepfuscht? Jeder Kugelschreiber wurde abgerechnet?«

»Soweit wir das beurteilen können. Wenn wir die Bilanzen prüfen, geht immer alles auf.«

»Ha!«, spottete Suzie.

»Ist das ein Problem?«

»Nur weil die Rechnungen aufgehen, heißt das noch lange nicht, dass es keine zwielichtigen Aktivitäten gibt.«

»Wie kommst du darauf?«, fragte Judith.

»Man kann auf viele Arten stehlen«, schmunzelte Suzie, nahm sich noch ein Stück Karottenkuchen und einen Löffel Frischkäsecreme. Becks hatte schon vor langer Zeit gelernt, dass sie eine Extraportion Glasur für Suzie einplanen musste, wenn sie einen ihrer selbst gebackenen Kuchen zu den Mordclub-Sitzungen mitbrachte.

»Was habt ihr bisher gefunden, wenn sich keine Unregelmäßigkeiten nachweisen lassen?«, sagte Judith.

»Nicht viel«, sagte Becks und versuchte zu ignorieren, dass sich Suzie noch einen Klacks Frischkäsecreme auf das Kuchenstück löffelte. »Die Stadtverwaltung funktioniert gut und hält alle Abläufe korrekt ein. Es gibt nicht die geringste Spur von Beschwerden.«

»Nicht einmal zwischen Jeremy und Geoffrey?«, fragte Judith.

»Ihre Streitigkeiten werden offensichtlich geschlichtet und müssen nicht ins Protokoll aufgenommen werden. Wir haben gar nichts gefunden, wenn ich ganz ehrlich bin. Am interessantesten sind noch die Beschwerdebriefe.«

»Beschwerdebriefe?«, fragte Suzie und verteilte einen Schwall Kuchenkrümel auf dem Boden.

»Jede Woche kommen etwa ein bis zwei an, per Post oder E-Mail.«

»Zielen irgendwelche davon auf Geoffrey ab?«, fragte Judith.

»Das kann man so nicht sagen, auch wenn sein Name gelegentlich auftaucht. Und ehrlicherweise kommen auf jede Kritik mindestens zehn Fanbriefe, die ihn in den höchsten Tönen loben. Wären wir nicht vor Kurzem da gewesen, hätte ich es vielleicht gar nicht bemerkt, aber bei einem Großteil der Beschwerden geht es aktuell um das Bauprojekt auf Wiley's Field.«

»Also das Feld direkt neben Alec Millers Haus«, sagte Judith.

»Genau das meine ich. Dutzende Menschen glauben, dass der Bauherr Ian Maloney das Projekt nicht anständig umsetzen wird.«

»Ian Maloney ist dafür zuständig?«, fragte Suzie scharf.

»Du hast da einen Kuchenkrümel«, sagte Becks.

»Ach ja? Wo?«

Becks deutete vage auf Suzies Mund und Kinn.

»Danke«, sagte Suzie und wischte sich mit einer Serviette übers Gesicht.

»Kennst du ihn?«, fragte Judith.

»Nicht persönlich«, sagte sie. »Aber so viel kann ich euch sagen: Ian Maloney ist ein Gauner. Am liebsten kauft er Grundstücke oder alte Anwesen, um sie angeblich nach den höchsten Standards zu bebauen, quetscht aber jede Menge billige Wohnungen ohne Parkplätze darauf. Ich erinnere mich, dass er vor einer Weile den *Craddock* gekauft hat – das war ein alter Pub, unten am Bahnhof. Ein absolut anständiger Pub, wenn auch etwas in die Jahre gekommen. Wisst ihr, welchen ich meine? Wie auch immer, die Stadt fürchtete, er würde ihn schließen und dort Wohnhäuser hinsetzen, obwohl er keine Baugenehmigung hatte. Und jetzt ratet mal? Er wollte den Parkplatz hinter dem Pub begutachten lassen, da schwenkte einer der Bagger aus und riss eine Wand des Pubs ein. Alles ein großes Versehen, behauptete er zumindest. Aber der Pub war nicht mehr zu gebrauchen. Also konnte Maloney ihn abreißen und durch die schrecklichen Wohnungen ersetzen, die er von Vornherein bauen wollte.

Der Wohnblock mit dem undichten Dach, auf dem immer Handwerker rumklettern.«

»Den kenne ich«, sagte Becks. »Du hast recht. Da sind wirklich immer Handwerker auf dem Dach.«

»Tja, das ist Ian Maloney. So ist er. Ein Hai.«

»Was wohl erklärt, warum sich so viele Menschen Sorgen machen. Auch wenn es letztendlich keine Rolle spielte. Ich habe die Entscheidung des Bauausschusses herausgesucht, sie haben den Antrag zu Wiley's Field abgelehnt.«

»Dann haben wir hier jemanden mit einem Motiv!«, sagte Suzie aufgeregt. »Wenn sein Antrag abgelehnt wurde, ist Ian Maloney *genau* der richtige Typ für einen Mord.«

»Das ist zwar interessant«, sagte Judith, »aber etwas weit hergeholt, oder? Sind uns denn irgendwelche Drohbriefe, Mails oder SMS von Ian Maloney an Geoffrey untergekommen, die sich um das Bauprojekt drehen?«

»Das hätte uns Tanika erzählt«, sagte Becks.

»Ich würde ihn trotzdem nicht ausschließen«, sagte Suzie. »Wenn Ian Maloney Druck auf jemanden ausüben will, würde er keine E-Mail schreiben, das wäre viel zu offiziell. Er würde sich einen anderen Weg suchen. Einen Weg, der wesentlich effektiver und widerlegbarer ist.«

Judiths Handtasche begann zu klingeln.

»Es ist Tanika«, sagte sie und nahm den Anruf an.

»Judith«, sagte Tanika. »Sind Suzie und Becks bei Ihnen?«

»Ja, das sind sie.«

»Sind Sie sicher?«

»Ja – absolut sicher. Warum?«

»Ein Nachbar hat sich gemeldet, weil jemand durch die

Hintertür in Geoffreys Haus eingebrochen ist. Ich fahre gleich los, ich wollte nur sichergehen, dass bei Ihnen alles in Ordnung ist.«

»Wir treffen Sie dort.«

»Nein, Sie müssen wegbleiben. Wir haben das im Griff.«

»Wie bitte?«, sagte Judith und begann zu zischen.

»Das ist eine Polizeiangelegenheit.«

Wieder zischte Judith – und gurgelte tief –, bevor sie sagte: »Tut mir leid, Ihr Empfang ist so schlecht.« Dann legte sie auf.

»Was ist los?«, fragte Suzie.

»Jemand ist in Geoffreys Haus eingebrochen. Tanika will, dass wir so schnell wie möglich kommen.«

KAPITEL 17

Mit dem Auto brauchte man von Judith nur fünf Minuten zu Geoffrey Lushingtons Haus, einem Neubau aus Backstein, der dank Sprossenfenstern, Säulen und Vordach wie eine viktorianische Villa wirken sollte. Zwei Polizeiwagen parkten bereits vor dem Haus, als Suzies Transporter mit quietschenden Reifen zum Stehen kam. Tanika lief ihnen entgegen.

»Ich habe doch gesagt, ich kann Sie hier nicht gebrauchen.«

»Ach, *das* haben Sie gesagt?«, fragte Judith. »Der Empfang war so schlecht.«

»Wir kümmern uns schon darum.«

»Wann fand der Einbruch statt?«

»Sie können mich sehen, oder?«, fragte Tanika. »Ich bin nicht unsichtbar?«

»Wir sind Ihre zivilen Beraterinnen«, sagte Judith. »Wir können Sie nur beraten, wenn wir vor Ort sind.«

»Und vielleicht entdecken wir etwas, das Ihre Truppe aus Maidenhead übersehen würde«, ergänzte Suzie.

»Zumindest sollten wir uns in Geoffreys Haus umsehen dürfen«, sagte Judith, als sei dies ein außerordentliches Kompromissangebot. »Um ein Gefühl für ihn zu bekommen.

Schließlich haben wir das Zuckerglas nur gefunden, weil Sie uns an den Tatort ließen.«

Tanika sah zum Himmel und hoffte auf eine Eingebung, wurde jedoch enttäuscht.

»Vor einer halben Stunde«, sagte sie. »Der Eindringling löste Mr Lushingtons Alarmanlage aus.«

»Konnte die Person fliehen?«

»Allem Anschein nach«, sagte Tanika.

Eine Polizeibeamtin kam auf Tanika zu. »Boss, ich habe eine Nachbarin gefunden, die den Einbrecher angeblich gesehen hat.«

»Was hat sie gesehen?«

Die Beamtin hielt inne, da sie keine sensiblen Informationen vor Zivilisten preisgeben wollte.

»Keine Sorge, wir gehören dazu«, sagte Suzie und zeigte ihr Schlüsselband mit dem Ausweis.

Die Polizistin sah Tanika an, die zur Bestätigung milde lächelte.

»Okay«, sagte sie, »zwischen den Gärten in dieser und der Parallelstraße gibt es einen kleinen Pfad. Die Nachbarin erzählte, sie habe in ihrem Büro im ersten Stock gearbeitet, als sie Mr Lushingtons Alarmanlage hörte. Sie sah eine schwarz gekleidete Person – mit einer schwarzen Kopfbedeckung –, die das Haus verließ und durch den Garten rannte. Die Person verließ das Grundstück über das Gartentor und verschwand über den Pfad.«

»Konnte sie das Gesicht erkennen?«, fragte Tanika.

»Nein, sie war so überrascht, dass sie nicht einmal mit Sicherheit sagen kann, ob der Einbrecher männlich oder weiblich war. Aber die Person war durchschnittlich groß und breit, da war sie sich sicher.«

Judith und ihre Freundin sahen sich an.

»Konnte sie erkennen, welche Haarfarbe der Einbrecher hatte?«, fragte Judith. »Oder ob er einen Ziegenbart trug?«

»Tut mir leid«, sagte die Beamtin, »das Gesicht hat sie nicht gesehen.«

Tanika bedankte sich und führte die drei Freundinnen in Geoffreys Haus. Judith musste lächeln. Bereits der Eingangsbereich war vollgestopft mit Perserteppichen, einem rot-blauen Glasspiel, wohl aus dem Nahen Osten, und eingestaubten Bücherregalen. Das Haus wirkte warm und einladend, wie das Zuhause eines Gelehrten.

»Also sprechen wir wieder einmal über unseren durchschnittlich großen, durchschnittlich breiten und äußerst mysteriösen Mann?«, fragte Suzie.

»Möglicherweise«, lenkte Tanika ein. »Die Beschreibung von dem Mann in der Teeküche trifft allerdings auf einen Großteil der Bevölkerung zu. Genau das bedeutet ›durchschnittlich‹. Lassen Sie mich Ihnen zeigen, wie der Einbrecher ins Haus kam«, sagte Tanika und führte sie in eine gemütliche Küche mit weißen Dielen und getrocknetem Lavendel im Fenster. Sie zeigte zu einer kleinen Hintertür mit je einem glänzenden Schieberiegel am oberen und unteren Ende. Beide waren herausgebrochen, der Türrahmen gesplittert.

Das eigentliche Türschloss war jedoch nicht herausgerissen, wie Judith bemerkte. Der Riegel steckte sogar noch im Gehäuse.

»Die Tür war nicht abgeschlossen«, sagte sie.

»Ich habe mich schon gefragt, ob es Ihnen auffällt«, antwortete Tanika. »Die beiden Schieberiegel wurden herausgerissen, aber das Hauptschloss greift nicht. Bei unserem letzten Besuch haben wir diese Tür abgeschlossen, das weiß ich. Also hatte der Eindringling einen Schlüssel. Die Person kannte Geoffrey gut.«

Judith stellte sich auf die Zehenspitzen, um den oberen Riegel zu begutachten.

»Sieht brandneu aus«, sagte sie.

Auch der Riegel am unteren Ende der Tür glänzte. Durch das Fenster blickte Judith in den Garten.

»Alle Schlossriegel sind neu. Warum meinte Geoffrey, er müsse weitere Sicherheitsmaßnahmen ergreifen?«

»Als Sie zuletzt hier waren«, sagte Becks zu Tanika, »haben Sie da eine Whiskyflasche der Marke Kyoto Gold gefunden?«

»Wie bitte?«

»Debbie Bell hat uns von einem Streit zwischen Geoffrey und Jeremy erzählt, der erst vor wenigen Wochen stattgefunden habe. Laut Jeremy ging es dabei um einen Whisky von Kyoto Gold, den Geoffrey ihm nicht zurückgegeben habe.«

»Ehrlich gesagt«, sagte Tanika, »hatten wir keine Zeit, uns umzusehen.«

»Das wird nicht lange dauern«, sagte Suzie und ging zur Kommode, auf der mindestens ein Dutzend Whiskyflaschen standen. Sie nahm sich eine Flasche nach der anderen und prüfte die Etiketten.

»Wie interessant«, sagte sie dann. »Hier gibt es keinen

Whisky namens Kyoto Gold. Nichts Japanisches, soweit ich das beurteilen kann.«

»Vielleicht lag Jeremy richtig«, sagte Becks, »und Geoffrey hat ihn schon getrunken.«

»Ich weiß nicht«, sagte Suzie und besah sich die Flaschen genauer. »Sie sind alle eingestaubt und noch voll. Die stehen hier schon länger. Er mag gern Whisky getrunken haben, aber nicht sonderlich schnell.«

»Was Sinn ergibt«, sagte Judith. »Beim Whisky nimmt man nur gelegentlich ein Schlückchen.«

Suzie und Becks behielten für sich, dass Judith ihre Whiskysammlung sehr viel öfter als »gelegentlich« in Angriff nahm.

»Was sagt uns das?«, fragte Becks. »Jeremy hat uns angelogen?«

»Eindeutig«, sagte Judith. »Mit ›Den gebe ich dir nicht wieder‹ meinte Geoffrey keinen japanischen Whisky. Sonst gäbe es hier eine entsprechende Flasche.«

Eine Polizeibeamtin kam herein.

»Boss«, sagte sie. »Wir haben gefunden, wonach der Einbrecher suchte.«

Tanika, Judith und ihre Freundinnen folgten der Beamtin in einen Raum, der Geoffreys Arbeitszimmer gewesen sein musste. Darin gab es einen großen Schreibtisch, Schwarz-Weiß-Fotos von Geoffrey mit diversen Schriftstellern und weiteren Koryphäen und Regale voller fein säuberlich sortierter Aktenordner.

Die Polizeibeamtin stellte eine kleine Ablagebox aus Metall auf den Schreibtisch. Den Deckel schien ein Brecheisen verbogen zu haben, aber das Schloss hatte standgehalten. Wer auch immer die Box öffnen wollte, war gescheitert. Judiths Blick fiel auf einen scharfen Brieföffner, der fast wie ein Messer aussah.

»Die Box wurde erst vor Kurzem beschädigt«, sagte Tanika. »Nach dem Mord sah sie nicht so aus. Das wäre mir aufgefallen.«

»Aber sie ist noch verschlossen«, sagte Suzie.

»Dann müssen wir wohl herausfinden, was sich darin verbirgt«, sagte Tanika.

»Ich habe das passende Werkzeug im Einsatzwagen«, sagte die Polizistin und verließ den Raum.

In ihrer Abwesenheit versuchte Judith, das Arbeitszimmer auf sich wirken zu lassen. Es war so gemütlich wie das restliche Haus und die Aktenordner alt und verstaubt, aber Geoffrey hatte sie mit den Namen seiner Autoren und Autorinnen beschriftet und alphabetisch sortiert. Wenn er diese Ordner noch viele Jahre später aufbewahrte, war ihm seine Arbeit als Verleger offensichtlich wichtig gewesen.

Die Polizeibeamtin kam mit einem Brecheisen wieder, das sie zwischen Schloss und Deckel der Metallbox klemmte. Problemlos brach sie das Schloss auf.

Tanika sah in die Box.

»Ein paar alte Dokumente«, sagte sie.

Sie zog einen kleinen Papierstapel heraus.

»Das hier ist Geoffreys Geburtsurkunde, seine Krankenkassenkarte – das ist alles uralter Papierkram.«

Nacheinander legte sie die Dokumente aus, damit alle sehen konnten, wie irrelevant sie waren. Becks nahm einen alten Bibliotheksausweis in die Hand, der seit 2003 abgelaufen war.

»Warum würde ein Einbrecher an diese Box kommen wollen?«, fragte sie.

»Wartet mal, was ist das denn?«, sagte Judith.

Ganz unten in der Box lag ein schwarzes, zusammengefaltetes Blatt Papier. Tanika zog es heraus. Im Gegensatz zu den restlichen Dokumenten wirkte es brandneu. Sie faltete es auseinander.

Jemand hatte eine Nachricht aus Einzelbuchstaben verschiedenster Magazine zusammengestellt:

Hör auf odeR ich verraTe allen DeiN Geheimnis

Die Frauen sahen sich erstaunt an.

Becks sprach als Erste.

»Geoffrey wurde erpresst«, sagte sie. »Oder?«

»Ich habe es doch gesagt«, erklärte Suzie. »Geoffrey Lushington war doch nicht perfekt. Er hatte ein dunkles Geheimnis – ein Geheimnis, für das jemand morden würde.«

KAPITEL 18

Während die Frauen den Drohbrief begutachteten, kam Suzie ein Gedanke.

»Ich weiß, wer dahintersteckt«, sagte sie. »Jemand, der auf Erpressung setzen würde. Und dann zu einem kleinen Einbruch bereit wäre, um seinen Brief zurückzukriegen. Jemand, dessen Pläne erst kürzlich von Geoffrey zerschlagen wurden.«

»Wer?«, fragte Tanika.

»Ian Maloney, der Bauunternehmer.«

»Warum denken Sie an ihn?«

»Sagen wir einfach, dass sein Name im Rahmen unserer Ermittlungen aufgetaucht ist.«

»Nicht wirklich«, sagte Becks.

»Psst, Becks«, sagte Suzie. »Doch, das ist er.«

»Uns ist er nicht untergekommen, weder in Geoffreys E-Mails noch in seinen Anruflisten«, sagte Tanika.

»Das hat nichts zu bedeuten. Männer wie Ian Maloney hinterlassen keine Spuren. Und ich habe nicht den geringsten Zweifel, dass er Sie ermorden würde, wenn Sie ihm im Weg stünden.«

»Das ist ein interessanter Gedanke«, sagte Tanika. »Tatsächlich war Mr Maloney schon für einige Befragungen auf dem Revier, aber wir konnten ihm nie etwas anhängen. Er ist zu gerissen. Und bislang wurden ihm keine Gewaltverbrechen vorgeworfen.«

»Ist er denn durchschnittlich groß und breit?«, fragte Judith.

»Tatsächlich ist er das. Und ehe Sie fragen, er ist auch blond.«

»Da haben Sie es doch!«, sagte Suzie aufgeregt. »Ian Maloney ist unser Mann!«

»Das ist eine ziemlich gewagte These«, sagte Tanika.

»Sie müssen ihn zum Verhör einladen.«

»Auf welcher Basis? Weil er blond und durchschnittlich groß ist?«

»Ja – und weil Geoffrey und der Bauausschuss vor Kurzem seinen Bauantrag abgelehnt haben.«

»Es gibt sicher eine lange Liste von Menschen, deren Anträge abgelehnt wurden. Erwarten Sie, dass ich alle Personen befrage?«

Suzie war zutiefst frustriert. Wie sollten sie herausfinden, ob Ian Maloney mit dem Fall zu tun hatte, wenn die Polizei nicht mit ihm sprach?

Judith schlug vor, Tanika in Ruhe an dem neuen Beweismaterial arbeiten zu lassen, aber sobald sie das Haus verlassen hatte, verkündete sie, sie sollten mit Ian Maloney reden, wenn die Polizei es nicht tat. Zu Becks' Glück, denn sie war davon weniger überzeugt, konnten sie ihn trotz diverser Nachfragen nicht aufspüren. Sie riefen in seinem Büro an, dort hieß es aber, er sei auf Geschäftsreise in Dublin. Dass sie hingehalten wurden, wurde nach einigen Tagen klar, als sie zu seiner Geschäftsadresse nach High Wycombe fuhren, nur um herauszufinden, dass sich dort ein angemietetes Büro mit virtueller Telefonzentrale befand.

Letztendlich nutzte Suzie ihre Radiosendung am Sonntagabend und fragte ihre Hörerschaft, wo man Ian Maloney antreffen könne. Niemand meldete sich, was sie nicht sonderlich überraschte. Die Idee war ohnehin weit hergeholt. Am Ende ihrer Schicht fand sie jedoch eine handschriftliche Notiz im Briefkasten. Laut diesem Zettel könne man Ian Maloney meist nachmittags beim Fischen an der Themse antreffen, zwischen Marlow und einem nahe gelegenen Dorf namens Bourne End. Suzie lächelte. Sophia mochte zwar eine größere Hörerschaft haben, aber bei der Hörerbeteiligung ging nichts über einen lokalen Radiosender.

Am nächsten Tag beschloss Suzie, mit ihrer Dobermannhündin Emma und den Zwergschnauzern, die sie betreute, an der Themse von Marlow nach Bourne End zu spazieren. Vor der Kirche traf sie sich mit Becks und Judith und erklärte ihren Plan.

»Ich verstehe immer noch nicht, warum dieser Ian-Maloney-Typ involviert sein soll«, sagte Becks.

»Das werden wir dann sehen«, sagte Suzie und wechselte das Thema. »Wie geht es deiner Schwiegermutter?«

»Oh Gott«, sagte Becks und erschauderte. »Ihr neuestes Vorhaben ist ein gemeinsamer Familienurlaub.«

»Und das ist schlecht?«

»Sie hat Sam und Chloe davon überzeugt, dass wir alle nach Disneyworld in Florida fahren sollten.«

»Autsch«, sagte Suzie. »Das ist viel Geld.«

»Und sie steuert nicht einen Penny bei. Wenn man noch ein marianförmiges Familienmitglied einberechnen muss, ist das besonders schlimm. Außerdem hätte sie niemals die Geduld, sich stundenlang anzustellen; sie würde viel zu viel Geld dafür ausgeben wollen, die Warteschlangen zu überspringen.«

»Dann sag Nein.«

»Das habe ich, aber sie lässt sich nicht abhalten. Und sie hat den Kindern gesagt, wie viel Geld ich letztes Jahr verdient hätte – bei ihr geht es immer nur ums Geld! Mir würde es ja nichts ausmachen, wenn es ihr wirklich um die Kinder oder Colin ginge, aber sie will einfach nur Geld ausgeben.«

»Prüfst du immer noch das Archiv, um ihr aus dem Weg zu gehen?«, fragte Suzie.

»Schuldig im Sinne der Anklage«, sagte Becks traurig.

»Aber du musst die Dokumente doch langsam durchgesehen haben.«

»Das habe ich. Und die Polizei auch. Tanika hat die Beamten sogar schon auf alle Bereiche angesetzt. Schließlich könnte ›Folgen Sie dem Geld‹ alles bedeuten. Wir wissen, Geoffrey Lushingtons Geld kann es nicht sein – und die Gelder des Stadtrats scheint es auch nicht zu betreffen –, also könnte es um das Geld von jemand anderem gehen. Aber ich glaube trotzdem, es hat mit dem Stadtrat zu tun, schließlich wurde Geoffrey während einer Stadtratssitzung ermordet.«

»Du solltest aufhören, dich auf dem Revier zu verstecken«, sagte Suzie, »und dich Marian stellen.«

»Niemand sollte sich im eigenen Zuhause nicht wohlfühlen«, sagte Judith zustimmend.

»Natürlich«, sagte Becks. »Ihr habt recht. Aber was kann ich schon tun?«

Die Frauen liefen schweigend weiter, und Judith überlegte, wie sie ihrer Freundin helfen könnte, aber schon bald wandten sich ihre Gedanken dem Ausblick zu. Sie liebte diesen Flussabschnitt. Obwohl es frisch war an diesem Nachmittag, schipperten Boote über die Themse, und viele Leute waren zu Fuß oder mit dem Rad unterwegs. Auch die vielen blühenden Hecken und Büsche erfreuten Judith. Sommer lag in der Luft. Auch wenn es noch dauern würde, war der Sommer nicht mehr allzu weit weg, das konnte Judith spüren.

»Übrigens«, sagte Suzie, »ich habe über deinen Vorschlag nachgedacht, Becks. Dass ich nicht immer und überall so hart arbeiten muss. Mein Leben einfach genießen soll. Es fühlt sich zwar komisch an, und ich weiß nicht recht, wie ich es anstellen soll, aber ich werde einen Versuch wagen. Ich werde versuchen zu akzeptieren, dass ich glücklich bin – wie du gesagt hast –, und es einfach dabei belassen.«

»Das halte ich für eine sehr gute Idee«, sagte Judith.

»Es ist immer eine gute Idee, das eigene Glück zu akzeptieren und es dabei zu belassen.«

»Aber es ist komisch, sich nicht auf ein neues Projekt stürzen zu können. Oh, schaut mal«, sagte sie und deutete auf einen Mann, der allein am Flussufer angelte. »Ich glaube, das ist Ian Maloney.«

Der Mann war Mitte dreißig, durchschnittlich groß und

breit und hatte glänzende blonde Haare, die nach hinten gekämmt waren und ihm bis unter die Ohren reichten. Aber als er sich zu ihnen umwandte, musste Judith – vielleicht wegen der dunklen Augenringe, der leicht nach unten gerichteten Mundwinkel – an jemanden denken, der sein Opfer in einer dunklen Gasse erstach und dann einfach das Messer fallen ließ und weitermachte, als sei nichts geschehen.

Skrupellos, das war es. Er wirkte skrupellos.

»Mr Maloney?«, fragte Judith. »Sie kriegt man nur schwer zu fassen.«

»Sie können sich nicht sonderlich bemüht haben«, sagte er.

»Wonach angeln Sie?«, fragte Becks, um Ians Stimmung aufzuheitern.

»Karpfen. Hechte. Was auch immer ich kriegen kann.«

Ian drehte sich wieder zum Fluss, und Judith beschloss, genauso schlechte Manieren an den Tag zu legen.

»Wir arbeiten für die Polizei«, sagte sie.

Das weckte Ians Aufmerksamkeit, auch wenn er höhnisch grinste.

»Sie drei?«

»Eigentlich sind wir zivile Beraterinnen«, sagte Becks, ehe ihre Freundinnen übertreiben konnten.

»Verdammte Gemeindepolitik«, murmelte Ian. »Früher konnte ich mich wenigstens darauf verlassen, von den Herren in Uniform befragt zu werden.«

»Mir ist zu Ohren gekommen, dass Sie schon einige Begegnungen mit der Polizei hatten«, sagte Judith.

»Nur keine Sorgen, meine Damen, das gehört der Vergangenheit an. Mein Name wird in keinem Computer mehr auftauchen.«

»Wie läuft das Geschäft?«, sagte Judith und ärgerte sich im Stillen über Ians aufgeblasene Anrede.

»Es boomt.«

»Sie wollen Wiley's Field bebauen.«

»Klar. Das Grundstück habe ich schon im Blick, seit ich ins Geschäft eingestiegen bin. Perfekt für Wohnungen, das kann ich Ihnen sagen. Eine eigene Zugangsstraße, die Grundschule nur fünf Minuten zu Fuß entfernt – und von dort brauchen Sie nur zehn Minuten zur M40 und nach High Wycombe.«

»Die Grundschule ist schon überfüllt«, sagte Becks.

Ian zuckte mit den Schultern. »Wenn neue Familien die Infrastruktur überlasten, ist die Regierung schuld, nicht ich. Wir leben in einer Immobilienkrise, das ist Ihnen klar?«

»Allerdings wurde Ihr Bauantrag abgelehnt, oder nicht?«, fragte Judith.

»Mit einer ellenlangen Latte an Einsprüchen«, ergänzte Becks.

»Sie wissen nicht, wovon Sie sprechen.«

»Warum klären Sie uns dann nicht auf?«

»Also«, sagte Ian, geradezu triefend vor Groll, »bei einem Bauantrag lautet die erste Regel: Verlangen Sie das Unmögliche. Verstanden? Sie schrumpfen die Gärten, heben die Dachlinie an, sparen Baumaterialien. Es ist nur ein erstes Angebot, nicht mehr. Und manchmal kommt man sogar mit Mord davon«, sagte er schmunzelnd.

»Interessante Wortwahl.«

In diesem Augenblick verstand Ian, warum sie mit ihm sprachen. Er legte seine Angel beiseite und starrte Judith an. Judith starrte zurück.

»Sie denken, ich habe mit Geoffrey Lushingtons Tod zu tun«, sagte er.

»Mit seiner Ermordung«, korrigierte Judith.

Ian lachte – lachte einfach lauthals los.

»Soll er sich das Gift selbst in die Tasse geschüttet haben?«, sagte Judith viel selbstbewusster, als sie sich fühlte.

»Ich habe keine Ahnung. Aber wenn Sie glauben, ich hätte etwas damit zu tun, sind Sie auf dem Holzweg.«

»Er hat Ihren Bauantrag abgelehnt.«

»Na und?«

»Deshalb haben Sie Ihn erpresst.«

»Wovon reden Sie?«

»Sie haben ihm angedroht, sein Geheimnis zu verraten, wenn er Ihre Baupläne nicht absegnet.«

»Erpressung?«, sagte Ian und ging zur Einschüchterung auf die Frauen zu. Instinktiv wich Becks zurück, aber Judith und Suzie hielten stand. Becks rang sich ein entschuldigendes Lächeln ab, bevor sie sich wieder zu ihren Freundinnen vorwagte, blieb jedoch hinter ihnen stehen.

»Warum sollte ich ihn erpressen?«, fuhr Ian fort. »Ich hatte schon mit der Absage gerechnet. Der Ausschuss hat mir die notwendigen Änderungen aufgelistet, und wissen Sie was? Ich konnte ihnen trotzdem ein paar Abkürzungen unterjubeln. Aber so läuft es eben. Die müssen jede Menge Anträge durchsieben, und mir ist nur ein einziger wichtig. Den Kampf werde ich immer gewinnen. Wenn mein Architekt all ihre Einwände abgearbeitet hat, reiche ich meinen Antrag wieder ein, und dann werden sie ihn abnicken.«

»Sind Sie da sicher?«

»Fragen Sie doch, wen Sie wollen. Der Bauausschuss hat mir keinen Antrag jemals zweimal abgelehnt. Beim nächsten Mal wäre mein Vorschlag durchgegangen. Ach du Scheiße!«

Plötzlich richtete sich Ians Aufmerksamkeit auf den Fluss, sein Schwimmer war unter der Wasseroberfläche verschwunden. Er nahm seine Angel und löste die Bremse, woraufhin sich seine Leine lauthals kreischend abspulte.

»Sie haben etwas gefangen!«, sagte Suzie ganz begeistert.

»Erst lässt man sein Opfer laufen«, sagte Ian, dessen Augen vor Freude an der Jagd glänzten. »Lässt den Fisch denken, er könne einfach losschwimmen – dass er gar nicht am Haken wäre. Und dann, ganz langsam, holt man ihn ein.«

Die Leine war flussabwärts getrieben, nun fädelte Ian die Rolle langsam wieder auf.

»Das ist der schwierige Teil«, fuhr er fort. »Dieser Machtkampf. Wenn es Ihnen also nichts ausmacht, wende ich mich jetzt wieder dieser Angelegenheit zu. Ich sollte all Ihre Fragen beantwortet haben.«

Judith und ihre Freundinnen entkamen Ian nur zu gern, und während er seinen Fisch einholte, gingen sie zurück in Richtung Marlow. Bevor sie die Wiese verließen, drehte sich Judith ein letztes Mal um. Ian hatte den Fisch gefangen und hielt ihn am Boden fest, während der Fisch hilflos um sich schlug. Mit einem Knüppel schlug Ian ihm den Kopf ein.

Dann warf er den toten Fisch in einen Eimer.

Judiths Handy begann zu klingeln. Wieder rief sie eine unterdrückte Nummer an, also nahm sie den Anruf entgegen.

»Hallo«, sagte sie.

»Haben Sie es getan?«, fragte eine tiefe, verzerrte Stimme.

Adrenalin jagte durch Judiths Adern. Es war ihr anonymer Anrufer! Schnell drehte sie sich zu Ian Maloney. Er wusch seine Hände mit einer Flasche Wasser, er konnte es also nicht sein.

»Was getan?«, fragte sie und aktivierte dann die Lautsprecherfunktion.

»Sind Sie dem Geld gefolgt?«

»Wir haben es versucht«, sagte Judith. »Aber Geoffrey ist aus dem Schneider. Laut Polizei gibt es keinerlei finanzielle Unregelmäßigkeiten. Aber hat das Ganze mit der Erpressung zu tun?«

Die Stimme am anderen Ende schwieg.

»Das nehme ich als Ja!«, sagte Judith siegessicher.

»Von Erpressung weiß ich nichts. Aber Sie müssen dem Geld folgen. Nicht Geoffreys Geld. Dem des Stadtrats.«

»Aber das habe ich doch gemacht!«, rief Becks in den Hörer.

»Wer ist da?«

»Entschuldigen Sie«, sagte Becks. »Becks Starling. Ich bin die Frau des Pfarrers.«

»Prüfen Sie die Barkasse«, sagte die Stimme und legte auf.

»Oh Gott, das tut mir so leid«, sagte Becks.

»Keine Sorge«, sagte Judith und legte einen Zahn zu, um die Wiese hinter sich zu lassen.

»Wohin gehen wir?«

»Zum Hockeyclub. Unser anonymer Anrufer benutzt die Telefonzelle dort, und mit etwas Glück erwischen wir ihn, ehe er seine Fingerabdrücke abwischen konnte. Wir können Tanika unterwegs anrufen, aber wir dürfen ihn nicht entkommen lassen!«

KAPITEL 19

Suzies Transporter ruckelte über die unbefestigte Straße Richtung Hockeyclub.

»Welcher Mensch macht so etwas?«, fragte sie. »Die Stimme verzerren und dann kryptische Nachrichten senden. Entweder das eine oder das andere! Wir wissen doch sowieso nicht, wer er ist, warum zeigt er sich dann nicht und teilt sein gesamtes Wissen mit uns?«

»Es muss einen Grund geben«, sagte Judith. »Auch wenn es uns verrückt erscheint, hält dieser Mensch das für völlig vernünftig, wer auch immer es sein mag.«

»Seit wann sind anonyme Anrufe vernünftig?«

»Und was meinte er mit: ›Prüfen Sie die Barkasse‹?«, fragte Becks. »Ich habe mir die Barkasse angeschaut, gleich als Erstes.«

An der Telefonzelle vor dem Hockeyclub stieg Suzie auf die Bremse, und der Transporter kam ruckelnd zum Stehen.

In der Telefonzelle war niemand.

Und niemand in der Nähe.

»Mist«, sagte Suzie.

»Wie wäre es«, sagte Becks, »wenn wir uns aufteilen? Vielleicht hat jemand mitbekommen, wer gerade dieses Telefon benutzt hat.«

Becks' Handy klingelte.

»Es ist Tanika«, sagte sie und nahm ab. Stirnrunzelnd hörte sie zu, dann sagte sie: »Ich bin mit den anderen unterwegs, wir werden sehen, was wir tun können«, und legte auf. »Tanika konnte den Anruf zu einer Telefonzelle an der Brücke zurückverfolgen, gegenüber vom Pfarrhaus. Deshalb hat sie mich angerufen. Falls ich in der Nähe bin.«

»Na dann los«, sagte Judith und lief zurück zu Suzies Transporter.

Suzie wendete in zwei höchst schwungvollen Zügen, touchierte die Hecke am Straßenrand und raste dann in die Innenstadt von Marlow. Am kleinen Kreisverkehr an der High Street bog sie rechts ab, fuhr zur Telefonzelle an der Brücke und parkte den Transporter auf dem Bürgersteig. Auf der anderen Straßenseite standen die Kirche und das Pfarrhaus. Sie rissen die Türen auf und rannten los.

Die Telefonzelle war leer.

»Ich bleibe hier«, sagte Judith, »damit niemand das Telefon benutzt. Wir müssen den Tatort sichern. Ihr zwei teilt euch auf – vielleicht hat ja jemand gesehen, wer dieses Telefon zuletzt benutzt hat!«

»Ich übernehme die andere Straßenseite«, sagte Becks und eilte los. Suzie lief zu einer jungen Mutter, die einen Buggy schob.

Judith widmete ihre Aufmerksamkeit der Telefonzelle. Die Tür war angelehnt, also öffnete sie sie mit einem Taschentuch und trat ein. Der Gestank der Tausenden Körper, die diese Telefonzelle vor ihr betreten hatten, ließ sich nur schwer ignorieren. Also versuchte Judith sich stattdessen auf den schwarzen Hörer zu konzentrieren. Letztes Jahr hatte sie den Puderzucker ihrer Bonbondose genutzt, um die Fingerabdrücke auf einem Glas zum Vorschein zu bringen, aber auf dem Hörer waren keinerlei schmierige Fingerabdrücke mehr zu sehen. Gleiches galt für die silbernen Wahltasten. Jemand musste vor Kurzem sämtliche Abdrücke weggewischt haben. Das Metall glitzerte im Sonnenschein.

Ein Polizeiwagen donnerte über die Brücke, schlüpfte beinahe genauso schnell durch die verkehrsberuhigenden Boller und hielt an der Telefonzelle. Judith begrüßte Tanika.

»Becks und Suzie suchen nach Zeugen«, sagte sie, »und ich achte darauf, dass niemand den Tatort kontaminiert.«

»Wir machen Sie noch zu richtigen Polizeibeamten«, sagte Tanika.

»Nein, danke«, sagte Judith. »Ich helfe sehr gerne aus, aber das reicht dann auch.«

Suzie und Becks hatten Tanika gesehen und kehrten zurück.

»Habt ihr irgendjemanden gefunden?«, fragte Judith.

»Ich bin gerannt wie verrückt«, sagte Suzie, »aber ich habe keine Menschenseele gesehen.«

»So ging es mir auch«, stimmte Becks zu, »wenn auch nicht wie verrückt.«

»Also ist unser anonymer Anrufer wieder davongekommen«, sagte Judith.

»Nicht zwangsläufig«, sagte Tanika. »Vielleicht hat er dieses Mal forensisches Beweismaterial hinterlassen.«

»Ich habe mich kurz umgeschaut«, sagte Judith. »Der

Hörer und der Apparat wirken, als hätte sie jemand abgewischt.«

»Außerdem ist es eine öffentliche Telefonzelle«, sagte Suzie. »Wenn Sie die DNA von irgendjemandem finden – oder irgendwelche anderen Spuren –, wird derjenige nur abwinken und erklären, er habe das Telefon irgendwann zuvor benutzt.«

Gerade wollte Tanika zustimmen, da bemerkte sie, wie konzentriert Becks die Turmspitze der All Saints Church beobachtete.

»Wonach suchen Sie?«, fragte sie.

Becks zog ihr Handy aus der Handtasche.

»Wisst ihr was?«, sagte sie. »Ich glaube, ich werde euch unseren anonymen Anrufer zeigen können. Dank eines nistenden Turmfalkenpaars. Wartet kurz.«

Ihre Freundinnen drängten sich um sie, während sie die Homepage der All Saints Church aufrief.

»Vor einigen Monaten«, erklärte sie, »bemerkte einer der Kirchendiener zwei Falken, die durch die Zinnen des Kirchturms hinein- und herausflogen. Als wir nachsahen, entdeckten wir ein Nest mit zwei Eiern, also installierten wir eine Webcam. Seitdem gibt es einen Livestream der Vögel, vierundzwanzig Stunden am Tag.«

Becks klickte auf ein Livevideo, das den Bildschirm erfüllte.

»Sie sind wunderschön!«, sagte Suzie. Gemeinsam sahen sie sich die zwei Falkenküken in ihrem Nest an.

»Wie herrlich«, stimmte Judith zu.

»Aber wenn man genau hinsieht«, sagte Becks, »genau

hinter den Zinnen, kann man die High Street sehen. Das sind wir«, sagte sie und deutete auf die Stelle, an der sie zu viert neben der roten Telefonzelle standen. Suzie sah zum Kirchturm auf und winkte. Auch auf dem iPhone war Suzies Winken zu erkennen.

»Oh, das ist ganz hervorragend«, sagte Judith.

»Es wird noch besser, denn die Webcam speichert das Videomaterial der letzten vierundzwanzig Stunden ab, damit man nachvollziehen kann, was die Vögel getan haben – vor allem wenn man sie bei Nacht sehen will, da gehen sie auf die Jagd.« Becks zog den Schieberegler nach links. »Wann war der anonyme Anruf, Judith? Um halb drei?«

»Kurz danach«, sagte Judith.

»Dann schauen wir mal«, sagte Becks. Der Zeitstempel war auf 14:31 Uhr gesprungen.

Es war nicht viel zu sehen. Leute kamen und gingen, aber niemand näherte sich der Telefonzelle. Aber das entsprach nicht ganz der Wahrheit. Die drei Frauen sahen jemanden auf einem Elektromobil, der die Straße in Richtung der Telefonzelle fuhr. Es musste ein Mann sein. Als er die Telefonzelle erreichte, ließ er das Mobil auf dem Bürgersteig stehen, hievte sich hoch und ging, nachdem er sich ausgiebig umgesehen hatte, in die Telefonzelle. Becks drückte auf Pause. Obwohl das Video so klein war, konnte man erkennen, dass der Mann erhebliches Übergewicht hatte. Sein Haar war dunkel und unordentlich, er trug eine Jogginghose, eine dicke Jacke und wirkte ganz eindeutig ungesund.

»Das ist er?«, fragte Suzie überrascht.

Becks drückte wieder auf »Play«, und die Frauen sahen zu,

wie er die Telefonzelle betrat, den Hörer abnahm und eine Nummer wählte.

»Kommt er Ihnen bekannt vor?«, fragte Tanika.

»Nein«, antwortete Judith für sie alle. »Ich habe ihn noch nie gesehen. Und mir fällt keine Person in Geoffreys Umfeld ein, die ihm ansatzweise ähnelt, das wäre uns sicher aufgefallen.«

Auf dem Bildschirm legte der Mann auf und wischte das Telefon mit einem Taschentuch ab, verließ die Telefonzelle und sah sich noch einmal um.

Becks machte ein Bildschirmfoto.

Auf dem Handy hatte der Mann einen kleinen Hustenanfall, ließ sich mühsam in sein Elektromobil sinken und fuhr langsam davon.

Die Frauen schwiegen.

Hier war Judiths anonymer Anrufer, aber wer um alles in der Welt war er?

KAPITEL 20

»Wir müssen herausfinden, wer dieser Mann ist«, sagte Tanika.

»Ich schicke Ihnen das Bildschirmfoto per Mail«, sagte Becks. »Aber Sie können sich das Video selbst ansehen, wenn Sie die Kirchenwebseite aufrufen.«

»Keine Sorge, wir können das Video herunterladen.«

»Jetzt haben wir ihn also, aber wie finden wir heraus, wer er ist?«

»Das sollte nicht schwer sein«, sagte Suzie. »Wir müssen doch nur herumfragen, ob jemand einen fetten Mann mit einem Elektromobil kennt.«

»Das darfst du nicht sagen«, sagte Becks.

»Warum nicht? Was denn sonst? Er hat schwere Knochen? Er ist fett – wenn du mich fragst, ist das fast schon gefährlich –, also lass uns das Kind beim Namen nennen. Wir sollten überprüfen, ob die Ausschussmitglieder ihn kennen«, ergänzte sie trotz Judiths warnendem Blick.

»Natürlich«, sagte Tanika nachdenklich.

»Aber zuerst benötigen Sie einen offiziellen Ausdruck des Bildschirmfotos«, sagte Judith. »Irgendetwas, das vor Gericht zugelassen wird und die bisherige Beweisführung nicht zerschlägt. Und sicherlich muss auch die Spurensicherung zunächst diese Telefonzelle begutachten.«

»Da haben Sie nicht unrecht«, stimmte Tanika seufzend zu. »Wenn es Ihnen nichts ausmacht, muss ich jetzt einige Anrufe erledigen.«

»Wie wäre es dann«, sagte Judith, »wenn wir uns den Keramikladen auf der High Street anschauen?«

»Nee«, sagte Suzie. »Ich habe gerade zu viel Spaß.«

»Ja, gerne«, sagte Becks, die Judiths Vorwand durchschaut hatte.

»Ich sagte«, beharrte Judith, »wie wäre es, wenn wir uns den neuen Keramikladen auf der High Street anschauen?«

»Ach, natürlich!«, sagte Suzie, die Judiths Verschlüsselungstaktik endlich verstand. »Lasst uns das unbedingt machen!«

Die Frauen gingen die High Street hinab.

»Wir gehen gar nicht zu dem neuen Keramikladen, oder?«, flüsterte Suzie.

»Natürlich nicht«, sagte Judith. »Wir gehen zu *Percival's*.«

Judith erwartete schon einen Einspruch von Becks, doch zu ihrer Freude schien sie ausnahmsweise genauso entschlossen wie Suzie und sie selbst.

* * *

Nach einem kurzen Spaziergang betraten sie die Büroräume von *Percival's*. Glas und Chrom herrschten vor, an den Wänden waren teure Anwesen mit Swimmingpools auf Flachbildschirmen zu sehen, oft im Grünen oder mit einem großen Privatzugang zum Fluss. Mindestens ein halbes Dutzend Immobilienmakler arbeiteten an den neuesten Rechnern mit Touchscreens. Am Ende des Büros gab es einen verglasten Konferenzraum. Darin plauderte Ian Maloney mit Marcus Percival.

Marcus schüttelte lächelnd Ians Hand und komplimentierte ihn dann heraus.

»Ian darf uns nicht sehen!«, zischte Judith und setzte sich an den nächstgelegenen Schreibtisch – Becks und Suzie taten es ihr nach. Die Makler und Maklerinnen waren völlig überrumpelt von diesen drei Frauen, die sie plötzlich in Gespräche verwickelten, doch so verschwanden Judith und ihre Freundinnen für wenige Sekunden unbemerkt im Hintergrund, während Marcus Ian zur Tür brachte.

Die Frauen dankten den jeweiligen – sehr erstaunten – Mitarbeitern und gingen auf Marcus zu.

»Guten Tag, Marcus!«, sagte Judith.

»Oh«, sagte er überrascht. »Wo kommen Sie denn her?«

»Genau das wollen wir auch von Mr Maloney wissen«, sagte Judith.

»Warum sollte ich mich nicht mit Ian Maloney treffen?«

»Sie haben vor Kurzem seinen Antrag abgelehnt, eine neue Wohnsiedlung auf Wiley's Field zu errichten«, sagte Becks.

»Das stimmt. Den Antrag konnte man nicht ernst nehmen.«

»Wie meinen Sie das?«

»Bauunternehmer wie Ian muss man mit Argusaugen beobachten. Reicht man ihnen den kleinen Finger, wollen sie gleich die ganze Hand.«

»Warum haben Sie sich dann gerade mit ihm getroffen?«

»Weil ich Immobilienmakler bin. Ian ist einer meiner ersten Informanten, wenn ich herausfinden will, was neu auf dem Markt ist oder welche Trends aus der Baubranche bald in Marlow ankommen.«

»Sie tauschen Informationen aus?«, fragte Judith.

»Ich werde ehrlich mit Ihnen sein: Der Job eines guten Immobilienmaklers besteht zu 99 Prozent daraus, die neuesten Infos zu haben. Also ja, wir tauschen uns aus. Gerade hat er mir von drei Häusern erzählt, die er für den Rugbyclub baut. Sie werden im September fertiggestellt, so wird bei drei weiteren Familien der Traum einer eigenen Immobilie wahr. Ich verrate Ihnen gerne, dass ich Ian nicht sonderlich mag, aber er tut hier mehr Gutes als Schlechtes. Auch wenn das keine sehr beliebte Meinung ist.«

»Also wird der Ausschuss seinen nächsten Antrag für ein Bauprojekt auf Wiley's Field ablehnen?«

»Das weiß ich nicht. Ian plant immer hart am Limit. Aber er hat keine Eile. Er wird seine Anträge immer weiter abändern und neu einreichen, bis wir endlich zustimmen. Was alles ganz normal ist. Bauplanung ist Kommunikation, da gibt es oft ein Hin und Her. Solange das Grundstück nicht in einem desaströsen Zustand ist, zum Beispiel durch eine Kontamination – und dem ist nicht so –, wird er seine Baugenehmigung in den nächsten Monaten bekommen.«

»Haben Sie etwas davon?«

»Was meinen Sie?«, fragte er.

»Finanziell. Vom Bauprojekt auf Wiley's Field.«

»Nein, das kann man so nicht sagen«, erklärte Marcus, aber zum ersten Mal schien ihm nicht ganz wohl zu sein. »Aber Sie sind sicher nicht hierhergekommen, um mit mir über Ian Maloney zu sprechen. Wie kann ich Ihnen behilflich sein?«

»Könnten Sie uns bei der Identifikation einer Person helfen?«, fragte Becks und sucht das Bildschirmfoto des übergewichtigen Manns in der Telefonzelle heraus.

»Erkennen Sie diesen Mann?«, fragte Judith.

Sie beobachtete Marcus genau, aber das Foto schien keinerlei Reaktion hervorzurufen.

»Tut mir leid«, sagte er. »Den kenne ich leider nicht.«

»Sind Sie sicher?«

»An ihn würde ich mich sicher erinnern, er hat doch – ähm – einen recht hohen Wiedererkennungswert, finden Sie nicht? War es das schon?«

»Wissen Sie, wer ihn vielleicht kennen könnte?«

»Wir sind uns sicher einig, dass ich Ihre Fragen beantwortet und Hilfestellung geleistet habe, aber jetzt muss ich wirklich weiter. Häuser verkaufen sich nicht von selbst.«

Mit einem Lächeln kehrte Marcus an seinen Schreibtisch zurück. Offensichtlich gab es nichts mehr zu holen, also begleiteten sich die drei Freundinnen selbst hinaus.

»Ist euch auch aufgefallen, wie unangenehm ihm die Frage war, ob er von dem Bauprojekt auf Wiley's Field profitieren würde?«, fragte Judith.

»Meinst du, er steckt mit Ian unter einer Decke?«

»Möglich. Allerdings hat er wohl recht – ein Immobilienmakler wird sich immer an den örtlichen Bauunternehmer wenden und umgekehrt.«

»Eine Hand wäscht die andere«, sagte Suzie.

»Ganz genau.«

»Und wen treffen wir als Nächstes?«

Auf der Little Marlow Street direkt um die Ecke befand sich *Marlow Wealth Management*, wo Debbie Bell arbeitete. Sie wurden von einer streng dreinschauenden Dame begrüßt, die den Eingang zu den Büroräumen bewachte. Nachdem Judith erklärt hatte, dass sie sich mit Debbie Bell treffen wollten, verschwand die Dame widerwillig in den Innenräumen. Durch die Tür erhaschten die Frauen einen Blick auf einen schicken Loungebereich mit einer glänzenden Kaffeemaschine und bequemen Sofas.

»So lebt die andere Hälfte«, sagte Suzie.

Nach einigen Augenblicken erschien Debbie, sie trug einen brauen Rock aus Tweed und eine cremefarbene Bluse, die Haare hatte sie zu einem Pferdeschwanz gebunden. Sie kleidete sich wie Judiths Lehrerinnen. Und wie bei so vielen von ihnen, bemerkte Judith, war auch Debbies Rocksaum ausgefranst. Sie verdiente eindeutig nicht genug Geld, um die Dienstleistungen ihres Arbeitgebers in Anspruch zu nehmen.

»Was machen Sie denn hier?«, fragte Debbie.

»Keine Sorge«, sagte Judith, »es dauert nicht lange.«

Und das stimmte tatsächlich. Als Becks ihr das Bildschirmfoto zeigte, antwortete Debbie sofort, dass sie ihn nicht erkenne.

»Sind Sie sicher?«, fragte Judith, überrascht von Debbies schneller Reaktion.

»Ganz sicher. Gibt es noch etwas? Nein? Dann muss ich leider wieder an den Schreibtisch.«

Als Nächstes fuhren die Frauen zu Jeremy ins Gewerbegebiet *Globe*, aber auch er gab die gleiche Antwort wie Marcus und Debbie. Er war sich sehr sicher, dass er diesen Mann nicht kannte.

»Mir kommt es eigentlich ganz gelegen, Sie zu treffen«, sagte Judith. »Denn wir waren in der Zwischenzeit bei Geoffrey und haben seine Whiskysammlung überprüft.«

»Sie ist ganz ausgezeichnet, oder?«, sagte Jeremy.

»Aber es gab keine Flasche von Kyoto Gold.«

»Ach so?«, sagte er, etwas unangenehm berührt.

»Und alle Flaschen waren noch voll. Er trank nicht viel.«

»Oh doch, das tat er«, sagte Jeremy und leckte sich die Lippen. »Wenn er den richtigen Whisky hatte. Vielleicht hat er ihn einem Freund gegeben?«

»Ich befürchte, Sie haben uns angelogen«, sagte Judith. »Bei Ihrem Streit ging es gar nicht um Whisky – als Geoffrey sagte, er würde ›den nicht wiedergeben‹. Sie werden uns wohl erklären müssen, um was es eigentlich ging.«

»Das habe ich doch schon. Haben Sie schon bedacht, dass er die Flasche vielleicht fallen gelassen haben könnte?«

»Wir werden die Wahrheit herausfinden. Das ist Ihnen doch klar? Wir finden sie immer heraus.«

»Aber ich sage Ihnen die Wahrheit, versprochen.«

»Einen Scheiß sagt er uns«, sagte Suzie, sobald sie Jeremys Büro verlassen hatten.

»Aber wie finden wir heraus, was wirklich vor sich gegangen ist?«, fragte Becks.

»Das kriegen wir schon hin«, sagte Judith. »Da könnt ich euch sicher sein. Wir finden schon einen Weg. Nächster Halt – Sophia.«

Dieses Mal kam Sophia zur Tür.

»Was wollen Sie?«, fragte sie misstrauisch.

Judith erklärte die Situation.

»Kennen Sie den Mann?«, fragte Judith, als Becks ihr das Handy reichte.

»Ich habe ihn schon mal gesehen«, sagte Sophia und versuchte, sich zu erinnern. »Ja, jetzt weiß ich's wieder!«, sagte sie etwas überzeugter. »Oh Gott, das ist dieser Typ.«

»Welcher Typ?«, fragte Suzie.

»Ein selbstständiger ITler. Er hat die Kabel und Mikrofone in meinem Studio eingerichtet, vor etwa einem Jahr. Ich kann nicht sagen, dass ich ihn mochte, er war mir nicht ganz geheuer.«

»Erinnern Sie sich an seinen Namen?«

»Dave irgendwas – ach, wie hieß er denn noch mal? Tut mir leid, ich komme nicht drauf«, sagte sie. »Dave Butler! Genau, das war's«, ergänzte sie selbstzufrieden.

»Eine Sekunde«, sagte Becks und gab den Namen in eine Suchmaschine ein.

»Was meinen Sie damit, dass er Ihnen nicht ganz geheuer war?«, fragte Judith.

»Ich will niemanden verurteilen, aber mir sind übergewichtige Menschen immer suspekt. Man kann ihnen nicht vertrauen.«

»Wie bitte?«, sagte Suzie.

»Das ist ganz einfach. Mich beunruhigen Menschen, die sich gehen lassen. Er schaffte es gerade so die Stufen zu meinem Studio hoch. Stellen Sie sich doch mal vor, keine Treppen laufen zu können.«

»Aber Sie wollen niemanden verurteilen?«

»Sie haben nachgefragt, ich sage nur meine Meinung.«

»Hat er seine Arbeit gut gemacht?«, fragte Judith scharf.

»Ich denke schon.«

»Für einen anständigen Preis?«

»Deshalb habe ich mich für ihn entschieden.«

»Im vorgesehenen Zeitrahmen?«

»Ich weiß schon, wie das klingt«, sagte Sophia, die zwar gerne das Thema gewechselt hätte, aber ihre Meinung nicht zurücknehmen würde. »Aber unsere Körper sind Tempel – das größte Geschenk von Mutter Erde –, und ich empfinde es einfach als Beleidigung, wenn man diese Tatsache nicht respektiert.«

»Hab ihn«, sagte Becks begeistert. »Dave Butler, Marlow IT Solutions, 8 Avenue Gardens, Marlow.«

»Stimmt«, sagte Sophia. »Ich erinnere mich an den Briefkopf auf der Rechnung. Er wohnt in den Avenue Gardens.«

Judith wandte sich an ihre Freundinnen.

»Dann werden wir wohl Mr Butler in den Avenue Gardens 8 einen Besuch abstatten müssen.«

KAPITEL 21

Avenue Gardens war ein kleines Wohngebiet im Westen von Marlow, oberhalb der Henley Road. Die Neubauten waren eng aneinandergedrängt, aber der Ausblick auf die Themse und den Winter Hill war wunderschön.

»Von hier aus kann man dein Haus sehen«, sagte Becks zu Judith, als sie aus Suzies Transporter stiegen.

Judiths Haus wurde zwar durch die umliegenden Bäume vor Blicken geschützt, aber sie konnte den Umriss ihres Bootshauses erkennen. Kurz hatte sie die Sorge, dass man sie von hier oben beim Nacktschwimmen beobachten könne, allerdings aus einer Entfernung von gut einer Meile. Und wer würde überhaupt hinschauen?

Dave Butler lebte in einem niedrigen Bungalow hinter einer widerspenstigen Hecke. Das hölzerne Gartentor verrottete bereits, und der Vorgarten war von Unkraut überwuchert. Trotzdem konnten Suzie und ihre Freundinnen Daves kastanienbraunes Elektromobil sehen, das an einer Außensteckdose hing.

»Bingo«, sagte Suzie. »Er ist zu Hause.«

Sie gingen zur Haustür, an der eine neumodische Klingel mit eingebauter Kamera montiert worden war.

»Die kann ich nicht ausstehen«, sagte Judith und ließ den Finger kurz über der Klingel schweben.

»Ich glaube, ich höre den Fernseher«, flüsterte sie. »Oder das Radio. Er ist definitiv zu Hause.«

Judith klingelte, das Gerät leuchtete blau auf, und eine kleine Melodie erklang.

»Hätten wir ihn vorwarnen sollen?«, flüsterte Becks.

»Und die Überraschung verderben?«

Judith hielt das Ohr an der Tür.

»Was denkst du?«, fragte Suzie.

»Pssst! Ich kann den Fernseher nicht mehr hören. Ich glaube, er hat ihn ausgemacht.«

Judith drehte sich Richtung Kamera.

»Mr Butler!«, sagte sie. »Wir wissen, dass Sie zu Hause sind. Wir können Sie hören.«

Judith wartete und horchte.

Im Haus blieb es mucksmäuschenstill.

Judith ging zu einem Fenster. Der Holzrahmen war dreckig und moosbewachsen, die Vorhänge zugezogen.

»Das Licht ist aus«, sagte Becks und zeigte auf die Fenster im ersten Stock.

»Er muss zu Hause sein«, sagte Judith. »Wir haben gesehen, wie schwerfällig er läuft. Wenn sein Elektromobil hier ist, dann ist er es auch.«

»Lasst mich mal sehen, ob ich in den Garten komme«, sagte Suzie und lief zurück zur Straße.

Judith klopfte an die massive Holztür.

»Mr Butler, bitte kommen Sie zur Tür, hier ist die Polizei«, rief sie.

Bei dieser Notlüge verzog Becks das Gesicht, aber Judith winkte ab und legte das Ohr wieder an die Tür. Es war immer noch alles still.

Sie warteten eine weitere Minute, aber die Tür blieb verschlossen.

»Vielleicht hast du doch nicht den Fernseher gehört«, sagte Becks.

Frustriert presste Judith die Lippen aufeinander.

»Ach, er ist auf jeden Fall zu Hause«, sagte sie. Sie gingen wieder zur Straße, wo ihnen Suzie entgegenkam.

»Es gibt keinen Weg um das Haus herum«, sagte Suzie. »Die Gärten grenzen direkt an die in der Parallelstraße.«

Ein alter Kombi bog in die Auffahrt des Nachbarhauses ein, und eine junge Frau stieg aus.

»Entschuldigen Sie«, sagte Judith und ging mit großen Schritten auf sie zu. »Darf ich Sie kurz etwas fragen? Es geht um Ihren Nachbarn, Dave Butler.«

»Geht es ihm gut?«, fragte die junge Frau.

»Das weiß ich nicht. Wir versuchen, ihn zu erreichen.«

»Da sind Sie nicht die Einzigen. Selbst an guten Tagen bleibt er für sich; mein Mann glaubt, wir haben ihn letztes Jahr überhaupt nicht gesehen. Er muss zwar da sein, weil die Lichter an- und ausgehen, aber persönlich haben wir ihn nicht gesehen.«

»Er muss doch ab und zu rauskommen, um einzukaufen«, sagte Suzie.

»Er lässt sich alles liefern.«

»Oder um zu arbeiten«, ergänzte Becks.

»Das weiß ich nicht. Vielleicht arbeitet er im Homeoffice.«

»Sie haben Ihren Nachbarn wirklich über ein Jahr lang nicht gesehen?«, fragte Judith ungläubig.

»Er ist ein Einsiedler«, sagte die Frau. »Warum fragen Sie?«

»Wir sind gute Freundinnen und machen uns Sorgen«, sagte Becks schnell, ehe Suzie ihren Polizeiausweis hervorziehen konnte.

»Und wir glauben, er hat sein Zuhause zumindest ein paarmal verlassen. Zum Beispiel heute Nachmittag.«

»Das ergibt Sinn«, stimmte die Frau zu. »Natürlich bekomme ich nicht jede seiner Bewegungen mit. Ich war heute arbeiten.«

Judith bedankte sich, dann kehrten sie zur Straße zurück.

»Wir müssen ihn aus dem Haus kriegen«, sagte sie.

»Wir könnten es anzünden?«, schlug Suzie vor.

»Ich glaube, damit wäre Tanika nicht sehr glücklich«, lachte Judith. »Ich dachte eher an einen Durchsuchungsbefehl.«

»Gute Idee«, sagte Suzie und zeigte auf das Haus gegenüber. »Ich passe auf den Hund von Mr Peat dort drüben auf. Und drei Häuser weiter wohnen die Greens, ihre Tochter war Amys beste Freundin. Mit ihnen kann ich auch reden. Ich könnte sie bitten, ein Auge auf Dave zu haben. Dann können sie uns Bescheid geben, wenn er sein Haus verlässt.«

»Du hast recht«, sagte Becks. »Ich kenne Wendy Brown, sie wohnt in der Nummer 17. Sie hat Sam Mathe-Nachhilfe gegeben und das ganz wunderbar gemacht. Ich kann sie auch bitten, ein Auge auf Daves Haus zu haben.«

Die Frauen fuhren zurück zu Judiths Haus, und während

Becks und Suzie ihre Bekannten anriefen, meldete sich Judith bei Tanika und berichtete, dass sie ihren anonymen Anrufer identifiziert hätten.

»Ich schicke einen Beamten, der mit ihm reden soll.«

»Um in dieses Haus zu kommen, brauchen Sie einen Durchsuchungsbeschluss.«

»In diesem Stadium kann ich leider keinen beantragen. Noch haben wir nichts gefunden, was ihn direkt mit Geoffrey Lushington oder einer anderen Person aus dem Bauausschuss in Verbindung bringt. Er hat einfach nur seltsame Anrufe getätigt. Bestenfalls ist er eine Person von besonderem polizeilichem Interesse.«

»Aber was passiert, wenn er nicht an die Tür geht?«

»Dann besuchen wir ihn ein zweites Mal und laden ihn schriftlich aufs Revier ein. Wir müssen erst alle anderen Wege gehen, und *dann* können wir einen Durchsuchungsbefehl kriegen.«

»Wie lange dauert das?«

»Er erhält eine Frist von vierzehn Tagen, sich bei uns zu melden.«

»Das ist viel zu langsam!«

»Ich bin ganz Ihrer Meinung, es ist frustrierend. Aber so lautet das korrekte Prozedere, da sind mir die Hände gebunden. Und machen Sie sich keine Sorgen, wir wissen schließlich, wo er sich gerade aufhält. Wir werden eher früher als später mit ihm sprechen, versprochen.«

Nach dem Telefonat war Judith schlechter Laune, und auch das Klappern des Briefschlitzes, das die tägliche Post ankündigte, hellte ihre Stimmung nicht auf.

»Willst du nicht schauen, was angekommen ist?«, fragte Suzie.

»Ich weiß, was angekommen ist«, sagte Judith. »Die Post.«

»Aber willst du nicht wissen, was es ist?«

»Musst du mich wirklich«, sagte Judith gereizt, »die ganze Zeit so herumkommandieren?«

Eingeschnappt stand sie auf, ging zur Haustür, warf einen Blick auf den Brief und legte ihn dann beiseite. Suzie sah aufmerksam zu, ihr Blick blieb an dem blauen Umschlag hängen.

»Bist du jetzt zufrieden?«, sagte Judith.

»Zu 100 Prozent«, sagte Suzie und legte sich einen Plan zurecht. Er war nicht clever oder besonders ausgeklügelt, genau deshalb mochte sie ihn.

»Können wir über Dave Butler reden?«, sagte Becks. »Ich habe mich gefragt, ob es irgendeine Möglichkeit gibt, ihn aus seinem Haus …«

Suzie sprang auf, rannte zur Haustür und krallte sich den blauen Umschlag.

Judith rief ihr hinterher, aber es war zu spät.

»Wusste ich es doch!«, sagte Suzie. »Er ist von derselben Person.«

»Was meinst du?«, fragte Becks.

»Das ist dieselbe Handschrift wie beim letzten Brief. Warum willst du ihn nicht öffnen?«, fragte Suzie Judith.

»Das mache ich noch«, sagte Judith defensiv.

»Dann mache es jetzt«, sagte Suzie und gab ihr den Brief.

»Später.«

»Was ist so besonders daran?«, fragte Becks.

»Also dann«, sagte Judith seufzend und versuchte, das Thema auf die leichte Schulter zu nehmen, »wenn ihr es unbedingt wissen wollt, der Brief ist von Matthew Cartwright.«

»Und wer ist das bitte schön?«, fragte Suzie.

»Ein alter Schulfreund. Von der Isle of Wight.«

»Ein ›alter Schulfreund‹?«, fragte Suzie und hob eine Augenbraue.

»Wir sind nie miteinander ausgegangen, falls du darauf hinausmöchtest. Wir haben den Kontakt fast komplett verloren, als er aufs Internat geschickt wurde.«

»Ihr habt den Kontakt ›fast komplett‹ verloren?«

»Wir haben uns noch in den Ferien und an Weihnachten gesehen. Bis ich an die Universität ging und er ein nettes, bodenständiges Mädchen aus Ventnor heiratete, Sally hieß sie, und dann für JCB in China gearbeitet hat. Er war sehr erfolgreich und verdiente Unmengen.«

»Und warum schreibt er dir gerade jetzt?«

»Anscheinend ist er aus China zurückgekehrt. Schon vor einiger Zeit.«

Becks und Suzie wussten, dass Judith ihnen etwas verschwieg.

»Und …?«, fragte Suzie.

»Und seine Frau ist letztes Jahr gestorben.«

»Er *flirtet* mit dir?«, sagte Suzie.

»Wohl kaum! Er wollte sich nur melden. Und mir von seinem Leben erzählen.«

Judiths Lügerei war klar zu erkennen.

»Und er fragt, ob ich mich mit ihm auf einen Tee treffen möchte«, ergänzte sie. Das Geheimnis war endlich enthüllt.

»Aber das ist doch nett«, sagte Becks. »Warum willst du den Brief dann nicht aufmachen?«

»Weil ich kein Interesse daran habe, wieder einen Mann in meinem Leben zu haben«, sagte Judith und faltete die Hände im Schoß zusammen.

»Was?«

»Ich habe mir mein Leben genauso eingerichtet, wie ich es mag, aber das war harte Arbeit. Ich habe ein wunderbares Haus, einen erfüllenden Beruf und gute Freundinnen. Warum soll ich all das von einem Mann ruinieren lassen?«

»Es würde nicht alles ruinieren«, sagte Becks wenig überzeugend. Platz für einen Mann zu machen, barg immer das Risiko, *all das* zu ruinieren. »Meinst du, darauf will er überhaupt hinaus?«

»Oh ja. Natürlich sagt er das nicht direkt. Aber er fände es nett, wenn wir uns bei einer Tasse Tee auf den neuesten Stand bringen.«

»Weshalb machst du dir dann Sorgen?«, fragte Suzie.

»So etwas wie ›nur eine Tasse Tee‹ gibt es nicht«, sagte Judith finster. »Vor allem in meinem Alter. Ihr wisst genau, wie es ablaufen wird. Er wird nett sein und charmant, aber sobald er einen Fuß in mein Haus setzt, will er dann, dass ich ihn dreimal am Tag bekoche, seine Wäsche mache und überhaupt sein Mädchen für alles bin, und das möchte ich wirklich nicht, vielen Dank auch.«

»Das kannst du laut sagen«, stimmte Suzie zu.

»Auch wenn es schön ist, gemeinsam zu lachen«, sagte Becks.

»Wie bitte?«

»Ich weiß, Colin ist nicht perfekt. Aber manchmal sagt er aus dem Nichts irgendetwas, das mich richtig zum Lachen bringt. Weil er etwas falsch verstanden hat. Oder sich an etwas erinnert, was uns mit zwanzig passiert ist. Und manchmal sitzen wir einfach nur auf der Couch, und er nimmt meine Hand. Dann kann eine Beziehung so schön sein. Aber vielleicht leide ich einfach am Stockholm-Syndrom und bin eine Geisel meiner Ehe.«

»Hör nicht auf sie«, sagte Suzie. »Du hast recht, dein Leben hast du dir perfekt zurechtgelegt. Warum solltest du das für jemanden riskieren?«

»Danke«, sagte Judith. »Habt ihr mittlerweile alle Leute angerufen, die in der Nähe von Dave Butler wohnen?«

Suzie und Becks hatten alle erreicht, außerdem musste Becks das Abendessen kochen und Suzie auf einen schwarzen Labrador aus Bisham aufpassen, also brachte Judith ihre Freundinnen zur Tür.

Dann kehrte sie in ihr Wohnzimmer zurück, doch ihr Blick fiel immer wieder auf den blauen Umschlag. Sie versuchte, ihn zu ignorieren und stattdessen mögliche Gründe für Dave Butlers anonyme Anrufe herauszufinden. Doch eigentlich fand sie es einfach traurig, dass er alleine hinter verschlossenen Türen wohnte.

Judith riss den blauen Brief auf und begann zu lesen.

KAPITEL 22

Am nächsten Morgen erwachte Judith mit Kopfschmerzen. Sie hatte nicht vorgehabt, so viel Whisky zu trinken, aber die leere Kristallkaraffe und das Glas auf ihrem Nachtschränkchen bestätigten ihr, dass sie genau das getan hatte.

Sie schlurfte die Treppe hinab, denn es gab nur ein Heilmittel. An der Haustür zog sie das Nachthemd aus und warf sich ihren Umhang über, auch wenn ihr dabei ein scharfer Schmerz in die Schulter fuhr. Bette Davis hatte recht gehabt, Älterwerden war nichts für Feiglinge.

Auf ihrem Rasen lag noch der Tau, und Nebelschwaden stiegen über dem Fluss auf, aber der Himmel war strahlend blau. Judith wusste, es würde ein weiterer wunderschöner Frühlingstag werden. Auf dem Weg zu ihrem Bootshaus hätte Dave Butler sie mit einem Fernglas erspähen können, aber sie versuchte, diese Vorstellung gar nicht erst aufkommen zu lassen. Im Bootshaus hängte sie den Umhang auf und stand für einen Augenblick völlig nackt in der Dunkelheit. Gänsehaut prickelte auf ihren Armen, ehe Judith in die seidige Umarmung des Wassers stieg und unter den Bootshaustüren hindurchschwamm.

Sie schwamm flussaufwärts. Es gab viel zu bedenken. Was sie am Abend zuvor in Matthews Brief gelesen hatte, wirbelte ihre Gefühle auf. In vielerlei Hinsicht war es ein Worst-Case-Szenario: Matthew war völlig vernünftig gewesen. Weder zu überschwänglich noch zu kühl. Der Brief war höflich und achtungsvoll. Wie Matthew erklärte, hatte er ja bereits zweimal geschrieben, wollte aber einen letzten Kontaktversuch wagen. So, wie es um das Postwesen stand, könne er nicht sicher sein, dass die vorherigen Briefe angekommen seien.

Dann erklärte er weiter, er habe sein Leben als Expat in Schanghai zwar genossen, doch als es an der Zeit war, in Rente zu gehen, mussten er und seine wunderbare Frau Sally einfach zur Isle of Wight zurückkehren. Und dann, als Sally erkrankt und schließlich gestorben war, habe ihn eine sehr düstere Zeit der Trauer übermannt. Seit er Sally zum ersten Mal begegnet war, hatte er sie geliebt, und als sie von ihm ging, habe sie sein Herz mitgenommen. Aber das gehöre nun der Vergangenheit an, durch sein Leben in einer Welt ohne Sally habe er allmählich verstanden, dass er durch die langen Jahre im Ausland den Kontakt zu seinen Freunden und Freundinnen im Vereinigten Königreich verloren habe. Mit Sally sei das nicht wichtig gewesen, doch jetzt hatte sich das geändert. Also schreibe er nun allen, die er immer wohlwollend in Erinnerung behalten habe, und wolle sich einfach mal wieder melden. Er verstehe natürlich, sollte Judith seit Jahren nicht an ihn gedacht haben oder nicht das geringste Interesse an einem Treffen haben. In dem Fall wolle er ihr nur das Beste wünschen und hoffe, sie habe ein erfülltes Leben.

»Natürlich habe ich ein erfülltes Leben!«, hatte Judith verärgert gemurmelt. Aber beim Schwimmen im Fluss bemerkte sie, wie sie immer wieder zu der Vorstellung zurückkehrte, ihr Haus mit jemandem zu teilen. Ihr Leben mit jemandem zu teilen. Nein, das wäre nichts für sie, sagte sie sich. Wem wollte sie etwas vormachen? Sie liebte es, alleine zu leben – auch wenn sie das natürlich gar nicht tat, sie hatte ihren Kater Daniel, und niemand brauchte mehr Gesellschaft als die einer Katze.

Doch sie beschäftigte noch etwas anderes. Der Briefeschreiber Matthew Cartwright war ein sehr nachdenklicher Zeitgenosse, doch das entsprach nicht ihrer Erinnerung an die Jugendzeit, bevor sie der Schule verwiesen worden war, weil sie einen Sitzprotest gegen einen besonders schrecklichen Lehrer organisiert hatte. Damals war Matthew mit einem netten Mädchen namens Ellie ausgegangen, das sich extra für ihn einen neuen Look zugelegt hatte. Die Haare hochgesteckt, obwohl sie sie vorher offen getragen hatte. Und sich die Ohren gepierct – ja, genauso war es gewesen. Trotz seiner schönen Worte war Matthew nicht der Typ Mann, der Menschen so akzeptierte, wie sie waren. Er wollte sie verändern. Verbessern.

Judith legte eine Schwimmpause ein. Auch wenn sie Menschen gern in guter Erinnerung behielt, hatte sie hier instinktiv richtiggelegen. Es wäre verrückt, einen Mann wie Matthew Cartwright in ihr Leben zu lassen. Sie war glücklich. Was wollte sie denn noch?

Judith ließ sich von der Strömung nach Hause treiben und konzentrierte sich wieder auf den Mord an Geoffrey Lushington. Diese Überlegungen lohnten sich viel mehr. Insbesondere wollte sie wissen, warum Dave Butler ihr bei seinem zweiten Anruf empfohlen hatte, »die Barkasse zu überprüfen«. Becks bestand darauf, dass alle Barausgaben korrekt dokumentiert worden waren, soweit die Polizei und sie das überblicken konnten. Worauf wollte Dave Butler hinaus? Während Judith nach Hause trieb, wurde sie immer neugieriger, ob Tanika bereits mit Dave Butler gesprochen hatte.

Als Judith anrief, nahm Tanika nicht sofort ab. Das sprach Bände.

»Sie haben jemanden zu Dave Butler geschickt, aber er hat nicht aufgemacht«, sagte Judith, als sie Tanika endlich erreichte.

»Ihnen auch einen schönen guten Morgen.«

»Ich liege richtig, oder?«

»Ja, so ist es.«

»Warum brechen Sie dann nicht die Tür auf und zerren ihn aus dem Haus?«

»Ohne Erlaubnis des Besitzers dürfen wir ein Anwesen nur betreten, wenn wir davon ausgehen, dass eine lebensgefährliche Situation oder ein Verbrechen vorliegt. Keines von beidem trifft hier zu.«

»Haben Sie Dave Butler in Ihrer Datenbank recherchiert?«

»Ja, aber das Strafregister hat uns keinen Anlass zur Besorgnis gegeben. Seine Mutter starb, als er fünfzehn Jahre alt war. Sein Vater heiratete erneut, eine Amerikanerin, und sie zogen nach Dallas in Texas. Als Dave achtzehn war, kehrte er nach Marlow zurück und wohnt seitdem hier. Für ein Einzelunternehmen sind seine Umsätze vernünftig, und er hat keinerlei Einträge im Strafregister – und außerdem keine

Schulden. Soweit ich das beurteilen kann, ist er ein absolut harmloser Typ, auch wenn ich mir erlaubt habe, mit seinem Hausarzt zu sprechen. Laut ihm ist Mr Butler klinisch fettleibig. Er nehme weiter zu, seit er wieder in Großbritannien lebt.«

Judith hörte eine Stimme im Hintergrund: »Boss, wir haben etwas.«

»Einen Augenblick, Judith«, sagte Tanika.

»Natürlich«, sagte Judith und presste ihr Ohr so eng an den Hörer wie nur möglich. Eine Polizistin aus Tanikas Team erklärte, die Spurensicherung habe die Bearbeitung des Erpresserbriefs aus Mr Lushingtons Ablagebox beendet. Dabei habe sie zwei verschiedene Paar Fingerabdrücke gefunden. Eines stimme, natürlich, mit Mr Lushington überein. Aber das zweite Paar Abdrücke sei eine Überraschung. Denn sie gehörten Marcus Percival.

Judith war fassungslos. *Marcus Percival hatte Geoffrey erpresst?* Wie war das möglich?

Auf dem Polizeirevier Maidenhead war Tanika genauso überrascht, doch das sollte Judith nicht wissen, damit sie sich nicht mit den neuen Informationen selbst auf den Weg machte, ehe Tanika mit Marcus Percival sprechen konnte. Als sie sich wieder dem Telefon zuwandte, war die Leitung schon tot.

Zehn Minuten später traf Judith mit dem Rad vor Marcus Percivals Büro ein, gleichzeitig mit Suzie im Hundetransporter.

»Wir haben nicht viel Zeit, bevor die Polizei ankommt«, sagte Judith.

»Meint ihr nicht …«, sagte Becks.

»Nein, tun wir nicht«, unterbrach Suzie sie. »Komm schon, auf diesen Durchbruch haben wir gewartet. Der Beweis, dass Geoffrey nichts Gutes im Schilde führte – schließlich wurde er erpresst. Und jetzt können wir persönlich mit dem Erpresser sprechen«, sagte sie und hielt ihren Freundinnen die Tür auf.

Mit einem Lächeln sah Marcus zu ihnen auf, doch beim Anblick ihrer Mienen verschwand sein Lächeln schnell.

»Die Damen …?«, sagte er.

»Sie haben Geoffrey Lushington erpresst«, sagte Judith.

Marcus sah aus, als hätte man ihm eine Ohrfeige verpasst.

Er versuchte, seine Fassung wiederzuerlangen, und stand auf. »Kommen Sie doch mit in den Konferenzraum.«

Er führte sie in das verglaste Büro, in dem er mit Ian Maloney gesprochen hatte. Er setzte sich nicht. »Wovon reden Sie bitte schön?«

»Sie haben Geoffrey erpresst.«

»Nein, das habe ich ganz sicher nicht.«

»Aber Sie wissen, dass er erpresst wurde?«, fragte Judith.

»Das habe ich nicht gesagt.«

»Sie waren nicht sonderlich überrascht«, sagte Suzie. »Schließlich hätten Sie auch sagen können: ›Welche Erpressung denn?‹«

Darauf hatte Marcus keine Antwort parat.

»Lassen Sie mich erklären, was meiner Meinung nach passiert ist«, sagte Judith. »Das Schwierigste am Vergiften ist, dass die andere Person das Gift überhaupt schluckt. Insbesondere wenn man in Gesellschaft ist, wie Sie es bei der

Ausschusssitzung waren. Aber aus Sicht des Giftmörders war das die Gelegenheit. Geoffrey trank immer eine Tasse Kaffee. Sie konnten das Gift also in die Kaffeekapsel geben. Aber daraus ergaben sich zwei neue Probleme, nicht wahr? Wie konnten Sie erstens sicherstellen, dass er diese bestimmte Kaffeekapsel nimmt? Da alle Kapseln in einem Spender waren, konnten Sie vielleicht die oberste Kapsel manipulieren, aber wie konnten Sie dann sicherstellen, dass Geoffrey die Maschine als Erster benutzte? Schließlich machte sich auch Debbie gern einen Kaffee. Und Sie wollten doch nicht die falsche Person umbringen. Das war die große Frage. War das Gift also vielleicht gar nicht in Geoffreys Kaffeekapsel? Stattdessen machte er sich einen schönen Kaffee, vollkommen unschuldig, und dann, wie Sie schlussendlich zugeben mussten, boten Sie ihm Zucker an, da Sie wussten, dass er immer Zucker nahm. Und dieser Zuckerwürfel enthielt das Akonit. Dann löste sich das Gift mit dem Zucker auf, Geoffrey nahm einen Schluck und starb. Und dann versteckten Sie die Zuckerdose – denn ich habe Ihnen nie geglaubt, dass eine unschuldige Person ein so entscheidendes Beweisstück vom Tatort entfernen würde.«

»Sie reden wirres Zeug, gute Frau«, zischte Marcus.

»Und dann haben Sie uns ziemlich clever in die Irre geführt. Es wäre nicht schwer gewesen, eine von Geoffreys alten Kaffeekapseln aufzubewahren. Schließlich altern Fingerabdrücke nicht. Sie hätten diese bereits verwendete Kaffeekapsel einfach vor der Sitzung mit Akonit versetzt. Danach, in all dem Durcheinander nach seinem Tod, fegten Sie das Weckglas beiseite – die echte Mordwaffe – und versteckten es dort, wo es nicht gefunden werden würde, zumindest Ihrer Meinung nach. Dann gingen Sie zur Kaffeemaschine, entfernten die unschuldige Kapsel, die Geoffrey benutzt hatte, und ersetzten Sie durch die alte Kapsel, die Sie mit Akonit versetzt hatten, um den Eindruck zu erwecken, die Kapsel habe ihn vergiftet.

Alles in allem ist das ein sehr geschickter Mord. Geoffrey starb an einer Akonitvergiftung. Das Akonit wurde in seinem Kaffee und der benutzten Kapsel gefunden. Aber, wie ich meinen Freundinnen hier schon oft gesagt habe, man muss logisch denken, und Verbindung ist nicht gleich Begründung.«

»Um ehrlich zu sein«, sagte Suzie, »habe ich sie das noch nie sagen hören.«

»Nein, das hat sie schon mal gesagt«, ergänzte Becks. »Sie sagt das ständig.«

»Tut mir leid, ich passe nicht immer auf.«

»Auch wenn ich nicht weiß, was das bedeutet«, sagte Becks. »Immer noch nicht«, ergänzte sie aus Nettigkeit für Marcus.

»Halten Sie den Mund«, fauchte er, sein gesamter Körper zitterte vor Wut.

»Wie bitte?«, sagte Suzie.

»Wenn Sie außerhalb dieses Zimmers irgendetwas davon wiederholen, verklage ich Sie. Haben Sie das verstanden? In meinem Job hängt alles von meinem Ruf ab, wenn Sie meinen Namen also irgendwie beschmutzen, jage ich Ihnen noch den letzten Penny ab. Ich werde Sie vor Gericht zerstören.«

»Aber Sie waren es doch, Sie haben Geoffrey erpresst. Und er hat es herausgefunden, richtig? Weshalb Sie ihn ermordet haben – ehe er der Polizei Bescheid geben konnte.«

»Jetzt sperren Sie mal die Ohren auf. Ich habe ihm diesen Erpresserbrief nicht geschickt.«

»Dann erklären Sie uns, warum Ihre Fingerabdrücke darauf gefunden wurden«, sagte Judith.

Zur Beruhigung atmete Marcus tief durch.

»Der Brief wurde an mich geschickt.«

»Noch mal, bitte?«, sagte Suzie.

»Ich werde erpresst. Deshalb sind meine Fingerabdrücke auf dem Brief.«

KAPITEL 23

Becks fand als Erste zu sich.

»Warum haben Sie den Drohbrief erhalten?«

»Ich habe keine Ahnung«, sagte Marcus knapp. »›Hör auf oder ich verrate allen dein Geheimnis‹? Was soll das überhaupt bedeuten? Was tue ich denn, was so falsch sein soll? Schauen Sie sich mein Leben an. Lassen Sie es von der Polizei durchleuchten. Ich tue nichts außer arbeiten – das war's. Sieben Tage die Woche. Und dass alles an meinem Ruf hängt, ist kein Witz. Kein Immobilienmakler könnte jemals so lange überleben wie ich, wenn er irgendwelche krummen Dinge dreht. Ich kann nur vermuten, dass der Absender mich verwechselt.«

»Das glauben Sie?«, fragte Judith skeptisch.

»Irgendjemand ist nicht ganz lupenrein, das stimmt sicher. Und jemand Drittes macht mich dafür verantwortlich, auch wenn ich es nicht getan habe. Warum hätte ich den Brief sonst zu Geoffrey gebracht? Ich wusste nicht, was ich tun sollte. Ehrlich gesagt bin ich etwas durchgedreht. Ich traute mich nicht, zur Polizei zu gehen. Und Geoffrey ist ein weiser, alter Vogel, ihm vertraue ich bedingungslos. Ich wollte mir seinen Rat einholen. Auch wenn es mir nicht viel gebracht hat.«

»Warum?«

»Er bestand darauf, das bescheuerte Ding zu behalten. Er wollte darüber nachdenken und den Brief in der Zwischenzeit sicher aufbewahren. Er sagte, der Brief könnte als Beweismaterial dienen, wenn der Fall vor Gericht geht, und deshalb sei es besser, wenn er ihn aufbewahre. Weil er als Außenstehender mit dieser ganzen Sache nichts zu tun habe – und hier einen gewissen Ruf genieße. Das war wieder typisch Geoffrey. Er tat einfach immer das verdammt Richtige. Mir wurde klar, dass ich ihm den Brief nicht hätte geben dürfen. Mir hätte klar sein sollen, dass er ihn behalten würde.«

»Sie waren also derjenige, der bei ihm eingebrochen ist«, sagte Judith dank einer plötzlichen Eingebung.

Marcus hatte genug Anstand, um sich sichtlich zu schämen.

»Das wollte ich eigentlich nicht«, sagte er leise.

»Was meinen Sie damit?«, fragte Suzie. »Sie haben die Tür wohl aus Versehen aufgebrochen?«

»Ja, genau. Ich wollte überhaupt nichts aufbrechen. Ich habe Geoffreys Ersatzschlüssel benutzt.«

»Aha«, sagte Judith bestätigend. »Das erklärt, warum die Riegel herausgerissen, aber das eigentliche Schloss aufgeschlossen war.«

»Geoffrey bewahrt den Schlüssel in einem Vogelhäuschen neben der Gartenhütte auf. Das hat er schon immer gemacht. Und es hat uns schon mehrfach gerettet. Zum Beispiel wenn er bei einer großen Veranstaltung etwas zu Hause vergisst. Der Bürgermeister kann sich nicht heimlich davonschleichen, also schickt er einen von uns. Womit ich sagen will, nach seinem Tod geriet ich in Panik, weil die Polizei den Brief finden könnte. Natürlich ist er übersät mit meinen Fingerabdrücken, und sie würden den falschen Schluss ziehen – dass ich Geoffrey erpresst hätte, obwohl dem nicht so war.«

»Deshalb sind Sie auf uns zugekommen, als wir uns zum ersten Mal begegnet sind, oder?«, sagte Judith. »Sie wollten herausfinden, ob man den Brief schon gefunden hat.«

»Ich war wirklich besorgt, wenn Sie es unbedingt wissen müssen.«

»Das haben Sie gut versteckt.«

»Wie sollen wir Ihnen irgendetwas glauben?«, fragte Suzie.

»Ich helfe Ihnen doch bei den Ermittlungen.«

»Sie teilen Informationen erst, wenn es unbedingt sein muss. Würden Sie uns wirklich helfen, hätten Sie all das viel früher erzählt.«

»Sie haben recht. Es ist immer besser, die Wahrheit zu sagen. Aber ich habe mir solche Sorgen gemacht. Dieser Brief war wie eine tickende Zeitbombe. Was, wenn ihn jemand finden würde? Aber der Brief war mein Eigentum, das wurde mir schließlich klar. Nichts hielt mich davon ab, ihn mir zurückzuholen. Vor allem, da ich wusste, wo Geoffreys Ersatzschlüssel lag. Nach meinem Plan wäre es kein Einbruch gewesen. Ich hätte mir einfach aufschließen und den Brief nehmen können.«

»Deshalb trugen Sie schwarze Kleidung und eine Kopfbedeckung«, sagte Suzie.

»Ich wollte nicht erkannt werden. Einige der Nachbarhäuser blicken auf Geoffreys Garten. Ich wollte der Polizei einen Gefallen tun. Den Brief aus dem Weg zu räumen, war meine bürgerliche Pflicht, damit sie ihre Zeit nicht mit diesem nutzlosen Hinweis vergeudeten.«

»Da war äußerst selbstlos von Ihnen«, sagte Judith.

»Natürlich glauben Sie mir nicht, aber ich erzähle Ihnen alles ganz genau.«

»Was ist dann passiert?«

»Es ging von Anfang an schief, das ist passiert«, sagte Marcus und fuhr sich bei der schrecklichen Erinnerung durch die Haare. »Ich schloss die Hintertür wie immer auf, konnte sie aber nicht öffnen. Sie ist alt, und in letzter Zeit hatte es viel geregnet, also war sie vielleicht aufgequollen und blockierte. Also drückte ich so fest wie möglich. Sie bewegte sich kein bisschen. Es war wirklich komisch. Ich hatte eindeutig aufgeschlossen, also rammte ich meine Schulter dagegen, und endlich ging sie auf. Erst dann entdeckte ich die neuen Schlossriegel. Das jagte mir Angst und Schrecken ein, das kann ich Ihnen sagen. Da wollte ich doch keine Spuren hinterlassen und hatte den Rahmen zersplittert. Aber es sollte nur noch schlimmer werden, viel schlimmer. Als ich das Haus betrat, heulte der Scheißalarm los. Ich wusste nicht, was los war, schließlich hatte Geoffrey keine Alarmanlage. Er sagte immer, er habe nichts, wofür sich ein Einbruch lohnte, außer vielleicht seinen Büchern, aber wer stahl schon Bücher?

Jetzt war ich also blind vor Panik und wollte den Brief schnell nehmen und mich vom Acker machen, aber dann kam schon die nächste Katastrophe. Ernsthaft«, sagte Marcus zerknirscht, »ich kann Einbrechen *nicht* empfehlen, es ist ganz fürchterlich. Geoffreys Ablagebox war verschlossen. Dieser Mann hat sich nie um Sicherheit geschert, und plötzlich gab es neue Schlösser, eine Alarmanlage, und die Box war abgeschlossen. Als er meinen Brief darin abgelegt hatte, war das definitiv nicht der Fall. Bis dahin hätte ich mich rechtfertigen können, auch wenn ich wie ein Idiot ausgesehen hätte, aber dann ging es richtig schief. Ich konnte nicht klar denken. Diese bescheuerte Alarmanlage, ich hatte Panik.«

»Also versuchten Sie, die Ablagebox aufzubrechen.«

»Auf Geoffreys Schreibtisch lag ein Brieföffner aus Metall. Ein fieses Ding. Ich dachte, ich könnte damit den Deckel aufdrücken und das Schloss knacken. Das habe ich auch versucht, aber das Drecksteil ging nicht auf. Und mit jeder weiteren Sekunde wurde ich kopfloser. Wahrscheinlich waren es keine zehn Sekunden, aber ich konnte den Stress und das Sirenengeheul nicht mehr ertragen. Ich ließ den Brieföffner fallen und flüchtete. So brach ich bei Geoffrey ein, inklusive aller schmutzigen Details.«

»Und das Zuckerglas?«, fragte Judith naserümpfend.

Marcus sah beschämt zu seinen Füßen.

»Sie haben recht«, sagte er, »ich habe es in den Aktenschrank getan.«

»Wusste ich es doch!«

»Aber nur, weil es mit meinen Fingerabdrücken übersät war – weil ich Geoffrey vor seinem Tod Zucker angeboten hatte. Als er den Kaffee trank und kollabierte, wusste ich, etwas in seinem Kaffee musste ihn umgebracht haben. Und ich wollte nicht, dass mich jemand zu genau ins Blickfeld nahm. Also nutzte ich das Durcheinander nach seinem Tod, versteckte das Glas und hoffte, niemand würde danach suchen. Und ich weiß schon, wie das aussieht, aber wie gesagt – hätte ich das Glas wirklich so schlecht versteckt, wenn ich für den Mord verantwortlich wäre? Das müssen Sie mir glauben.«

»Auf keinen Fall«, sagte Suzie. »Warum sollten wir Ihnen irgendetwas davon abkaufen? Schließlich sind Sie der Typ Mensch, der entscheidende Beweise in Aktenschränken versteckt, während ein Mann tot auf dem Boden liegt, auf Nachfrage auch noch lügt und dann in das Haus des toten Manns einbricht, um sein Eigentum zu stehlen.«

»Der Brief gehörte nicht ihm, sondern mir – aber ich verstehe, dass es keinen guten Eindruck macht«, räumte Marcus ein.

»Allerdings macht es auch keinen guten Eindruck, erpresst zu werden«, ergänzte Judith. »Denn schließlich haben Sie endlich eingestanden, dass der Erpresserbrief an Sie geschickt wurde. Sie können ruhig anderen Personen die Schuld in die Schuhe schieben, aber Sie führen etwas im Schilde. Und jemand weiß es. Und will, dass Sie es wissen.«

»Aber ich weiß nicht, warum mir dieser Brief geschickt wurde«, flehte Marcus. Zum ersten Mal wirkte er verzweifelt und verletzlich. »Es muss eine Verwechslung sein.«

»Aber die Erpressung hängt mit Geoffreys Tod zusammen.«

»Das kann nicht sein, da bin ich mir sicher.«

»Das leuchtet mir nicht ein. Wenn Sie nicht wissen, warum Sie den Brief überhaupt erhalten haben, wie können Sie dann sicher sein, dass er nicht mit dem Mord zusammenhängt?«

»Weil …«, Marcus holte tief Luft, »… ich nach Geoffreys Tod einen zweiten Brief erhalten habe.«

Er öffnete einen Minitresor, der auf einem Regal voller Aktenordner stand. Mit einem Griff holte er einen brauen Umschlag heraus und reichte ihn Judith.

»Den solltest du nicht anfassen«, sagte Becks zu Judith.

»Nun ja«, sagte sie, »dafür ist es schon zu spät, und Tanika hat meine Fingerabdrücke im Register. Na, was haben wir denn hier?«

Judith zog ein schwarzes DIN-A4-Blatt hervor und faltete es auseinander. Wieder waren Buchstaben aus verschiedenen Zeitungen und Magazinen ausgeschnitten worden. Dieses Mal lautete die Nachricht:

Ich sagte doch: Hör auf, sonst setzt es was!

»Darf ich mal?«, fragte Suzie.

»Warum, woran denkst du?«

»Ich dachte nur, ich erkenne das T. Der vierte Buchstabe in ›sagte‹.«

Der Buchstabe war gefettet, kastanienbraun und serifenbetont.

Suzie begutachtete ihn noch einige Augenblicke, dann schüttelte sie frustriert den Kopf.

»Nein, vielleicht doch nicht. Es wäre auch verrückt, eine Schriftart zu erkennen.«

»Ich muss Ihnen ehrlich sagen«, erklärte Marcus, »diese

beiden Briefe haben mir Angst gemacht. Ich habe keine Ahnung, worauf sie sich beziehen. Als wolle mich jemand in den Wahnsinn treiben. Ich tue nichts, mit dem ich aufhören sollte!«

Marcus wirkte aufrichtig, aber sein anfänglicher Zorn hatte ihn Judiths Vertrauen gekostet. Auch wenn er sich wieder gefangen hatte, war er nicht der glatte Geschäftsmann, für den ihn alle hielten. In ihm loderte es. Nicht eine Sekunde lang bezweifelte sie, dass er zu Mord fähig war. Und Suzie hatte recht, er hatte sie von Anfang an bei fast allem belogen. Außerdem glaubte Judith, dass er genau wusste, warum er erpresst wurde, und sie trotzdem belog. Wie konnten sie ihn dazu bringen, die Wahrheit zu sagen?

KAPITEL 24

Judith und ihre Freundinnen übergaben den zweiten Erpresserbrief an Tanika, und Marcus ließ seine erste Zeugenaussage abändern, um den Einbruch zu gestehen, dann kam der Fall wieder zum Stillstand. Daran änderte sich auch nichts, als Tanika ihnen berichtete, dass sich auf dem zweiten Erpresserbrief nur die Fingerabdrücke von Marcus und Judith befanden. Auch nach intensiver Suche konnte die Polizei Marcus keinerlei zweifelhafte Aktivitäten nachweisen. Wenn er also doch die Wahrheit sagte und ihm die Briefe versehentlich geschickt worden waren?

Judith war zutiefst frustriert. Die Beweiskette war scheinbar zusammengeschustert – die größten Erkenntnisse waren hart erkämpft und machten die Umstände von Geoffreys Ermordung nur noch rätselhafter. Angenommen, Marcus belog sie weiterhin – was immer noch gut möglich war –, wer erpresste ihn dann und warum? Und wer, wenn nicht Sophia, hatte Alec Miller angerufen und abgesagt? Wer war der blonde Mann in der Teeküche? Warum verschickte Dave Butler kryptische Nachrichten, und warum weigerte er sich, sein Haus zu verlassen?

Da der Fall feststeckte, beschloss Becks, dass genug einfach genug war, sie also den Ratschlägen ihrer Freundinnen folgen und Marian rauswerfen würde. So war die »Operation Marian« geboren, auch wenn Becks diesen Namen nie laut aussprach und niemandem davon erzählte. Zunächst wollte sie es ihrer Schwiegermutter mit niedrigschwelligen Maßnahmen ungemütlicher machen, doch Marian war unfassbar gut darin, alles instinktiv abzuwiegeln oder zu ihrem eigenen Vorteil nutzen.

Als Becks das Thermostat im Gästezimmer herunterdrehte, verkündete Marian, sie schlafe nun viel besser. Als Becks ihren Sohn ermutigte, eine Pizzaparty zu schmeißen – die außer Kontrolle geraten würde, das wusste sie –, biederte sich Marian Sam und seinen Freunden mit Gin-Cocktails an, machte bei ihrem PlayStation-Tanzwettbewerb mit und stellte sich auf die Seite der Jungs, als Becks sie gegen Mitternacht um Ruhe bat.

Jeder von Becks' Versuchen, ihre Schwiegermutter loszuwerden, scheiterte. Deshalb verkündete sie, eine große Europareise mit Colin und den Kindern zu planen, weshalb es wohl an der Zeit sei, dass Marian auszog. Marian war verblüfft. War Becks nicht klar, wie viele Häuser ausgeraubt wurden, während ihre Besitzer im Urlaub waren? Ein Housesitter sei das Mindeste – und als Zeichen ihrer Dankbarkeit würde Marian Becks für diesen Service keinen Penny berechnen.

Als Nächstes enthüllte Becks, dass sie leider, leider das Haus renovieren müssten, doch Marian rief sie einfach aus dem Baumarkt an und fragte, welche Farben sie mitbringen solle. Becks' Bluff war aufgeflogen, sie hatte nicht einmal eine überzeugende Antwort parat, weshalb Marian tagelang vor Colin spottete, wie man denn ein Haus renovieren wolle, ohne sich für ein Farbschema entschieden zu haben. Bei Colin herrschte Verwirrung vor, zuerst wegen dem plötzlichen Auftauchen dieser Renovierungspläne, dann wegen ihrer Absage. Allerdings war er von der Urlaubsplanung genauso überrascht gewesen, also blieb alles beim Alten.

Ein absoluter Tiefpunkt war erreicht, als sich Becks ein heißes Entspannungsbad einließ und tatsächlich in Erwägung zog, das gesamte Haus zu überfluten, um Marian endlich loszuwerden.

Danach verbrachte sie noch mehr statt weniger Zeit auf dem Polizeirevier in Maidenhead.

»Sie ist nicht da«, sagte Suzie zu Judith, als sie im Pfarrhaus ein weiteres Mal Marian antrafen, aber nicht Becks. »Das ist doch verrückt. Stell dir vor, die ganze Zeit aufs Polizeirevier zu fahren, um von zu Hause wegzukommen. Wir müssen ihr helfen.«

»Ganz deiner Meinung. Aber es gibt nur eine Möglichkeit: Wir müssen ein für alle Mal klären, was Dave Butlers Hinweise bedeuten sollen.«

»Aber wie? Becks und die Polizei durchkämmen diese Dokumente schon seit Wochen und haben nichts gefunden.«

»Dann müssen wir die Ärmel hochkrempeln und noch genauer hinsehen.«

Als Becks am nächsten Tag im Revier eintraf, stieß sie im Archiv auf Suzie und Judith, die bereits ihre Nasen in alte Protokolle, Kontoauszüge und haufenweise Belege steckten.

»Was macht ihr?«, fragte Becks.

»Wir vollziehen eine Intervention«, sagte Suzie.

»Wie meinst du das?«

»Wir werden herausfinden, was ›Folgen Sie dem Geld‹ bedeutet, damit du ein für alle Mal nach Hause gehen und dir deine Schwiegermutter vorknöpfen kannst.«

»Das ist sehr lieb von euch, aber ich habe es schon probiert und sie ist unschlagbar. Ich werde sie nie los.«

»Na ja, das werden wir sehen«, sagte Judith. »Lasst uns erst einmal dieses Rätsel lösen. Was hast du bisher gefunden?«

»Es ist genauso, wie ich es euch erzählt habe. Ich suche immer weiter, aber alles geht auf, alle Ausgaben sind belegt. Das Einzige, was mir seit unserem Gespräch aufgefallen ist, sind einige Briefe unseres anonymen Anrufers, Dave Butler.«

»Was für Briefe?«, fragte Judith.

»Als Wutbriefe gehen sie nicht durch, aber er beschwert sich eindeutig. Meistens, weil das korrekte Prozedere nicht eingehalten wurde – er ist ein ziemlicher Pedant. Ihm geht es zum Beispiel darum, dass die korrekten Hinweisfristen vor Entscheidungen eingehalten werden, solche Sachen eben.«

»Hat er dem Stadtrat je vorgeworfen, schlecht zu wirtschaften?«

»Nicht ein einziges Mal, was mir etwas merkwürdig vorkommt. Sobald sie aus der Reihe treten, feuert er einen Beschwerdebrief ab, aber er erwähnt nicht mit einem Wort, dass sie schlecht mit ihren Geldern umgehen.«

»Warum fordert er uns dann plötzlich auf, die Kasse zu überprüfen?«

Becks seufzte.

»Ich habe keine Ahnung«, sagte sie.

»Und du hast wirklich gar nichts Verdächtiges in der Barkasse gefunden?«, fragte Suzie.

»Ich habe jeden einzelnen Beleg der letzten sieben Jahre durchgesehen. Und davon gibt es Tausende. Aber wenn man die Summen für jedes Steuerjahr zusammenzählt, kommt man immer auf die Beträge aus den Kontoübersichten. Das Einzige, was auch nur ansatzweise verdächtig wirken könnte, ist die Tatsache, dass in den letzten drei Jahren etwas mehr aus der Barkasse entnommen wurde als in den vorherigen vier.«

»Die Barausgaben sind gestiegen?«, fragte Judith.

»Aber die Summen stimmen immer noch. Sie sind nur etwas größer, mehr nicht.«

»Wie viel größer?«

»Aus dem Kopf würde ich sagen etwa zweitausend Pfund pro Jahr. In den vorherigen Jahren lagen die Barausgaben bei etwa neuntausend Pfund, aber in den letzten Jahren sind sie auf ungefähr elftausend Pfund gestiegen.«

»Also mehr, aber nicht viel mehr«, sagte Suzie.

»Das würde ich nicht unterschreiben«, erwiderte Judith. »Das ist eine Steigerung von knapp 23 Prozent. Bist du die Belege der letzten drei Jahre durchgegangen?«

»Natürlich«, sagte Becks und ging zu einem Stapel Kisten in der Ecke. »Sie sind alle hier drin.«

»Dann sollten wir sie uns noch einmal anschauen.«

Einige Stunden später steckte Tanika den Kopf durch die Tür, weil sie gehört hatte, dass die drei Freundinnen im Haus waren. Doch der Anblick schockierte sie, denn der Schreibtisch – und die Regale und der Boden – waren vollständig mit Rechnungen bedeckt. Tausende Belege, die alle fein säuberlich nebeneinanderlagen.

»Nicht die Tür aufmachen!«, sagte Judith.

»Wir dürfen uns schon seit einer halben Stunde nicht mehr bewegen«, sagte Suzie, die sich mit Becks in einer Ecke ein kleines, freies Fleckchen des Teppichbodens teilte.

Sorgsam schritt Judith von einem Beleg zum nächsten, begutachtete jeden einzelnen sorgfältig und schlich dann in die nächste Ecke.

»Was ist los?«

»Wissen wir nicht«, sagte Suzie.

»Das stimmt nicht«, sagte Becks. »Judith hat uns erklärt, was sie tut.«

»Und was tut sie?«

»Das habe ich nicht richtig verstanden«, gab Becks zu.

»... okay«, sagte Tanika. »Dann lasse ich Sie mal in Ruhe.«

Als sie die Tür schloss, rief Judith, ohne aufzusehen: »Keinen Luftzug verursachen!«

Suzie und Becks sahen sich an. Wie lange sollten sie noch in dieser Ecke stehen? Tatsächlich lautete die Antwort: nicht mehr lange.

»Sieben Pfund und siebenundsiebzig Pence«, sagte Judith aus heiterem Himmel.

»Wie bitte?«, fragte Becks.

»Das ist eine ziemlich ungewöhnliche Summe«, sagte sie und nahm einen Beleg in die Hand. »Ungerade, ja, aber auch ungewöhnlich. Was kostet schon sieben Pfund siebenundsiebzig?«

»Irgendetwas, das sieben Pfund siebenundsiebzig kostet«, erklärte Suzie.

»Oh!«, sagte Judith, ignorierte Suzie und schritt sorgfältig zur gegenüberliegenden Ecke.

»Was hast du gefunden?«, fragte Becks.

»Ich weiß schon, warum bei dieser Zahl etwas geklingelt hat«, sagte Judith, ging in die Knie und suchte Hunderte Zettelchen in ihrem Blickfeld ab. »Ich weiß, dass du hier bist, na, komm schon, wo bist du?«, flüsterte sie. »Hab dich!«, rief sie schließlich und nahm sich einen weiteren Beleg.

»Interessant«, sagte sie. »Diese beiden Rechnungen stammen aus verschiedenen Monaten, aber die Rechnungssumme ist die gleiche. Sieben Pfund und siebenundsiebzig Pence.«

»Warum ist das interessant?«

»Laut Dave Butler müssen wir die Barkasse prüfen, aber laut Becks wurden alle Ausgaben erfasst. Doch es könnte auch sein, dass beide Aussagen der Wahrheit entsprechen. Irgendjemand hat sich an der Barkasse bedient – und zwar in einer Größenordnung von etwa zweitausend Pfund pro Jahr – und dann jede Menge Belege gefälscht, damit die Summen trotzdem aufgehen. Und wenn ich Barkassenbelege über zweitausend Pfund fälschen würde, fände ich es schnell langweilig, mir verschiedene Summen auszudenken, und würde vielleicht einfach eine Taste gedrückt halten. Dabei kommt ein Beleg über sieben Pfund siebenundsiebzig heraus.«

»Das ist ganz schön weit hergeholt, wenn du mich fragst«, sagte Suzie.

»Aber die Summe auf dieser Rechnung kam mir bekannt vor, weil ich genau dieselbe Summe schon mal gesehen habe.« Judith hielt die zweite Rechnung hoch, die sie gerade vom Boden gepflückt hatte. »Sieben Pfund siebenundsiebzig, gezahlt an *Hunt's Hardware Store* auf der Station Road.«

»Hunt's?«, fragte Suzie.

»Ja, *Hunt's*. Ist das interessant?«

»Wann wurde die Rechnung ausgestellt?«

Judith erklärte, die Ausgabe stamme aus dem Oktober des letzten Jahres.

»Das ist nicht möglich«, sagte Suzie, ging vorsichtig zu Judith und nahm ihr beide Belege ab.

»Pass auf, wo du hintrittst«, sagte Becks, aber weder Suzie noch Judith hörten auf sie.

»Warum ist das nicht möglich?«, fragte Judith.

»*Hunt's* hat seit Sommer geschlossen«, sagte Suzie. »Wie kann es also sein, dass sie im Oktober Rechnungen ausstellen?«

»Ach, du lieber Himmel«, sagte Judith. »Habe ich recht? Ist unser Betrüger so an sein Bargeld gekommen? Mit gefälschten Rechnungen?«

»Aber wer hat sie eingereicht?«, fragte Becks, die nun quer durchs Zimmer lief und die aufwirbelnden Belege kaum beachtete.

Judith sah auf die beiden Rechnungen in ihrer Hand.

»Auf beiden steht derselbe Name«, sagte sie. »Und selbst wenn ich ihn euch verrate, würdet ihr mir nicht glauben.«

KAPITEL 25

Judith und ihre Freundinnen brauchten den restlichen Tag, um zu beweisen, wie das Geld veruntreut worden war, dann hatten sie alle Beweise beisammen. Danach fuhren sie zurück nach Marlow und klopften bei ihrem Übeltäter an.

Nach wenigen Sekunden öffnete Debbie Bell.

»Sie haben den Stadtrat bestohlen«, sagte Judith.

»Wie bitte?«, sagte Debbie.

»Sie können gerne die Ahnungslose spielen, aber wir wissen Bescheid«, ergänzte Judith und schob sich an Debbie vorbei, Suzie dicht auf ihren Fersen.

»Was tun Sie da?«, fragte Debbie panisch.

»Dürfen wir hereinkommen?«, fragte Becks überflüssigerweise.

Debbie ignorierte Becks und folgte Judith und Suzie. Becks betrat die Küche als Letzte und sah, wie Suzie die Rechnungen von *Hunt's* ausbreitete, die sie nachmittags zusammengesammelt hatten.

»Sie haben nur einen Fehler gemacht«, sagte Judith zur Erklärung. »Sie haben Rechnungen von *Hunt's* gefälscht, nachdem die zugemacht haben.«

Mit einem Schlag machte sich Angst auf Debbies Gesicht breit.

»Wie …?«, war alles, was sie herausbrauchte.

»Nur diese drei Belege sind falsch datiert«, sagte Suzie und reichte sie Debbie. »Vermutlich haben Sie nichts von der Schließung am Ende des Sommers mitbekommen und weiter Rechnungen gefälscht.«

Debbies Blick sprang von den Frauen zu den Rechnungen und wieder zurück. Sie wusste keine Antwort.

»Aber diese Rechnungen sehen täuschend echt aus«, sagte Suzie anerkennend. »Auch wenn das mit der Technik heutzutage bestimmt nicht sehr schwer ist.«

»Es gehört viel Mumm dazu, alle Rechnungen unter Ihrem Namen einzureichen«, sagte Judith. »Man könnte sogar sagen, Sie waren ziemlich draufgängerisch. Andererseits sind Sie Buchhalterin, Ihnen werden die Regatta-Enten und die Santa-Fun-Run-Kostüme anvertraut, also halten Ihre Kollegen und Kolleginnen Sie für vollkommen vertrauenswürdig. Was Sie nicht sind, wie ich ergänzen sollte.«

»Ich brauchte das Geld für private Arztrechnungen«, platzte Debbie heraus. »Sie haben recht. Ein Teil der Barkasse hat seinen Weg zu mir gefunden. Das wollte ich nie, und viel ist es auch nicht. Nichts verglichen mit dem Gesamtbudget des Stadtrats. Das liegt in Millionenhöhe. Und Sie haben recht. Ich habe *Hunt's* und einige andere Läden zur Deckung genutzt. Sie können sich nicht vorstellen, wie schockiert ich war, als ich von der Schließung erfuhr. Es brachte mich wieder zu Verstand, und ich habe mir geschworen, damit aufzuhören. Auch wenn Sie mir sicher nicht glauben werden. Oder den Grund, warum ich das Geld überhaupt brauchte.«

»Wagen Sie doch einen Versuch«, sagte Suzie.

»Also dann. Bei unserem ersten Gespräch habe ich Ihnen erzählt, Geoffrey habe mir bei einer gesundheitlichen Krise geholfen, aber ich habe Ihnen nicht gesagt, um was es dabei ging. Eine Krise kann man es eigentlich nicht nennen. Es lag eher daran, dass ich Mitte vierzig war, mein Hirn vernebelte und mein Leben auseinanderfiel. Ich wusste nicht, was los war.«

»Aha«, sagte Judith, die Debbie allmählich verstand.

»Kennen wir alle«, sagte Suzie solidarisch.

»Auf der Arbeit habe ich viel vergessen. Ganze Gespräche. Ich dachte, ich werde wahnsinnig.«

»Am Anfang der Wechseljahre«, sagte Becks, »habe ich über irgendetwas gesprochen und das Thema dann plötzlich vergessen. Ich musste dann mein Gegenüber fragen, über was ich gerade gesprochen habe.«

»Du bist immer noch ein bisschen so«, sagte Judith.

Debbie entspannte sich, weil sie ihr Publikum auf ihrer Seite wähnte – das stimmte zwar nicht, aber die drei Freundinnen fühlten trotzdem mit.

»Und die Hitzewallungen waren furchtbar.«

»Das können Sie verdammt noch mal laut sagen«, stimmte Judith zu. »Gleich morgens, spätabends und dann noch zwischendurch. Auch wenn ich bewegungslos im Sessel saß, schwitzte ich auf einmal wie ein Schwein. Es wirkte Wunder, immer einen dieser chinesischen Miniventilatoren dabeizuhaben.«

»Es hatte Folgen für meine Arbeit. In meinem Beruf muss ich sehr viele Zahlen im Blick behalten. Und mich konzentrieren. Als ich mit meinem Vorgesetzten sprach, sagte er nur, ich solle mich um eine Lösung kümmern.«

»Meinen Sie Paul De Castro?«

Debbie nickte.

»Ich wusste nicht mehr weiter. Ich war mit meinem Latein am Ende. Ich schlief schlecht – wegen dieser bescheuerten Wechseljahre, aber auch, weil ich mir solche Sorgen machte. Bei der Arbeit war ich so erschöpft, dass man mich offiziell verwarnte.«

»Was für eine Unverschämtheit«, sagte Becks.

»Aber was sollte ich tun? Einen neuen Job suchen? Das war nicht möglich. Nicht in diesem Zustand. Stellen Sie sich nur das Zeugnis vor, das man mir ausgestellt hätte.«

»Wann geschah das alles?«, fragte Judith.

»Vor drei Jahren. Und ich hatte ein schlechtes Gewissen, als Geoffrey mir seine Hilfe anbot. Ich wollte ihm nicht von dem eigentlichen Problem erzählen, als er mich zu den Arztterminen fuhr. Das Krankhaus ist auf Krebs spezialisiert, also wusste ich, er würde die falschen Schlüsse ziehen. Ich war vollkommen durcheinander. In seinen Augen hätte ich genauso gut Krebs haben können. Ich war abgelenkt, depressiv und verwirrt. Aber er schnüffelte nie herum. Das würde er nie tun, da war ich mir sicher. Für ihn war es ganz einfach. Ich benötigte Hilfe, also ließ er alles stehen und liegen, um mich ins Krankenhaus zu chauffieren, und der ganze Rest ging ihn nichts an, das war für ihn keine Frage. Er war ein echter Gentleman.«

Debbie schwelgte in Erinnerungen, während Judith und ihre Freundinnen besorgte Blicke austauschten. Bei all der

Zuneigung in Debbies Worten war es nur schwer vorstellbar, dass sie Geoffrey ermordet haben könnte.

»Kommen Sie endlich zur Sache, warum haben Sie die Gelder des Stadtrats gestohlen?«, sagte Suzie.

»Ja, natürlich«, sagte Debbie. »Ich musste irgendetwas tun, aber ich wusste nicht, was genau. Ich sprach mit meinem Hausarzt, aber er fand, da müsse ich durch. Jeder Versuch, eine Behandlung über den National Health Service zu bekommen, verlief im Sand. Ich ließ mich auf eine Warteliste setzen, aber als ich nach ewiger Zeit nachhakte, stellte sich heraus, dass es eine Verwechslung gegeben hatte und ich gar nicht auf der Warteliste stand. Und da verlor ich die Geduld. Ich hatte im Internet eine Privatklinik gefunden. Dort wird man schnell behandelt, bestmöglich beraten, alles ist hell und freundlich, es gibt das neueste Equipment und kostenlosen Kaffee im Wartezimmer.«

»Also haben Sie sich privat behandeln lassen«, sagte Judith.

»Man musste bloß das Wohlfühlpaket online buchen, bekam gleich einen Termin, und dann kümmerten sie sich um den Rest. Verstehen Sie mich nicht falsch, so sollte es natürlich nicht sein, und wahrscheinlich würde auch der NHS diese Leistungen anbieten, gäbe es die entsprechenden Mittel. Aber es war so verlockend. Ich musste einfach nur ein Formular ausfüllen, und dann würde mein Leben besser werden.«

»Allerdings war es nicht ganz so einfach, oder?«, sagte Judith. »Die Behandlung war teuer.«

»Ich habe mir noch nie etwas zuschulden kommen lassen, das müssen Sie mir glauben. Aber ich wusste nicht, was ich tun sollte. Der private Facharzt kostete insgesamt etwa zweitausend Pfund, und so viel Geld hatte ich nicht. Das Leben ist so teuer, und ich habe noch nie so viel verdient, wie ich sollte. Ehrlich gesagt bin ich etwas durchgedreht. Ich sah meine Rettung vor mir, wusste genau, womit es mir besser gehen würde, aber ich konnte es mir nicht leisten.

Und dann kam ich auf den Gedanken, ein paar Belege für die Barkasse zu fälschen und durch die Abrechnung zu schleusen, wie Sie sagten. Schließlich war es meine Aufgabe, die Geschäftsbücher an die Buchhaltung des Stadtrats zu übergeben. Solange die Rechnungssummen mit den Gesamtausgaben übereinstimmten, würde man nicht zu viele Frage stellen. Und das Budget um zweitausend Pfund zu übersteigen, wirkte eher wie ein Rundungsfehler. Verstehen Sie mich nicht falsch, für mich war das viel Geld – es hat meine Behandlung möglich gemacht –, aber im Stadtrat wurde es kaum wahrgenommen. Ich weiß, dass ich falsch gehandelt habe, aber Sie verstehen doch, unter welchem Druck ich stand. Ich wollte nur meine Gesundheit retten. Es war ein absoluter Notfall.«

»Das stimmt nicht ganz«, sagte Becks. »Vor drei Jahren mögen Sie das Geld für die Behandlung gebraucht haben, aber seitdem haben Sie jedes Jahr zusätzliche zweitausend Pfund aus der Barkasse entnommen. Wofür geben Sie das Geld mittlerweile aus?«

Für einen winzigen Augenblick wanderte Debbies Blick zu ihren Porzellanfiguren.

»Sie haben doch nicht etwa …?«, fragte Becks.

»Ich, äh …«, sagte Debbie mühsam. »Die letzten Jahre waren wirklich hart. Und die Figuren von Lladró habe ich schon immer geliebt. Als der Jahresabschluss vor drei Jahren abgenickt wurde, war mir klar, dass ich damit durchkommen würde. Aber ich schwor mir, es nie wieder zu tun. Allerdings standen noch einige Kosten für die Hormonersatzbehandlung aus. Auch wenn ich bereits für die Diagnose und die Tests viel Geld bezahlt hatte. Also habe ich dieselbe Geldsumme noch einmal entnommen.«

»Diebstahl ist Diebstahl«, sagte Suzie.

»Und Mord ist Mord«, sagte Judith.

Schockiert weiteten sich Debbies Augen.

»Weil Geoffrey es herausfand«, fuhr Judith fort. »Richtig? Und mittlerweile ist uns eines klar, Geoffrey war ein moralischer und anständiger Mann. Dass Sie den Stadtrat bestehlen, hätte er nicht auf die leichte Schulter genommen.«

»Aber genau das beweist, dass er nichts davon wusste. Sie haben recht, er hätte die Polizei verständigt. Aber das hat er nicht. Mehr Beweise brauchen Sie nicht. Sie können die Polizeiakten prüfen, er hat nie etwas angezeigt. Wie hätte er das tun sollen, wo er nichts davon wusste!«

»Oder liegt es daran, dass er starb, bevor er die Gelegenheit dazu hatte? Und lassen Sie uns nicht vergessen, dass zwei unterschiedliche Fingerabdrücke auf der Kaffeekapsel gefunden wurden, die ihn tötete. Seine. Und Ihre. Weil Geoffrey Bescheid wusste. Deshalb gingen Sie in Sophias Garten, besorgten sich etwas Akonit, mahlten die Blätter und gaben sie in die Kaffeekapsel, und dann stellten Sie sicher, dass er auch diese Kapsel benutzen würde.«

»Nein, das habe ich nicht getan! Sie müssen mir glauben!«

Bei Debbies Anblick hielt Judith es beinahe für möglich, dass sie nichts mit Geoffreys Mord zu tun hatte. Beinahe.

Suzies Handy klingelte.

»Entschuldigung«, sagte sie und fischte es aus ihrer Tasche. »Eine Sekunde. Ich glaube, da muss ich rangehen.«

Einige Augenblicke lauschte Suzie, dann antwortete sie: »Das könnte nicht besser passen, gerade haben wir von ihm gesprochen. Danke, in fünf Minuten sind wir da.« Sie legte auf. »Das war Alison Green, sie wohnt zwei Häuser neben unserem einsiedlerischen Freund Dave Butler. Offenbar parkt gerade ein Supermarkt-Lieferwagen vor seinem Haus, um ihm seine Lebensmittel zu liefern, und die Haustür ist offen.«

Judith und ihre Freundinnen gaben Debbie noch schnell den guten Rat, bei der Polizei ein vollständiges Geständnis abzulegen, dann rasten sie schon in Suzies Transporter quer durch Marlow. Suzie parkte hinter dem Lieferwagen, der die kleine Einfahrt blockierte.

»Okay, wie gehen wir vor?«, fragte Becks.

»Wenn du mich fragst, ist das die perfekte Aufgabe für dich«, sagte Judith. »Wir alle wissen, dass nur eine von uns einen Lieferanten bezirzen kann, und das bist du. Komm schon. Mit deinem Charme findest du einen Weg in Daves Haus. Dann kannst du uns hereinlassen. Wie Robin Hood, der seine fröhlichen Gefährten in das Schloss von Nottingham lässt.«

Eigentlich wollte Becks widersprechen, doch sie fand die Vorstellung zu aufregend.

»Oh, guten Tag«, sagte sie einige Augenblicke später zu dem älteren Herrn, der Einkaufstüten von seinem Lieferwagen in Daves Haus trug. »Ich möchte auch zu Dave. Kann ich Ihnen behilflich sein?«

»Danke«, sagte er und gab Becks eine der Tüten aus dem roten Kasten.

Becks' Tüte war voller Tiefkühlpommes, Fleischpasteten, Desserts, Schokolade und Süßigkeiten. Ein kurzer Blick auf die anderen Tüten zeigte eine ähnlich ungesunde Auswahl – von zuckrigem Müsli bis zu Limonade. Mit stillem Entsetzen trug sie die Tüte hinein, doch dort war der Schock sogar noch größer.

Ein übler Geruch schlug ihr entgegen. Die Luft war feucht und faulig, irgendetwas rottete wohl vor sich hin. Der Anblick des dreckigen Geschirrs in der Küche, der Essensreste und Verpackungen entsetzte sie noch mehr. Becks lächelte angespannt und versuchte, nur durch den Mund zu atmen, dann stellte sie die Tüte zu den anderen. Der Lieferant dankte ihr und wünschte ihr noch einen schönen Tag.

Sie schloss die Tür hinter ihm, und ein eiskalter Schauer lief ihr über den Rücken. Sie hatte es geschafft, Dave war sicher in der Nähe, wusste aber nichts von ihr. War das illegal, was sie gerade tat? Nein, sie war nur durch eine offene Tür gegangen, nicht mehr und nicht weniger.

Es klingelte an der Tür, und Becks zuckte zusammen. Von außen erklang Judiths Stimme: »Mr Butler, sind Sie da?«

Becks riss die Tür auf.

»Ich hoffe doch«, flüsterte sie und ließ Judith und Suzie herein.

»Hey!«, erklang eine wütende Stimme aus dem Wohnzimmer.

»Entschuldigen Sie, Mr Butler«, rief Judith und betrat den Raum, aus dem die Stimme gekommen war.

Das Wohnzimmer war voller Computer-Equipment, Kabel, Teller voller Essensreste, Tassen, ein einsamer Stuhl stand am Esstisch. Doch was die Aufmerksamkeit der Frauen sofort auf sich zog, war der Anblick von Dave Butler. Er saß in einem alten Velours-Sessel, die Hand in einer Familienpackung Chips, auf dem Tisch neben ihm eine beinahe leere Drei-Liter-Flasche Limonade.

Aus nächster Nähe sah Dave noch breiter aus als auf der Aufnahme der All Saints Church, dieses Mal trug er einen grauen Pulli mit Schweißflecken und eine alte schwarze Jogginghose, auf die Gott weiß was geschmiert war. Er hatte einen dunklen Bart und fettige Haare. Man konnte es nicht anders sagen, er war in schrecklicher Verfassung. Noch schockierender fand Judith sein Alter, er musste wohl Ende zwanzig oder Anfang dreißig sein. Wenn sie ihn genau betrachtete, konnte sie unter all der Verwahrlosung beinahe die jüngere und dünnere Version von ihm erkennen. Wie konnte man sich in diesem jungen Alter derart gehen lassen?

Neben Dave stand ein Notebook, das das Bild der Überwachungskamera an der Haustür zeigte.

»Mr Butler, endlich begegnen wir uns«, sagte Judith.

KAPITEL 26

»Sie sind uns aus dem Weg gegangen«, sagte Judith.

»Ich kenne Sie überhaupt nicht.«

»Doch, das tun Sie«, sagte Judith. »Ich bin Judith Potts.«

»Noch nie gehört«, sagte er.

»Sollen wir uns das wirklich antun? Es gibt ein Video davon, wie Sie mich von der Telefonzelle vor der Kirche anrufen.«

»Was?«, sagte Dave schockiert.

»Im Kirchturm gibt es eine Kamera«, sagte Becks. »Sie ist für die nistenden Falken gedacht, aber die Telefonzelle sieht man auch.«

»Das war ich nicht. Ich weiß nicht, wovon Sie reden, Sie müssen jetzt gehen.«

Dave versuchte, sich aus seinem Sessel zu stemmen, aber fand keinen Halt.

»Es ist ganz einfach«, sagte Judith. »Entweder Sie sagen uns jetzt die Wahrheit, oder wir rufen die Polizei. Und die wird nicht so nett sein wie wir. Dabei sind wir schon nicht besonders nett.«

Um Dave etwas Bedenkzeit zu geben, sah sich Judith ein ausgeblichenes Foto in einem ramponierten Rahmen auf dem Kamin an. Es zeigte einen pummeligen Jungen, etwa zehn Jahre alt, mit einem frechen Grinsen und Grübchen, der mit einer Frau an der Marlow Bridge stand.

»Ist das Ihre Mutter?«, fragte sie.

Zur Antwort warf Dave ihr einen finsteren Blick zu.

Die Frau hatte einen offenen Blick und haselnussbraune Augen mit tiefgrünen Flecken. Dave hatte dieselben Augen.

»Sie ist sehr schön.«

Dave verlagerte schweigend sein erhebliches Gewicht, und Judith erinnerte sich an die Polizeirecherchen.

»Es muss schwer gewesen sein«, sagte sie sanft. »Ihre Mutter als Teenager zu verlieren. Und dann in ein neues Land verfrachtet zu werden. Mit einer neuen Stiefmutter.«

»Das ist lange her«, sagte Dave. »Und ich bin so schnell wie möglich zurückgekehrt.«

Judith hatte schon länger über Daves einsiedlerischen Lebensstil gerätselt, fand die Antwort jedoch instinktiv in seiner Vergangenheit.

»Erzählen Sie mir von Ihrem Vater«, sagte sie.

»Ich möchte nicht über ihn reden.«

»Dann erklären Sie mir, warum Sie mir telefonisch Hinweise geben«, sagte Judith.

»Ich will, dass Geoffreys Mörder geschnappt wird.«

»Ob Sie es glauben oder nicht«, sagte Judith, »aber *ich* glaube Ihnen nicht.«

»Das ist die Wahrheit.«

»Sie meinen Geoffrey Lushington, an den Sie all diese Beschwerdebriefe geschickt haben?«

»Oh Gott«, keuchte Dave. »Genau deshalb wollte ich nicht involviert werden.«

»Dann erklären Sie es uns«, sagte Judith.

Dave verlagerte wieder das Gewicht.

»Okay – Sie haben recht. Ich habe gelegentlich an den Stadtrat geschrieben.«

»Aber warum?«, fragte Judith. »Was war der Auslöser für Ihren Zorn?«

»Wenn Sie es unbedingt wissen wollen, Geoffrey hat mich aufs Kreuz gelegt. Vor zehn Jahren.«

»Was hat er denn getan?«, fragte Becks.

»Ich …« Zur Vorbereitung holte Dave tief Luft. »Ich habe ein Buch geschrieben. Einen Science-Fiction-Roman. Mit neunzehn. Er spielt in der Zukunft, das Vereinigte Königreich ist überflutet, und alle leben in kleinen Gemeinschaften, wo es das Wasser noch nicht hingeschafft hat. Die Hauptstadt ist Leeds – oder zumindest das, was davon übrig ist. London gibt es nicht mehr. Als ich nach Marlow kam, schickte ich das Manuskript an Verlage, zuerst an Geoffrey. Er war der berühmte Verleger hier. Und er hat gesagt, es sei nicht gut. Aber das war noch nicht alles. Auch alle anderen Verlage lehnten ab. Ich vermute, er hat ihnen davon abgeraten.«

»Warum soll er das tun?«, fragte Judith.

»Deshalb fing ich mit den Briefen an. Ich wollte ihm beweisen, wie mächtig meine Texte sein können. Sie sehen ja, wie schwer ich mich nur fortbewegen kann, aber die Stadtratsprotokolle werden nach jeder Sitzung veröffentlicht. Wenn man weiß, wie man sie lesen muss, hat man alle Informationen beisammen. Das gilt auch für alle anderen Berichte, wie den Finanzbericht. Mit den Veröffentlichungen des Stadtrats und den Artikeln in der Lokalzeitung kann man sich ziemlich gut erschließen, was los ist.«

»So haben Sie herausgefunden, dass Debbie Bell Gelder unterschlagen hat«, sagte Judith.

»Was?«

»Tun Sie doch nicht so, als wüssten Sie das nicht. Deshalb haben Sie mich angerufen und mir Hinweise gegeben.«

Dave war gleichermaßen amüsiert und überrascht.

»Es war die sinistre Debbie Bell?«, fragte er.

»Sinister?«, fragte Judith.

»Das habe ich nur so gesagt. Ich finde Diebstahl ziemlich sinister. Auch wenn ich wirklich nicht wusste, dass sie es war. Sind Sie sicher?«

»Sie hat es gestanden«, sagte Suzie.

»Wow. Ich dachte mir, dass jemand Gelder veruntreut. Die Summen der Barausgaben sprangen vor drei Jahren nach oben – nachdem sie jahrelang recht statisch gewesen waren.«

»Das ist Ihnen aufgefallen?«, fragte Judith beeindruckt.

»Sie haben sich um knapp 23 Prozent erhöht.«

»Genau das hat Judith auch gesagt!«, rief Suzie, ehe sie verstand, dass ihre Freundin lieber nicht allzu genau mit Dave verglichen werden wollte. »Das ist toll«, sagte sie ohne Begeisterung. »Wir brauchen mehr Mathematikexperten.«

»Der Punkt ist«, fuhr Dave fort, »die Ausschussprotokolle haben diese zusätzlichen Ausgaben nicht gerechtfertigt. Ich hatte einfach so ein Gefühl, irgendetwas stimmt nicht. Aber ich hatte keine Ahnung, wer dahintersteckte. Deshalb habe ich Ihnen den Hinweis gegeben. Ich dachte, Sie könnten es für mich herausfinden. Weil der Dieb auch hinter dem Mord stecken könnte.«

»Das verstehe ich nicht«, sagte Becks. »Ich dachte, Geoffrey hat Sie aufs Kreuz gelegt. Warum wollen Sie uns dann bei der Mordermittlung helfen?«

Dave holte tief Luft.

»Vor etwa einem Jahr hat er sich bei mir gemeldet und gesagt, er wolle sich mit mir treffen.«

»Ach ja?«, sagte Judith, die Daves Geschichte nicht ganz glauben konnte.

»Er wusste, dass ich hinter den Briefen steckte – ich habe ja kein Geheimnis daraus gemacht, dass ich den Stadtrat zur Verantwortung ziehe –, also war ich skeptisch, wie Sie. Warum wollte er sich treffen? Er schlug vor, mich zu besuchen, aber das wollte ich nicht. Ich will keinen Besuch«, sagte Dave auch an sie gerichtet. »Und es ist nicht überall so barrierefrei wie nötig für mich. Also haben wir beschlossen, uns an einer Bank im Higginson Park zu treffen. Dort gibt es einen stufenfreien Zugang für mein Elektromobil. Unten am Pizzaladen auf dem Boot. Bei dem Treffen wollte sich Geoffrey entschuldigen. Als Verleger riskiere man immer, ein Buch abzulehnen, das später ein großer Erfolg würde. Auch wenn er nicht glaube, dass mein Roman ein Bestseller würde, denke er immer noch regelmäßig daran. Ich habe ihm nicht geglaubt. Zu Anfang. Sollte das ein neuer Demütigungsversuch sein? Das konnte ich nach den Briefen gut verstehen. Aber er sagte, er sei schon zu lange in Rente. Er wolle wieder in die Verlagsbranche zurückkehren. In kleinem Umfang. Indem er nur die Bücher verlege, die ihm gefielen. Ein ›eklektisches‹ Programm, so nannte er es. Ob ich bei ihm verlegen wolle?«

Dave versank in der Erinnerung an das Treffen.

»Und was haben Sie gesagt?«

»Ich wollte einen Beweis, dass er auf meiner Seite ist. Dass er mir nicht in den Rücken fällt. Zum zweiten Mal. Das hat mich damals wirklich verletzt«, sagte Dave mit einem Lächeln, das nicht ansatzweise nett gemeint war. »Und da gab er zu, ich habe recht mit all meiner Kritik am Stadtrat. Natürlich habe ich das«, sagte er grinsend. »Sonst hätte ich diese Briefe nicht verschickt. Er gab zu, Fehler gemacht zu haben – bei der Bauplanung, der vorgesehenen Nutzung des Higginson Parks oder bei öffentlichen Ausschreibungen für Verträge –, solche Sachen. Im Grunde gab er zu, dass ich mit all meinen Vorwürfen richtiglag.«

»Mit allen?«

»Er berichtete sogar von Dingen, von denen ich nichts wusste«, ergänzte Dave, und sein Blick verdunkelte sich. Er befürchtete wohl, zu viel ausgeplaudert zu haben, und Judith wollte ihn wieder auf ihre Seite ziehen, ehe er komplett zumachte.

»Also war Ihr Treffen gut?«

»Ja, sicher.« Erneut versuchte Dave aufzustehen und sank keuchend zurück in den Sessel. »Sehen Sie den Laptop dort drüben?«, sagte er und deutete auf einen kleinen Schreibtisch. »Daneben steht mein Ablagefach. Können Sie es mir bringen?«

Mit dem geübten Lächeln einer Person, die anderen immer behilflich ist, holte Becks das graue, mit Dokumenten überfüllte Ablagefach. Dave ging den Papierstapel auf seinem Schoß durch, zog einen Brief heraus und gab ihn Judith. Er war vor knapp einem Jahr verfasst worden.

»Das hat mir Geoffrey nach unserem Treffen geschrieben.«

Judith las vor.

13 Highfield Close
Marlow
Bucks
SL7 2BZ
14. Juli 2022

Lieber Dave,

ich möchte hiermit festhalten, was wir letzte Woche im Park besprochen haben. Dieses Mal will ich jegliche Missverständnisse vermeiden.

Ich gründe einen Verlag namens *Marlow Press*, der ein kleines, gemischtes Belletristik-Programm veröffentlichen wird. Die Veröffentlichungskriterien sind ganz einfach: Ich muss das Buch mögen und an sein Verkaufspotenzial glauben. Auch wenn man die Bücher wahrscheinlich nicht in den großen Buchhandelsketten finden können wird, habe ich bereits mit *Marlow Books*, dem *Little Bookshop* in Cookham und dem *Bell Bookshop* in Henley gesprochen, die uns so gut wie möglich unterstützen wollen. Außerdem habe ich Marcus Percivals Sohn Adrian als Webdesigner und Entwickler gewinnen können. Heutzutage ist eine überzeugende Online-Präsenz entscheidend.

Das ist also meine Idee, aber ein Verlag existiert nicht ohne Bücher, die es zu verkaufen gilt, also möchte ich mit diesem Brief offiziell anbieten, Ihren Roman *Anthropozän* zu veröffentlichen. Das Vorschusshonorar von 1000 Pfund ist sicher nur eine symbolische Geste. Wie ich Ihnen bereits erklärt habe, würden alle Nettoerlöse hälftig geteilt. Und um es schon vorab zu sagen: Natürlich besteht die Möglichkeit, dass dieses Projekt keinem von uns beiden große Geldsummen einbringt, aber schließlich kann man in der Verlagsbranche kein Geld erwarten, man kann nur darauf hoffen!
Am wichtigsten ist jedoch, dass Sie einen sehr wichtigen Roman geschrieben haben, der mit jedem weiteren Jahr an Relevanz dazugewinnt. Es wäre mir eine Ehre, Ihr Verleger zu sein.

Mit besten Grüßen
Geoffrey Lushington

PS: Was die andere Sache angeht, habe ich bereits mit der Recherche begonnen, aber noch keine verbindlichen Beweise gefunden. Sobald dies der Fall ist, gebe ich Ihnen Bescheid.

»Meine Güte«, sagte Becks, als Judith den Brief zu Ende gelesen hatte.

»Es war schon immer mein Traum, veröffentlicht zu werden«, sagte Dave. »Und jetzt ist mein Verleger tot, bevor das Buch erscheinen konnte. Wissen Sie, wie sich das anfühlt?«

»Es wird nicht veröffentlicht?«

»Ich habe den Großteil dieses Jahres damit verbracht, den Text anhand von Geoffreys Anmerkungen zu überarbeiten. Es war großartig, wie ein richtiger Schriftsteller behandelt zu werden. Als wüsste ich, was ich tue. Und er hat das Buch so viel besser gemacht. Ich war wirklich stolz darauf. Aber als er starb, steckten wir mitten im Lektoratsprozess. Jetzt ist es nur ein Word-Dokument mit Korrekturen.«

»Das tut mir so leid. Könnten Sie es nicht an jemand anderen verkaufen?«

»Vielleicht. Aber außer Geoffrey habe ich keine Kontakte in die Verlagsbranche. Und ich denke nicht, dass mehr Interesse besteht als beim letzten Mal.«

»Und was hat es mit dem Schluss auf sich?«, sagte Judith und deutete auf den Nachsatz.

»Kurz nachdem ich herausgefunden hatte, dass es Abweichungen in den Barausgaben des Stadtrats gibt, hat sich Geoffrey bei mir gemeldet. Zu diesem Zeitpunkt wusste ich noch nicht, ob es ein Fehler war oder jemand etwas im Schilde führte.«

»Warten Sie«, sagte Suzie. »Wollen Sie damit sagen, Sie haben Geoffrey darauf hingewiesen, dass jemand öffentliche Gelder veruntreut?«

»Am Ende unseres Treffens im Park. Ich habe ihm erzählt, mit der Barkasse sei irgendetwas nicht richtig. Warum?«

»Wie hat er darauf reagiert?«

»Er war schockiert – und sagte, er würde dem nachgehen.«

Die Frauen sahen sich an. Hatte Geoffrey vor seinem Tod nach veruntreuten Geldern in der Barkasse gesucht?

»Warum haben Sie der Polizei nicht erzählt, dass es einen Betrugsfall gab?«, sagte Judith. »Und dass Geoffrey davon wusste.«

Dave wirkte peinlich berührt.

»Ich wollte nicht mit reingezogen werden.«

»Warum?«, fragte Judith und sah dann die Antwort. Das dreckige Geschirr, die Chipstüte und die Limonadenflasche auf Daves Beistelltisch. Sicher wollte er von niemandem gesehen werden.

»Ich lebe so, weil ich gerne so lebe«, sagte Dave trotzig. Eine schwarze Katze schlich ins Zimmer und rieb sich an Daves Bein. »Und Sie müssen kein Mitleid mit mir haben. Ich lebe nicht alleine, ich habe eine Katze.«

Suzie und Becks sahen sehr bewusst nicht in Judiths Richtung, als Dave erklärte, dass er nicht alleine lebe, weil er doch eine Katze habe.

»Hier habe ich alles, was ich für meinen Job brauche«, sagte Dave und deutete zu den verschiedenen Rechnern, »und mein Gehalt reicht aus, um zu tun, was ich will.«

Angespannt erklärte Judith ihm, sein Plan sei nach hinten losgegangen und er müsse bei der Polizei aussagen. Dann ließen sie ihn in Ruhe.

Judith sprach erst wieder, als sie in Suzies Transporter eingestiegen waren.

»Er ist der Mörder, oder nicht?«, kam sie den anderen beiden zuvor.

»Er wäre definitiv zu Mord fähig«, sagte Becks. »Aber Geoffreys Brief hat eindeutig gezeigt, dass er Daves Roman veröffentlichen wollte.«

»Was meinst du mit ›er wäre definitiv zu Mord fähig‹?«, fragte Judith scharf.

Selbst Suzie spürte, wie sehr die Begegnung mit Dave ihrer Freundin zugesetzt hatte, auch wenn Judith es sich nicht anmerken lassen wollte.

»Ich meine nur, dass er aus schwierigen Verhältnissen stammt und bestätigt hat, dass er im Laufe der Jahre eine ganze Reihe kritischer Briefe an den Stadtrat geschickt hat.«

»Eins kann ich euch sagen«, erklärte Suzie, »er ist auf gar keinen Fall der blonde Typ in der Teeküche.«

»Bist du dir sicher?«, fragte Judith.

»Oh Gott, ja. Auf gar keinen Fall war die Person so breit wie Dave – das wäre mir aufgefallen. Er ist nicht der Mörder.«

Das schien Judith etwas zu besänftigen, aber als Becks und Suzie über Dave – und Debbie – sprachen, hielt sie sich zurück. Sie wollte lieber gleich nach Hause.

Dort wurde Judith endlich klar, dass der Besuch bei Dave sie stärker mitgenommen hatte, als sie zugeben wollte. Wie sie arbeitete er komplett von zu Hause aus. Wie sie lebte er allein mit einer Katze. Wie sie hatte er den prozentualen Anstieg der Barausgaben ausgerechnet. Wie sie hatte er eine tragische Vergangenheit – in seinem Fall war die Mutter gestorben, in ihrem der gewalttätige Mann –, aber trotzdem hatten sie auch das gemeinsam, oder nicht?

Als ihr Blick auf die Whiskykaraffe fiel, schenkte sie sich ein. Und sie sah sich um. Das Chaos. Und der einzelne Ohrensessel am Kamin, in dem sich ihr Kater Daniel für ein Schläfchen zusammengerollt hatte.

Sie ging zu ihrem Spieltisch und strich über den grünen Filz.

Dann zog sie ein Blatt Papier hervor und griff sich einen spitzen Bleistift.

Und begann zu schreiben.

Lieber Matthew, dein Brief hat mich sehr überrascht.

KAPITEL 27

Am nächsten Morgen kam Suzie einfach nicht zur Ruhe. Immer wieder ging sie die Begegnung mit Dave in Gedanken durch und Judiths Reaktion darauf. Suzie konnte gut verstehen, warum Judith so überfordert gewesen war. Seitdem Becks und sie Judith am Vorabend zu Hause abgesetzt hatten, sprachen sie von nichts anderem.

»Dave und Judith gleichen sich wie ein Ei dem anderen«, hatte Suzie zu Becks gesagt.

Becks hatte darauf erwidert, dass Judith zwar gerne zu Whisky und Schokolade griff, jedoch nicht so maßlos war wie Dave. Becks war wirklich entsetzt gewesen über den Inhalt von Daves Einkaufstüten. Seit wann füllte man Pizzaränder mit Käse und Speck? Und was um Himmels willen war eine »Double-Chicken-Bowl für den großen Männerhunger«?

Trotzdem sah Suzie in Dave einen möglichen Vorboten für das, was Judith noch bevorstand, und verlor sich am restlichen Abend und nächsten Morgen in Grübeleien. Selbst auf ihrer großen Runde mit Emma schien ihr eine Intervention unerlässlich, auch wenn sie versprochen hatte, keine Nebenprojekte mehr an Land zu ziehen. Und Judith würde außer sich sein, wenn sich Suzie auf irgendeine Art in ihr Leben würde einmischen wollen.

Zur Ablenkung ergriff Suzie drastische Maßnahmen. Sie suchte sich ihren alten Plastikkorb mit Putzsachen unter der Spüle. Schon seit einiger Zeit war ihr klar, dass es im Erdgeschoss nach altem Zigarettenrauch roch, nach Staub und Hundehaaren, aber nun war es so weit, sie würde das Ganze ins Reine bringen.

Sie rammte den Staubsauger gegen die Fußleisten, klopfte die Sofakissen aus, säuberte den Fernseher mit dem Staubwedel und brachte den Raum eine Stunde lang wieder in Topform. In diesem sauberen, entstaubten Raum fühlte sie sich gleich viel besser und schwor sich, das Haus von nun an öfter zu putzen – auch wenn sie genau wusste, dass es nie passieren würde.

Aber dank ihrer Putzaktion hatte Suzie blendende Laune, also widmete sie sich als Nächstes dem Zeitschriftenstapel auf dem Tisch. Jede dieser Publikationen repräsentierte eines der diversen Hobbys, die sie im Laufe der Monate und Jahre für sich entdeckt hatte, ehe sie einsehen musste, dass sie sich doch nicht für Süßwasserangeln interessierte. Oder für Investitionen in Pennystocks. Oder für Trailrunning und Modeleisenbahnen. *Fotografie in der Praxis?* Suzie konnte sich nicht einmal mehr erinnern, wann sie sich mit Fotografie hatte beschäftigen wollen. Und auf jede Zeitschrift in ihrer bunten Sammlung kamen mindestens zwei zum Thema Heimwerken. *Haus und Garten, Haus der Frau, Die Welt der Innenausstattung*, Suzie besaß sie alle.

Gott, dachte sie mit einem trockenen Lächeln, sie war beinahe so sammelwütig wie Judith. Aber wenigstens schmiss Suzie ihre alten Zeitschriften jetzt weg, das war mehr, als

Judith je schaffen würde. Sie holte sich den Altpapiereimer aus der Küche und wuchtete die Magazine hinein, ein paar fielen auf den Boden. Dabei spürte sie die ersten Anzeichen einer Idee – irgendetwas von wegen, wie viel besser es ihr dank dem Aussortieren ging –, dann hielt sie inne. Auf dem Boden lag eine aktuelle Ausgabe der *Architectural Digest*. Sie hatte das Magazin für die Recherche zu ihrem Kapselhotel gekauft. Aber irgendetwas an diesem Cover kam ihr bekannt vor, auch wenn Suzie nicht benennen konnte, was es war. Sie hatte die vage Ahnung, dass dieses Cover irgendwie relevant sein könnte.

Und da verstand sie, was ihr Unterbewusstsein ihr mitteilen wollte. Es ging um die Schriftart des Magazintitels, *Architectural Digest*. Und die Größe und Breite des »T«.

Suzie griff sich ihr Handy und öffnete die Videotelefonie-App.

Auf der anderen Seite von Marlow verlieh Judith ihrem Kreuzworträtsel für den *Observer* gerade den letzten Schliff, als ihr Handy klingelte. Diesen Klingelton hatte sie noch nie gehört. Also legte sie ihre Arbeit beiseite und sah, dass sie einen sogenannten »Facetime«-Anruf von Suzie erhielt.

Als sie den Anruf entgegennahm, erfüllte plötzlich Suzies Gesicht ihren Bildschirm.

»Ich kann dich sehen«, sagte Judith erstaunt.

»Ich dich auch«, sagte Suzie mit einem Lächeln.

»Aber ich sehe schrecklich aus, so solltest du mich gar nicht anschauen dürfen.«

»Tut mir leid«, sagte Suzie, »aber das hier musst du dir angucken.«

Suzie erkannte, dass Judith den unangekündigten Besuch schnellstmöglich beenden wollte – sie suchte nur den richtigen Knopf, doch als sie mit dem Finger eine Taste drückte, verwandelte sich ihr Bild in eine Comic-Giraffe.

Suzie brach in schallendes Gelächter aus, die Giraffe runzelte die Stirn und sagte, sie verstehe nicht, was daran so witzig sei.

Judith als empörte Giraffe war vielleicht das Witzigste, was Suzie je gesehen hatte, und ihr immer wütenderer Blick trieb Suzie Freudentränen in die Augen.

»Wenn ich wüsste, wie man auflegt, würde ich es tun«, sagte die Giraffen-Judith.

»Du hast irgendetwas angeklickt«, brachte Suzie gerade so raus, »und jetzt bist du eine Giraffe.«

»Das sehe ich auch. Wie kann ich das ausschalten?«

»Unten gibt es einen Button. Da hast du draufgeklickt.«

»Meinst du den hier?«, fragte Giraffen-Judith und verwandelte sich dann in ein Comic-Huhn. Schockiert sperrte sie den Schnabel auf.

»Na ja, wenigstens kann ich dich erheitern, das freut mich ja«, sagte Huhn-Judith schnippisch.

Suzie spürte Judiths schwindende Geduld, also half sie ihr, die Bildschirmeinstellungen rückgängig zu machen. Dann ließ sie sich die behelfsmäßige Ermittlungswand und das Foto der Erpresserbriefe an Marcus Percival zeigen.

Suzie hielt ihre *Architectural Digest* hoch und verglich das »T« auf dem Cover mit dem Erpresserbrief. Die Buchstaben waren identisch. Und sogar das »H« war aus demselben Schriftzug geschnitten worden.

»Ich hatte recht«, sagte Suzie. »Einige der Buchstaben stammen vom Cover der *Architectural Digest.*«

»Oh, das ist ja großartig!«, sagte Judith. »Denn bei Geoffreys Mord war ein Architekt anwesend – und zwar nur einer.«

KAPITEL 28

»Wie gehen wir vor?«, fragte Becks vor Jeremys Büro.

»Trotz all seiner Angeberei halte ich Jeremy für schwach«, sagte Judith. »Er lässt sich leicht beeindrucken. Da sollten wir einen bleibenden Eindruck hinterlassen.«

Die Tür öffnete sich und Jeremy kam zum Vorschein.

»Ich habe Sie schon herumlungern sehen, die Damen«, sagte er lächelnd. »Wollten Sie zu mir?«

»Ganz genau«, sagte Judith und schob sich an ihm vorbei.

Jeremy folgte ihr.

»Sie waren es, richtig?«, fragte Judith, als sie alle im Büro angekommen waren.

»Ich war was?«, fragte Jeremy so gut gelaunt wie möglich, auch wenn er offensichtlich irritiert war.

»Sie haben Marcus Percival erpresst.«

»Wovon reden Sie?«

»Bitte lügen Sie uns nicht an, die Spurensicherung hat Beweise, dass Sie es waren.«

»Das ha–?«, sagte Suzie, bevor sie sehr viel bestimmter endete, »… hat sie. Ja, das hat sie.«

»Was sagen Sie dazu?«, fragte Judith.

Jeremy leckte sich die Lippen.

»Ich weiß nicht, wovon Sie reden.«

»Sie hätten keine Buchstaben aus der *Architectural Digest* verwenden sollen.«

Jeremy erkannte, wie entschlossen die Frauen waren, und ließ sich auf seinem Schreibtischstuhl nieder.

»Das verstehe ich nicht«, sagte er. »Ich war doch so vorsichtig.«

»Nicht vorsichtig genug«, sagte Judith.

»Was ist passiert?«, fragte Becks einfach.

Jeremy wusste nicht, wo er anfangen sollte, doch dann schien sich der Nebel zu lichten.

»Ich hasse ihn«, sagte er.

»Geoffrey?«, fragte Suzie.

»Nein – Marcus scheiß Percival. Er war immer perfekt. Immer derjenige, für den sich die Mädchen interessierten. Wir sind zusammen zur Schule gegangen, aber in der zwölften Klasse habe ich seine Masche durchschaut. Es geht immer nur um ihn, er muss gut dastehen. Aber fallen Sie nicht auf seinen Charme herein. Er ist ein Psychopath.«

»So wirkt er gar nicht«, sagte Becks.

»Genau das meine ich. Er hat es sich zur Lebensaufgabe gemacht, völlig normal zu wirken. Hat diese arme Frau geheiratet, sie tut mir sehr leid.«

»Ich kenne seine Frau Claire, sie ist glücklich.«

»Das glauben Sie? Hören Sie sich doch um. Sie verbringt ihr Leben mit jemandem, der sie nur kontrollieren will. Von dem, was sie anzieht, bis zum Parfüm! Bei Marcus geht es immer um Kontrolle.«

»Woher wissen Sie das alles?«

Jeremy hatte genug Anstand, peinlich berührt dreinzuschauen.

»Wenn Claire in der Nähe ist, versuche ich immer, ihre Gespräche mit Marcus zu belauschen. Denn er ist nicht derselbe, wenn er glaubt, niemand schaut zu. Ganz und gar nicht derselbe. Und ich kann nichts gegen ihn unternehmen. Ich bin Architekt und er der beliebteste Immobilienmakler der Stadt. Ich kann ihn mir nicht zum Feind machen – und das weiß er genau. Er ist zwar immer höflich mir gegenüber, aber er schaut mich immer an, als hätte er mich in der Tasche. Er hält sich für etwas Besseres.«

»Und so behandelt er Sie schon wie lange …?«, fragte Judith.

»Solange ich mich erinnern kann. Er ist ein falscher Hund.«

»Aber was ist sein Geheimnis? Schließlich haben Sie in Ihrem ersten Brief angekündigt, es zu verraten.«

Jeremys grinste anzüglich.

»Er hat ein Twitter-Konto«, sagte er, »namens Marlow01628. Und verbreitet darüber Hassbotschaften, die rassistischer, misogyner und xenophobischer sind, als Sie es sich vorstellen können.«

»Meinen Sie das ernst?« Suzie zog ihr Handy hervor und öffnete die Twitter-App. »Wie hieß das Konto noch mal?«

»Marlow01628, wie die Vorwahl.«

Die Vorwahl von Marlow kannten sie alle.

»Oh«, sagte Suzie mit einem Blick auf ihr Handy.

»Ist es so schlimm?«, fragte Becks.

Suzie machte ein langes Gesicht.

»Das ist widerlich.«

»Er ist ein widerlicher Mann«, sagte Jeremy.

»Hier sind sehr viele Hass–«

Für Judith schien das zu Marcus' Zorn zu passen, den sie erst kürzlich zu spüren bekommen hatten. Aber konnte man Jeremy glauben?

»Woher wissen Sie, dass Marcus hinter diesem Konto steckt?«

»Sophia hat mich als Erste darauf hingewiesen. Irgendetwas Gemeines wurde über sie veröffentlicht. Aber mir fiel ein Tweet auf, in dem ›untermimieren‹ statt ›unterminieren‹ stand. Es sah aus wie ein unschuldiger Tippfehler. Aber ich weiß, dass Marcus ›untermimieren‹ sagt – das hat mich schon immer zum Lachen gebracht. Er hat sich das Wort einfach falsch eingeprägt. Dieser Tweet brachte mich ins Grübeln – auch wenn ich nicht glauben konnte, dass er hinter dem Account steckte. Zumindest am Anfang. Aber je länger ich darüber nachdachte, desto mehr Sinn schien es zu ergeben. Ich weiß als einer der wenigen Menschen die Wahrheit über ihn – dass er ein widerlicher Dreckskerl ist. Also durchsuchte ich das Twitter-Konto nach anderen Beweisen. Aber es gab keine. Es gab nur diesen einen Ausrutscher, einen Fehler. Deshalb wollte ich versuchen, ihn zu stellen.« Bei der Erinnerung breitete sich ein schiefes Grinsen auf Jeremys Gesicht aus. »Nach einer Ausschusssitzung Anfang letzten Jahres erklärte ich Geoffrey, dass Gerüchte über ein Aufnahmezentrum für Flüchtlinge kursierten, das auf dem Gewerbegebiet errichtet werden solle.«

»Was sagte er dazu?«, fragte Judith.

»Er hat kein großes Aufheben gemacht. ›Na ja, wenn wir Flüchtlinge aufnehmen, braucht es wohl irgendwo ein Aufnahmezentrum‹, hat er gesagt – oder so ähnlich. Aber eigentlich wollte ich das Thema nur in Hörweite von Marcus ansprechen. Und raten Sie mal, wer am nächsten Tag tweetete, dass dieses Zentrum die Stadt ruinieren würde? Marlow01628! Da konnte ich ihn festnageln.«

»Woher wussten Sie, dass nicht Geoffrey hinter dem Konto steckte?«

»Weil der Mann einfach zu perfekt war«, sagte Jeremy. »Auf keinen Fall hätte er solche Sachen gesagt. Oder auch nur gedacht.«

»Ich verstehe es immer noch nicht«, sagte Judith. »Wenn Sie recht haben – und Marcus rassistisch, sexistisch und misogyn ist –, warum haben Sie sich dann für Erpressung entschieden? Warum haben Sie sein Geheimnis nicht einfach platzen lassen?«

»Es ließ sich nur schwer beweisen. Bei einem großen Enthüllungsversuch hätte er doch alles abgestritten, oder? Dann hätte es ausgesehen, als wäre ich im Unrecht. Und nachtragend. Neidisch. Als wäre ich grundlos auf ihn losgegangen.«

»Was alles stimmt«, bot Suzie an.

»Außerdem gab es noch eine Sache«, sagte Jeremy und ignorierte Suzie. »Mir gefiel die Vorstellung, dass er leidet.«

Judith und ihre Freundinnen sahen sich an. Verstand Jeremy nicht, wie er auf sie wirkte, oder war es ihm egal?

»Das ist die viel bessere Rache. Zu wissen, wie viel Angst er hat. Wie er über den Absender des Briefs rätselte. Wer kennt sein Geheimnis? Wer hat Macht über ihn und kann die Wahrheit in jedem Augenblick öffentlich machen? Das brachte mich auf den nächsten Gedanken. Was wäre, wenn er noch andere Dinge im Schilde führte? Noch viel schlimmere Dinge? Da wurde es erst richtig spannend. Schließlich hat jeder Geheimnisse.«

»Wissen Sie, dass er Geoffrey den ersten Brief gezeigt hat?«, sagte Becks.

»Nein, hat er das? Und was hat Geoffrey gesagt?«

»Er hat den Brief sicher aufbewahrt.«

»Das ist so typisch Geoffrey. Verhält sich wie ein Vater. Oder Lehrer.«

»Zumindest hat Marcus das so erzählt«, dachte Judith laut. »Schließlich haben nur zwei Menschen dieses Gespräch mitbekommen, und einer von ihnen ist tot.«

»Marcus muss wirklich Panik gehabt haben, wenn er sich an Geoffrey gewandt hat«, sagte Jeremy mit einer gewissen Befriedigung.

Judith war kaum jemand je unsympathischer gewesen. Es war an der Zeit, sein Selbstbewusstsein ins Wanken zu bringen.

»Ich verstehe nicht, warum Sie so überrascht tun«, sagte sie. »Geoffrey hat Ihnen doch von dem Brief erzählt.«

Mit einem Schlag wurde Jeremys Blick unsicher.

»Genau darüber haben Sie sich gestritten. Mit einer Flasche Whisky hatte das nichts zu tun. Geoffrey hatte herausgefunden, dass Sie hinter dem Brief stecken. Das meinte er damit, er wollte das nicht zurückgeben. Aber ich frage mich, wie Geoffrey darauf kam. Hat er die Schrift aus der *Architectural Digest* erkannt, genau wie Suzie?«

Jeremys Mundwinkel zuckten, was Judith als Bestätigung reichte.

»Danke. Geoffrey hat gewusst, dass Sie hinter der Erpressung von Marcus stecken – dass es sich dabei um eine Straftat handelt, muss ich Ihnen nicht sagen. Und weil wir alle wissen, was für ein anständiger Mensch Geoffrey war, hätte er die Polizei auf jeden Fall informiert. Dann wären Sie wegen eines schwerwiegenden Verbrechens überführt worden. Also gingen Sie in Sophias Garten, besorgten sich das Akonit und gaben es in Geoffreys Kaffee. Bevor er der Polizei Bescheid geben konnte. Sie haben Geoffrey Lushington getötet.«

»Das habe ich nicht! Wir waren gute Freunde.«

»Alle haben das Gegenteil berichtet«, sagte Becks so freundlich wie nur möglich.

»Und wenn Sie bereit waren, Marcus zu erpressen«, griff Suzie das Argument auf, »würden Sie sicher auch jemanden umbringen, der Sie ins Gefängnis bringen kann.«

»Und wie soll ich es angestellt haben?«, sagte Jeremy energisch. »Kommen Sie schon, Sie waren dabei«, sagte er zu Suzie. »Sie haben mich gesehen. Ich war nie in der Nähe der Küche oder der Kaffeemaschine oder von irgendetwas, das Geoffrey angefasst hat. Ich habe einfach den Raum betreten und mich gesetzt, *bevor Geoffrey überhaupt eintraf*. Und dann habe ich mich nie in seine Nähe begeben. Wenn Sie mich für den Mörder halten, dann sage ich Ihnen eines: Beweisen Sie es.«

Jeremy sah sie herausfordernd an.

»Da müssen Sie sich keine Sorgen machen«, sagte Judith, die beschloss, Feuer mit Feuer zu bekämpfen. »Wenn Sie der Mörder sind, werden wir das tun.«

KAPITEL 29

Nach ihrem Treffen mit Jeremy tagten die drei Freundinnen in Suzies Transporter.

»Was für ein schrecklicher Mann«, sagte Becks und fasste die Gefühlslage aller zusammen.

»Aber er hat recht«, sagte Suzie. »Er war nie in der Nähe des Kaffees. Wenn er es war, wie hat er es dann angestellt?«

»Und was für ein Paukenschlag bei Marcus Percival«, sagte Judith. »Ich hätte ihn nie für einen Online-Troll gehalten.«

»Wir sollten ihn zur Rede stellen«, sagte Suzie.

»Wie damals, als wir ihn wegen der Fingerabdrücke auf dem Weckglas zur Rede gestellt haben?«, sagte Judith seufzend. »Er wird wieder alles leugnen.«

»Dann muss Tanika alle seine Handys und Rechner durchsuchen, bis sie beweisen kann, dass er Marlow01628 ist.«

»Ich weiß nicht, ob das so funktioniert«, sagte Becks. »Sam hat alle möglichen Social-Media-Konten, die alle mit unterschiedlichen E-Mail-Adressen verbunden sind. Und die sind wiederum alle fake.«

»Und ich weiß nicht, ob wir ihm jetzt schon Angst einjagen sollten«, sagte Judith. »Schließlich könnten wir es auch schaffen, ein Geständnis aus ihm herauszukriegen. Wir wissen ja, dass er abscheulich ist und ein dunkles Geheimnis hat. Dass er zu Mord fähig wäre.«

»Genau wie Jeremy«, sagte Suzie.

»Da hast du nicht unrecht«, stimmte Judith zu. »Wenn jemand sich an Erpressung versucht, könnte er auch zum nächsten Schritt übergehen und morden.«

»Umso enttäuschender ist sein wasserdichtes Alibi«, sagte Becks.

»Aber entspricht das überhaupt der Wahrheit?«, fragte Judith Suzie. »War Jeremy wirklich nie in Geoffreys Nähe?«

»Ich glaube schon. Er saß sogar am anderen Tischende, so weit entfernt von Geoffrey wie möglich.«

»Beinahe, als wolle er beweisen, dass er es nicht gewesen sein kann«, sagte Becks.

Judiths Handy klingelte. Das Display zeigte eine unterdrückte Nummer.

»Hallo«, sagte sie.

»Ich bin's«, keuchte eine männliche Stimme am anderen Ende der Leitung. »Dave Butler.«

Judiths Schulter sanken.

»Ich habe darüber nachgedacht, wer Geoffrey umgebracht haben könnte«, sagte er. »Und ich glaube, ich habe etwas für Sie. Kommen Sie vorbei. Ich warte auf Sie.«

Dave legte auf, und Judith war klar, dass ihre Freundinnen mitgehört hatten.

»Tja, da bleibt uns wohl nichts anderes übrig«, sagte Suzie.

Zu ihrer Überraschung öffnete sich Daves Haustür gleich nach dem ersten Klingeln, und er bat sie über die Gegensprechanlage herein.

Sie fanden ihn in demselben Sessel vor, in dem er auch bei ihrem letzten Besuch gesessen hatte. Das Durcheinander aus Essensresten und dreckigem Geschirr hatte sich eher verschlimmert.

Judith konnte Schweißperlen auf seiner Stirn erkennen. War er nervös oder schwitzte er bloß so?

»Tut mir leid, wir hätten Sie schon beim letzten Mal fragen sollen«, sagte sie, ehe Dave zu Wort kam. »Wo waren Sie, als Geoffrey starb?«

Daves Augen weiteten sich überrascht.

»Sie glauben doch nicht, dass ich ihn umgebracht habe?«

»Könnten Sie mir die Frage beantworten?«

»Ich war hier«, sagte er mit zitternder Stimme.

»Können Sie das beweisen?«

»Ich war allein, ich bin immer allein – natürlich kann ich es nicht beweisen.«

»Dann hatten Sie vielleicht einen Komplizen.«

»Was?« Die Frage schien Dave wirklich zu überraschen. »Wen? Ich bin nie unterwegs – das haben Sie doch selbst gesehen. Und ich habe Sie hergebeten, weil ich wahrscheinlich eine Spur gefunden habe.«

»Das ist sehr nett von Ihnen«, sagte Suzie und lächelte warnend in Judiths Richtung. Doch Judith stellte sich noch aufrechter hin – sie würde sich für niemanden beruhigen.

»Welche Spur haben Sie gefunden?«, fragte Becks schnell, die Dave ebenfalls auf ihrer Seite wissen wollte.

»Ich bin alles durchgegangen, was ich über den Bauausschuss weiß. Und es ergibt keinen Sinn. Dank Ihnen weiß ich, dass Debbie sich an der Kasse vergriffen hat, aber das waren schließlich nur ein paar Tausend Pfund im Jahr, richtig? Ich kann mir nicht vorstellen, dass jemand einen Mord begehen würde, um eine so kleine Summe zu verdecken. Was die anderen angeht – Marcus Percival nickt jedes Bauprojekt ab. Ich bin sicher, dass er mit den örtlichen Bauherren unter einer Decke steckt, auch wenn es sich nicht beweisen lässt. Und Jeremy Wessel? Für einen Mord ist er viel zu kleingeistig. Er würde Ihnen sicher einen Rechtsstreit anhängen, aber durch die Protokolle lässt sich gut nachvollziehen, dass er ständig Rückzieher macht. Er hat kein Rückgrat. Allerdings gibt es eine Person, an der ich immer wieder hängen bleibe. Sophia De Castro.«

»Ha«, sagte Suzie zustimmend. »Ich auch.«

»Sie tut so, als sei sie perfekt, ist sie aber nicht.«

»Das sage ich schon die ganze Zeit!«

»Was liegt denn gegen sie vor?«, fragte Judith.

»Vor etwa einem Jahr hat sie mich beauftragt. Das war, als ich … noch etwas mobiler war. Sie rief mich völlig aufgewühlt an. Gerade hatte sie sich ein Studio für ihren Podcast eingerichtet, aber bei ihren Aufnahmen gab es ein konstantes Hintergrundrauschen. Ich wollte den Auftrag nicht annehmen, aber sie bot mir mehr und mehr Geld, bis ich nicht mehr Nein sagen konnte. Das war ein Fehler. Sie hatte mir nichts von der bescheuerten Treppe zu ihrem Studio erzählt. Hat mich zehn Minuten Keucherei gekostet, dort hochzukommen. Und was ich dann vorfand, war das reine Chaos.

Sie hatte minderwertige Kabel, das war das Problem. Und minderwertige Mikrofone. Wie sich herausstellte, hatte ihr Mann zwar alles gekauft, was sie wollte, aber nur die billigsten Varianten.«

»Er ist ein Geizkragen?«, fragte Judith.

»Und sie ist ihn wirklich angegangen. Hat ihm jede Beschimpfung entgegengeworfen, die es nur gibt – sie war wirklich krass. Sie sagte, ihr Studio müsse das beste sein, der Podcast müsse der beste sein, und sie setzte immer ihren Willen durch – daran erinnere ich mich. Sie setzte immer ihren Willen durch. Ich habe ihr erklärt, für einen bestimmten Betrag könne sie das bestmögliche Equipment bekommen, und genau darauf lief es hinaus – ich habe ihr eine wirklich sehr hochwertige Anlage eingebaut. Und ich wusste, was auf dem Spiel stand. Wäre es nicht perfekt, würde sie mich anschreien wie ihren Mann.«

»Sie hat wirklich geschrien?«, fragte Suzie.

»Sie hat ihn dabei sogar angespuckt«, sagte Dave und erschauderte. »Ich bin nicht perfekt, das weiß ich. Ich esse zu viel, mache keinen Sport, dagegen kann ich nichts tun. Aber wenn Sie wissen wollen, welches Ausschussmitglied morden könnte, versichere ich Ihnen, es ist Sophia De Castro.«

»Also das ist ja sehr praktisch«, sagte Judith einige Minuten spater, als sie Daves Haus verlassen hatten.

»Was meinst du?«, fragte Becks.

»Plötzlich eröffnet uns Dave Butler, wer der Mörder sein könnte.«

»Ich glaube, er will uns nur helfen«, sagte Becks.

»Aber er hat kein Alibi für den Mordzeitpunkt.«

Becks und Suzie wussten genau, warum Daves einsame Existenz Judith unter die Haut ging.

»Ich weiß, was du meinst«, sagte Suzie und versuchte, ihre Freundin zu beruhigen. »Aber ich kann dir versichern, dass er nicht im Plenarsaal war, als Geoffrey starb. Oder vorab in der Teeküche. Ein blonder Mann in Dave Butlers Dimensionen wäre mir sicher aufgefallen.«

»Außerdem finde ich«, ergänzte Becks, »dass er ohne Alibi erst recht unschuldig wirkt. Jeder Mörder, der etwas auf sich hält, hätte sich doch um ein Alibi gekümmert.«

»Ich glaube ihm trotzdem nicht«, sagte Judith mit einer gewissen Sturheit.

Auf die skeptischen Blicke ihrer Freundinnen sagte sie: »Wenn Ihr mir nicht glaubt, können wir ganz einfach herausfinden, ob er uns die Wahrheit über seine Beziehung zu Geoffrey gesagt hat.«

»Ach ja?«, sagte Becks, die Judiths Logik nicht folgen konnte.

»Dave hat uns einen Brief gezeigt, der angeblich von Geoffrey stammt, aber was, wenn es eine Fälschung war? Warum sollte dieser Brief echt sein?«

»Okay …?«, sagte Suzie und fragte sich wie Becks, wohin Judiths Überlegungen führen sollten.

»Geoffrey besitzt Aktenordner für alle Autoren und Autorinnen, die er je verlegt hat. Wenn Dave uns die Wahrheit erzählt hat, sollte es einen Aktenordner mit ihrer gesamten Korrespondenz geben. Ihrer *echten* Korrespondenz.«

»Aber wir haben keinen Zugang zu Geoffreys Haus«, sagte Becks.

»Und mir ist aufgefallen, dass Tanika die Alarmanlage nach unserem letzten Besuch nicht wieder eingeschaltet hat.«

»Aber wir haben keinen Schlüssel«, sagte Becks, dann erinnerte sie sich. »Im Vogelhäuschen hinterm Haus gibt es einen Schlüssel, richtig? Damit können wir reinkommen.«

»Genau das können wir«, sagte Judith.

KAPITEL 30

»Vielleicht hat Marcus den Schlüssel nicht zurück ins Versteck gelegt«, sagte Becks, als sie und ihre Freundinnen Geoffreys Garten durch das Tor betraten. »Oh«, ergänzte sie, als Suzie sich den Schlüssel aus einem kleinen Vogelhäuschen nahm.

»Sind wir ganz sicher, dass Tanika den Alarm nicht angestellt hat?«, fragte Becks an der Hintertür.

»Also eins kann ich dir sagen«, sagte Suzie, steckte den Schlüssel ins Schloss und drehte ihn. »Es gibt nur einen Weg, das herauszufinden.«

Suzie öffnete die Tür und betrat die Küche.

Kein Alarm.

»Na also«, sagte Suzie und schritt theatralisch beiseite, um ihre Freundinnen hereinzulassen. »Wo fangen wir an?«, fragte sie.

»In seinem Arbeitszimmer«, sagte Judith. »Dort sind die Ordner. Aber wir sollten uns trotzdem umsehen. Und versuchen, einen besseren Eindruck von ihm zu bekommen. Beim letzten Mal konnten wir gar nicht richtig herumschnüffeln.«

»Gut mitgedacht«, sagte Suzie.

»Fang du doch mit dem Arbeitszimmer an«, sagte Judith zu Suzie. »Und suche den Ordner zu Dave Butler. Becks, könntest du dir das restliche Erdgeschoss vornehmen? Und ich schaue mich im ersten Stock um.«

»Wonach suchen wir?«, fragte Becks.

»Ach, du weißt schon«, sagte Judith unbekümmert und ging zur Treppe, »Beweise für Betrug, Neid, Hass, mörderische Absichten – das Übliche.«

Im ersten Stock lief Judith den Flur entlang und betrat einen Raum, den sie sofort als Geoffreys Schlafzimmer erkannte. Es war blitzsauber. Es gab ein Doppelbett mit einer ordentlich ausgebreiteten Karodecke, Hemden und Hosen in einer Wandnische und gerahmte Fotos auf dem Nachtschränkchen. Darauf erkannte Judith einen jüngeren Geoffrey mit einer Frau. Das musste seine Ehefrau sein, dachte sie. Auf jedem Foto strahlten beide glücklich. Und jetzt waren beide tot, wurde Judith klar. Das Ganze war eine wirklich sehr traurige Angelegenheit.

Judith wandte ihre Aufmerksamkeit wieder dem restlichen Zimmer zu. Geoffrey schien ein ordentlicher, sauberer Mensch gewesen zu sein, der gut und gern allein wohnte. Sie erkannte die Zeichen – zum Beispiel das einzelne Nachtschränkchen neben dem Bett.

Judith erinnerte sich an die neuen Schlösser im Erdgeschoss, und auch am Fensterrahmen glänzte ein brandneues Schloss. Das war doch recht ungewöhnlich. Warum hatte Geoffrey vor Kurzem neue Sicherheitsmaßnahmen ergriffen? Auf diese Frage hatte noch niemand eine angemessene Antwort gefunden. War es ein Zufall, oder hatte es einen Auslöser gegeben? Als sie den Raum verlassen wollte, nahm sie ein Aufblitzen unter dem Bett wahr. Bei der sonstigen

Ordnung überraschte es sie, dass Geoffrey etwas auf dem Boden hatte liegen lassen.

Etwas Kleines und Glänzendes hatte sich im Teppichboden zwischen Bett und Wand verfangen. Sie nahm es in die Hand.

Es war ein Ohrring.

Er bestand aus einer kurzen silbernen Kette mit einem kleinen Silberring. Wer hätte so etwas hier liegen lassen können? Mit einem angestrengten Ächzen stand Judith auf und besah sich den Ohrring näher am Fenster. Er war ziemlich hübsch. Judith erinnerte sich an das Foto der Frau im Spitzen-BH, das an Geoffrey geschickt worden war, und fragte sich, ob Suzie wohl instinktiv richtiggelegen hatte. Konnte es sein, dass Geoffrey seiner toten Frau doch nicht so treu gewesen war, wie er behauptet hatte? Der Ohrring schien es zu beweisen. Auch wenn Geoffrey auf keinen Fall eine Affäre mit Debbie haben würde, und auch Sophia wirkte auf Judith wie eine sehr unwahrscheinliche Kandidatin. Sophia war mindestens zwanzig Jahre jünger als Geoffrey und, im Gegensatz zu seiner kleinen, pummeligen Statur, wunderschön. Sicherlich hätte sie eine Affäre mit einem attraktiveren Mann als Geoffrey gehabt? Also musste es doch Debbies Ohrring sein?

So oder so sprach der Ohrring für eine Beziehung, die Geoffrey gehabt hatte. Judith musste nur herausfinden, mit wem. Sie ließ den Ohrring in ihre Hosentasche gleiten, ging die Treppe hinab und traf Becks in der Küche. Bevor sie sich austauschen konnten, blitzte es rot im Fenster, als der Postbote Fred sein Transportrad in der Einfahrt parkte.

»Schnell, runter«, sagte Judith und zog Becks an ihrem Ärmel zu Boden.

»Was ist los?«, fragte Becks.

»Fred steht draußen!«

Er hatte den Frauen im Mordfall Stefan Dunwoody ausgeholfen, und natürlich würde er wissen wollen, was sie in Geoffreys Haus zu suchen hatten. Und dann würde er es allen erzählen. Fred mochte nichts mehr als einen gemütlichen Plausch an der Haustür.

»Du musst Suzie warnen, los!«, zischte Judith.

»Was?«

»Sie muss vom Fenster weggehen. Gib ihr Bescheid – aber pass auf, dass Fred dich nicht sieht.«

Becks hielt kurz inne, seufzte und krabbelte dann auf allen vieren davon wie eine Spinne. Und kam nicht umhin, sich ernsthaft zu fragen, warum sie, eine gesetzestreue Pfarrersfrau, durch das Haus eines ermordeten Mannes kroch.

Freds Schatten zeichnete sich im Glaspaneel der Haustür ab. Als Becks das Arbeitszimmer erreichte, stand Suzie mit einem geöffneten Aktenordner am Fenster und betrachtete Freds Trolley. Dass Becks auf allen vieren im Zimmer erschien, überraschte sie, doch ihre Überraschung wurde noch größer, als Becks sie zu sich auf den Boden winkte.

Die Einsicht erreichte Suzie erst langsam, dann Hals über Kopf, also ließ sie sich fallen wie ein Sack Kartoffeln.

»Verdammter Mist«, sagte Suzie, der klar wurde, dass sie beinahe erwischt worden wären.

»Psst!«, zischte Becks.

»Tut mir leid!«, sagte Suzie unverändert laut.

Der Briefschlitz klapperte, und Freds Schritte entfernten sich.

Becks und Suzie hoben die Köpfe und konnten sehen, wie Fred sein Wägelchen weiterschob.

»Er hat uns nicht gesehen«, sagte Suzie und stand auf.

Mit einem Stapel Post in der Hand betrat Judith das Arbeitszimmer.

»Du kannst doch nicht seine Post durchgehen«, sagte Becks.

Aber Judith ignorierte Becks und ging zu Suzie.

»Was hast du gefunden?«, fragte sie.

»Du hattest recht«, sagte Suzie. »Es gibt einen Ordner zu Dave Butler. Mit einem Ausdruck des ersten Romanentwurfs – auf jeder Seite stehen Geoffreys handschriftliche Kommentare. Aber es gibt auch Dutzende Briefe der beiden. Über die Änderungen, die Geoffrey vorschlug.«

»Kann ich mal sehen?«, sagte Becks und nahm sich den Aktenordner auf Geoffreys Schreibtisch.

»Dave und Geoffrey hatten leider einen sehr guten Draht zueinander, soweit ich das beurteilen kann. Dave ist geradezu unterwürfig.«

Becks las laut aus einem der Briefe vor.

»›Ich schätze mich so glücklich, einen Lektor zu haben, der genau weiß, was er tut‹«, las sie. Dann nahm sie sich einen anderen. »›Endlich wird mein Traum wahr, ich werde als Autor ernst genommen.‹ Schauen wir mal, was Geoffrey sagt«, fuhr Becks fort und ging zum nächsten Brief über. ›Diese ganze Arbeit erinnert mich daran, warum ich überhaupt in der Verlagsbranche arbeiten wollte. Um neue Talente zu entdecken. Sie sind ein seltenes Talent, daran gibt es keine Zweifel.‹«

»Also hat Dave uns anscheinend die Wahrheit erzählt«, sagte Judith ohne die geringste Andeutung, dass sie falschgelegen haben könnte. »Aber zum Glück haben wir uns umgeschaut. Schaut euch mal an, was ich gefunden habe.«

Judith legte diverse Flyer von Fast-Food-Ketten und Abflussreinigungsfirmen beiseite und hielt einen braunen Umschlag hoch. Der Absender war das Umweltamt.

»Ich frage mich, warum sich das Umweltamt bei Geoffrey meldet«, sagte sie.

»Sie haben wohl einfach noch nicht von seinem Tod erfahren«, sagte Becks. »Wir müssen den Brief zu Tanika bringen, nur sie kann ihn öffnen.«

»Warum?«

»Es ist illegal, die Post anderer Leute zu öffnen.«

»Ach, wirklich?«

»Ja, definitiv«, sagte Becks mit Nachdruck.

»Auch wenn sie tot sind?«

»Ja«, wiederholte Becks.

Judith riss den Umschlag auf.

»Was machst du denn da?«, fragte Becks panisch.

»Huch«, sagte Judith. »Ausgerutscht.«

»Du musst den Brief jetzt sofort weglegen.«

»Es wäre eine Schande, ihn nicht anzusehen, wo er doch schon offen ist«, sagte Suzie, die mit Judiths Entscheidung wunschlos glücklich war.

Judith öffnete den Brief, und sie lasen ihn gemeinsam.

Umweltamt Großbritannien
Dienststelle Solent and South
40 Queen's Road
Reading, Berkshire
RG1 4PQ
17.04.23

Sehr geehrter Mr Lushington,
vielen Dank für Ihren Hinweis auf Mr Alec Millers Sorge hinsichtlich eines möglichen Bauprojekts auf Wiley's Field in Marlow. Beigefügt sende ich Ihnen unseren Bericht sowie die Rechnung über die durchgeführten Arbeiten. Bitte begleichen Sie diese innerhalb dreißig Tagen.

Es folgt eine Zusammenfassung unseres Befundes:

WILEY'S FIELD, MARLOW

Ein von uns beauftragter Gutachter konnte die Anwesenheit einer Kolonie von *Myotis Bechsteinii* (Bechsteinfledermaus) bestätigen.

Die Spezies der Bechsteinfledermaus ist Teil des britischen Aktionsplans für Biodiversität. Dies bedeutet, dass ihr Erhalt sowohl auf regionaler als auch nationaler Ebene Vorrang hat. Sie ist außerdem in Anhang II der Habitatrichtlinie der Europäischen Kommission gelistet. Dementsprechend fällt die Bechsteinfledermaus unter die besonders streng geschützten Arten im Vereinigten Königreich.

Unser Beschluss lautet also, dass Wiley's Field nicht bebaut werden darf. Diese Entscheidung kann nur vom Umweltminister angefochten werden.

Wir danken Ihnen für Ihre Anfrage zu diesem Anliegen.

Mit freundlichen Grüßen
Sean Farrell
Direktor des Umweltamts (Solent and South)

»Auf Wiley's Field gibt es Fledermäuse?«, fragte Suzie.

Judith blätterte weiter zur Rechnung über 3000 Pfund, die das Umweltamt Geoffrey für dieses Gutachten berechnet hatte.

»Und Geoffrey hat diese Kosten auf sich genommen, um die Fledermäuse zu finden«, sagte Judith. »Auch wenn mir etwas anderes ins Auge springt. Laut Mr Farrell wurde dieser ganze Prozess von einem gewissen Mr Alec Miller angestoßen.«

»Du meinst den Typen, der sich um Kaffee und Tee kümmert?«, fragte Suzie.

»Der sich *normalerweise* um Kaffee und Tee kümmert«, sagte Judith. »Schließlich war er nicht da, als Geoffrey umgebracht wurde. Wir müssen mit ihm über diesen Brief sprechen. Was meint ihr?«

KAPITEL 31

Alec sah noch zerzauster aus als bei ihrem ersten Treffen, wenn das überhaupt möglich war.

»Hallo, Alec«, sagte Judith. »Eine kurze Frage. Sie haben Geoffrey kontaktiert, um die Baupläne für Wiley's Field aufzuhalten, richtig?«

Vor Überraschung fiel Alec die Kinnlade runter.

»Woher wissen Sie das?«, fragte er.

»Warum erzählen Sie uns das nicht selbst? Um die Dinge ins rechte Licht zu rücken.«

Alec runzelte die Stirn – offensichtlich wusste er nicht, wo er anfangen sollte –, und Judith erinnerte sich an einen Kommentar aus ihrem ersten Gespräch.

»Sie leben schon Ihr ganzes Leben lang hier oben«, sagte sie.

»Schon seit ich ein kleiner Junge war«, stimmte Alec zu.

»Da haben Sie sicher einige Veränderungen mitbekommen«, sagte Becks und griff Judiths Strategie auf.

»Ja, unten in der Innenstadt, aber hier ist alles gleich geblieben. Da sieht man, was in der Natur vor sich geht, wenn man sie nur in Ruhe lässt. Ich habe schon Nachtschwalben gesehen, Kernbeißer – letzte Woche einen Waldlaubsänger, die gibt es eigentlich nur in Wales.«

»Und Fledermäuse?«

»Na klar. Hier gibt es auch Fledermäuse. Die gibt es überall.«

»Aber Sie vermuten nicht zufälligerweise, dass es eine Kolonie Bechsteinfledermäuse gibt, oder?«

»Ich vermute es nicht, ich weiß es. Auch wenn mir der verdammte Geoffrey Lushington nicht glauben wollte.«

»Interessant. Sie haben ihm also von den Fledermäusen erzählt?«

»Er sagte, mit Einzelfällen könne er sich nicht befassen. Als Vorsitzender des Ausschusses müsse er neutral sein. Ich widersprach ihm mit aller Gewalt. Dieses Feld ist der letzte Rückzugsort, der den Tieren in dieser Stadt bleibt. Es lag in seiner Pflicht, die Baupläne zu stoppen.«

»Sie widersprachen ihm ›mit aller Gewalt‹?«, fragte Suzie.

»So rede ich eben. Ich wollte ihm nichts antun, aber der Bauunternehmer verstieß gegen alle Vorschriften, irgendjemand musste ihn aufhalten.«

»Sie meinen Ian Maloney?«

»Genau.«

»Was tat er genau?«

»Kam hier mit seiner Schaufel an. Um Orchideen und andere seltene Pflanzen auszugraben. Der Idiot. Ich kenne jeden Zentimeter dieses Felds, da gibt es nur Gras und die üblichen Blumen. Aber er weiß, dass eine seltene Pflanze das ganze Bauprojekt zum Stillstand bringen würde. Aber ich habe ihn weggejagt, das war schon mal etwas.«

»Was ist passiert?«

»Ich habe ihm gesagt, er soll das Feld verlassen. Und zwar sehr deutlich.«

»Mit aller Gewalt?«, fragte Judith unschuldig.

Alec schmunzelte.

»Könnte man so sagen. Ich hatte eine Kamera dabei, also sagte ich ihm, ich würde ein Foto machen, wenn er seine Schaufel noch ein einziges Mal in den Boden rammt. Aber der Mann ist gefährlich. Das sieht man ihm an. Er kam auf mich zu und sagte, die Häuser würden gebaut, ob es mir gefalle oder nicht. Er habe den Ausschussvorsitzenden in der Tasche. So hat er sich ausgedrückt. In der Tasche. Was ich davon halten würde? Dann drehte er sich um und stapfte davon. Deshalb war ich so wütend, als ich mich mit Geoffrey traf. Ich kenne ihn schon seit Jahren. Habe ihn immer gemocht. Das dachte ich zumindest. Aber wenn er sich auf dubiose Deals mit Typen wie Ian Maloney einlässt, muss ihm jemand die Leviten lesen. Deshalb war ich bei unserem Treffen etwas aggressiv.«

»Wie hat Geoffrey darauf reagiert?«

»Er wusste nicht, was er davon halten sollte. Sicher hat ihm seit Jahren niemand mehr die Meinung gesagt. Das passiert wohl, wenn man Bürgermeister ist und einem alle die Füße küssen. Aber ich nicht, würde ich bei niemandem machen«, ergänzte Alec stolz.

»Was geschah, als Sie ihm die dubiosen Deals vorwarfen?«, fragte Suzie.

»Er regte sich sehr auf. Wie ich so etwas von ihm behaupten könne – Sie wissen schon, der ganze Kram. Aber wenn Sie mich fragen, war er nur wütend, weil ich ihn erwischt hatte. Er war schuldig, er wollte etwas verstecken. Da war ich mir sicher.«

Judith nahm den Brief an Geoffrey aus ihrer Handtasche.

»Sie sollten wissen, dass Geoffrey das Umweltamt bat, Wiley's Field auf Bechsteinfledermäuse zu untersuchen.«

Alec stützte sich am Türrahmen ab.

»W-was?«, stammelte er.

»Geoffrey ist Ihrer Bitte tatsächlich nachgekommen.«

»Er meinte, das könne er nicht«, sagte Alec aufgeregt. »Weil er keine Befugnis habe!«

Judith reichte ihm den Brief. Alec sank in sich zusammen.

»Ist das ein Problem?«, fragte Becks, die Alecs Reaktion genauso überraschte wie ihre Freundinnen.

»Er sagte zu mir, der Stadtrat habe kein Budget für irgendeine Form von Sondergutachten«, sagte Alec und versuchte zu begreifen, was er da las.

»Anscheinend wollte er die 3000 Pfund für das Gutachten selbst zahlen«, sagte Becks. »Das sind doch gute Nachrichten, oder? Das Bauvorhaben wird nicht realisiert.«

Alec sagte nichts – eine Reaktion, die bei Judith große Rätsel aufwarf. Warum war er nicht zufrieden? Sie suchte nach möglichen Gründen und stellte dann eine Frage, die sie ihm noch nicht gestellt hatten.

»Wo waren Sie am Abend von Geoffreys Tod?«, fragte Judith.

»Was?«

»Wir wissen, dass Sie nicht bei der Ausschusssitzung waren. Wo dann?«

»Im *Duke of Cambridge*«, sagte Alec, wenn auch nicht ganz überzeugt.

»Zu welcher Zeit?«

»Das weiß ich nicht. Normalerweise esse ich um halb acht und bin dann gegen acht im *Duke*. Oder kurz danach.«

»Um diese Zeit treffen Sie normalerweise im Pub ein?«

Alec zuckte mit den Schultern.

»War das auch an diesem Abend der Fall?«

»Ja. Sicher.«

Judith beschloss, auf eine andere Taktik umzusatteln.

»Sie leben allein hier oben?«

»Ganz genau.«

»Aber Sie verbringen jede Menge Zeit auf dem Feld und im Wald.«

»Natürlich. Es gibt nur eine Natur.«

»Also wissen Sie vermutlich alles über essbare Pflanzen und Pilze hier in der Gegend.«

Alec lächelte.

»Das weiß jedes Kind vom Land.«

»Und wissen Sie auch, wo Akonit wächst? Schließlich ist das eine Wildpflanze. Ich wette, es gibt sie hier in den Wäldern.«

»Es gibt ein paar davon im Wald direkt hinter Wiley's Field. Aber man findet Akonit überall. Unten am Higginson Park – in den Büschen gleich neben dem Hockeyclub. Wenn Sie wissen, wonach Sie suchen, finden Sie es immer.«

»Noch eine letzte Frage, und dann machen wir uns auf den Weg«, sagte Judith. »Hat Ihr Festnetztelefon einen Anrufbeantworter?«

»Was für eine Frage ist das denn?«

»Wie wäre es, wenn Sie einfach mit Ja oder Nein antworten, und dann erkläre ich Ihnen, was für eine Frage das ist.«

»In Ordnung. Klar, ich habe einen Anrufbeantworter. Na und?«

»Das ist höchst interessant, dieses eine Puzzleteil hat mir noch gefehlt. Wie Ihr Anruf funktioniert hat. Aber die Lösung haben Sie mir netterweise gerade geliefert.«

»Sie sprechen in Rätseln.«

»Wie wäre es dann mit einer Geschichte? Schließlich haben wir uns abgemüht, um herauszufinden, wie der Mörder Geoffreys Kaffeekapsel mit dem Gift versetzen konnte. Sicher ist nur, dass Akonit in der Kapsel gefunden wurde. Einer Kapsel, die von jemandem bereitgelegt wurde, der an diesem Abend in der Küche arbeitete.«

»Ich sagte Ihnen doch, eine Frau hat mich angerufen, weil die Sitzung angeblich abgesagt worden sei. Diese Sophia.«

»Allerdings, wenn ich mich recht erinnere – und das tue ich –, identifizierten Sie Sophia erst, als wir Ihnen einen Ausschnitt des Podcasts vorgespielt und den Namen genannt haben. Die Polizeiunterlagen geben nur an, dass *irgendjemand* Sie an diesem Morgen aus dem Rathaus anrief und der Anruf 37 Sekunden dauerte. Es wäre für Sie ein Leichtes gewesen, ins Rathaus zu schleichen und das Kabel der Überwachungskamera zu durchtrennen, die das öffentliche Telefon filmt. Und dann dieses Telefon zu nutzen, um Ihre Festnetznummer anzurufen. Ihr Anrufbeantworter geht ran, und Sie bleiben lange genug in der Leitung, um ein kurzes Gespräch vorzutäuschen. Genau 37 Sekunden lang, wie es der Zufall will. Dann legen Sie auf. Und dann müssen Sie sich nur noch verkleiden.«

»Worüber reden Sie?«

»Es gibt genug Kostümgeschäfte, in denen Sie eine blonde Perücke und einen falschen Ziegenbart kaufen können.«

»Ich war an diesem Abend im *Duke of Cambridge*.«

»Ich glaube Ihnen nicht. Sie können Ihre ganze Landei-Show sein lassen. Ihr Plan war ziemlich clever, wenn Sie mich fragen. Schließlich standen am Abend von Geoffreys Tod Tee und Kaffee bereit wie immer. Niemand fiel ein Unterschied zwischen Ihrer Arbeit und der des blonden Mannes auf. Wäre die logische Schlussfolgerung dann nicht, dass Sie in der Küche gearbeitet haben? Allerdings verkleidet.«

»Warum sollte ich das tun?«

»Damit niemandem auffällt, dass Sie es waren, der Geoffrey umgebracht hat.«

»Aber mit Geoffrey hatte ich doch gar kein Problem! Na ja, vielleicht doch, das gebe ich zu, aber er war nicht derjenige, der das Feld zerstören wollte. Das war Ian Maloney. Wäre Ian gestorben, hätte es Sinn, dass ich dahinterstecke. Ich hasse alles, was er dieser Stadt antut. Aber womit hätte Geoffrey mir je einen Grund gegeben, ihn umzubringen?«

»Sie dachten, Ian Maloney hat Geoffrey in der Tasche. Sie gingen davon aus, dass er den Plan für Wiley's Field abnicken würde. Und dann würde Ihr kostbares Feld plattgemacht, neben dem Sie schon wohnen, ›seit Sie ein kleiner Junge sind‹, und das Ihnen so viel Freude bereitet.«

»Sie legen mir die Worte in den Mund. Nichts davon ist

jemals geschehen«, sagte Alec wütend, ehe er den Brief in Judiths Hand drückte und die Tür hinter sich zuschmiss.

»Mr Miller!«, rief ihm Judith hinterher.

Die Frauen brauchten einen Augenblick, um sich zu erholen.

»Wow«, sagte Becks. »Wie bist du darauf gekommen, dass er sich selbst angerufen haben könnte?«

»Ehrlich gesagt war das eine spontane Eingebung.«

»Beeindruckend.«

Sie stiegen in den Transporter ein.

»Also, was denken wir? Ist er unser Mörder?«, fragte Suzie.

»Ich weiß nicht«, sagte Becks. »Ist er wirklich schlau genug, um sich einen Plan auszudenken, bei dem er sich selbst spielt?«

»Bestimmt, wenn er verzweifelt genug war«, sagte Suzie.

»Aber du hast auch gesagt, unser Mörder sei durchschnittlich groß. Und Alec ist sehr groß, oder nicht?«

»Du hast recht. Er kann nicht der blonde Mann in der Teeküche gewesen sein, er ist viel zu groß.«

»Bist du dir sicher?«, fragte Judith.

»Absolut.«

»Dann können wir es vergessen. Aber mir fällt noch jemand ein, der genauso wütend geworden wäre, wenn er von Geoffreys Brief an das Umweltamt erfahren hatte. Und wir wissen schon, wie gewaltbereit dieser Mann ist.«

»Du meinst Ian Maloney«, sagte Suzie.

»Und dann fällt mir noch ein, dass er offensichtlich blond und durchschnittlich gebaut ist.«

»Aber wie können wir ihn finden?«, fragte Becks. »Das ist unmöglich, wie wir schon beim letzten Mal bemerkt haben.«

»Aber Marcus Percival hat uns erzählt, dass Ians Firma neue Häuser unten am Rugbyclub baut.«

»Und?«, fragte Suzie.

»Und deshalb weiß ich *genau*, wie wir ihn aus seinem Versteck locken können.«

KAPITEL 32

Ian Maloneys Vorarbeiter war ein stämmiger Schlägertyp, der mit vierzehn Jahren ins Baugewerbe eingestiegen und immer weiter aufgestiegen war, weil er taffer war als alle anderen. An diesem Tag jedoch verlor er die Fassung. Er war richtiggehend durcheinander. Ein glänzender, limettengrüner Sportwagen hielt vor der Baustelle, und Ian Maloney stieg aus.

»Du weißt nicht, was du tun sollst? Was meinst du damit?«, bellte Ian.

»Boss«, sagte der Mann, »ich habe schon einiges für Sie getan – Sie wissen genau, was ich meine –, aber hier weiß ich nicht weiter.«

»Na dann los, wo sind sie?«

Der Mann führte ihn zu einem Bagger von JCB, der im Leerlauf schwarzen Rauch ausspuckte.

Davor lag Judith Potts.

Becks und Suzie standen daneben und filmten die Geschehnisse mit ihren Handys.

»Was ist hier verdammt noch mal los?«, rief Ian, während Becks und Suzie mit den Kameras auf ihn hielten.

»Ach, da sind Sie ja!«, sagte Judith vom Boden aus.

»Sie schon wieder?«, fragte Ian verächtlich.

»Ich kann genau dasselbe über Sie sagen«, erklärte Judith selbstzufrieden.

»Wenn Sie meine Angestellten noch weiter von der Arbeit abhalten, wird das ein Nachspiel haben.«

»Oh, keine Sorge. Sie sind jetzt da, da kann ich Platz machen.«

»Dann tun Sie das.«

Judith bewegte sich nicht.

»Becks?«, rief sie schließlich. »Suzie?«

Becks und Suzie verstanden, dass ihre Freundin leider stecken geblieben war, und halfen ihr auf.

Judith gab ein »Uff« von sich und klopfte sich den Staub ab. Ian betrachtete sie und ihre Freundinnen weiterhin nur voller Verachtung.

»Ich muss zugeben«, sagte Becks, um die Situation zu entschärfen, »diese Häuser werden sicher sehr schön.«

Ian starrte sie an.

»Wenn sie fertig sind, meine ich.«

»Mich überrascht es, dass der Rugbyclub solche Bauvorhaben auf seinem Grundstück zulässt«, sagte Suzie.

Sie zeigte auf das Schild des Rugbyclubs gleich neben der Baustelle, auf der anderen Seite des Parkplatzes sah man das einstöckige Clubhaus.

»Das ist noch gar nichts«, sagte Ian. »Sie haben hektarweise Land, das sie verkaufen können.«

»Verstehe«, sagte Judith. »Wenn diese Häuser anständig werden, lässt Sie der Club vielleicht noch an anderen Stellen bauen. Wer ist denn der Architekt?«

»Was ist das denn für eine Frage?«

»Sein oder ihr Name steht auf den Plänen, die Sie beim Stadtrat einreichen mussten, aber es wäre einfacher, wenn Sie uns den Namen einfach verraten.«

»Ich werde Ihnen nicht …«

»Ist es Jeremy Wessel?«

Ian blinzelte überrascht.

»Ich habe ihn nicht ausgesucht«, sagte er. »Sondern der Rugbyclub. Er hat bereits für den Club gearbeitet.«

»Kümmert sich Jeremy auch um Ihr Bauprojekt auf Wiley's Field?«

»Warum wollen Sie das wissen?«

»Ich will verstehen, wie weit Ihre Fühler reichen. Leider scheint es eine Person zu geben, bei der sich viele Bereiche von Geoffreys Leben überlappen, und das sind Sie.«

»Mit ihm hatte ich nichts zu tun.«

»Obwohl er Ihren Bauplänen für Wiley's Field widersprach.«

»Herrgott noch mal!«, blaffte Ian. »Sie müssen runter von dieser Baustelle. Kommen Sie schon. Weg mit Ihnen.«

Mit vorgestreckten Armen schob er sie zurück zur Straße. Und begann zu erklären.

»Wie gesagt gibt es beim ersten Antrag immer Widerstand vom Stadtrat. Das bedeutet nicht, dass der verdammte Geoffrey Lushington etwas dagegen hatte.«

»Aber dieses Mal war da noch mehr, richtig? Er hat Ihnen erzählt, er würde das Feld auf Fledermäuse untersuchen lassen.«

Ian blieb wie angewurzelt stehen.

»Woher wissen Sie das?«

»Das Umweltamt hat eine Entscheidung getroffen«, sagte Judith und zog den Brief aus der Handtasche. »Sie stellen das Feld unter eine Schutzanordnung.«

»Das ist nicht möglich«, sagte Ian, entriss Judith den Brief und las ihn gierig. »Der Dreckskerl hat es wirklich durchgezogen!«

»Vielleicht sollten Sie uns erzählen, was passiert ist«, sagte Becks freundlich. »In Ihren Worten. Um die Dinge ins rechte Licht zu rücken.«

»Er hielt sich für den Größten«, sagte Ian, der seine Wut nicht länger zurückhalten konnte. »Dachte immer, er läge richtig. Er wollte keine Wohnsiedlung auf Wiley's Field haben. Das war's, Punkt. Irgendein alter Sack sagte, dort gebe es Fledermäuse – es gibt immer überall Scheißfledermäuse oder Molche. Ich meinte, Gott im Himmel, irgendwo müssen die Leute doch leben, und wir behaupten ernsthaft, ein bescheuerter Molch ist wichtiger als ein Mensch?«

»Also hat er Ihnen erzählt, dass er mit dem Umweltamt Kontakt aufnehmen würde?«

»Er konnte es kaum erwarten. Und er wollte die Kosten selbst übernehmen, so ein überhebliches Arschloch.«

»Und Sie wussten sicher schon von den Fledermäusen.«

»Was? Nein, wovon reden Sie?«

»Wir wissen, dass Sie sich selbst einen Eindruck von der Tierwelt auf Wiley's Field verschafft haben.«

»Mit einer Schaufel, um geschützte Pflanzen auszugraben«, ergänzte Suzie.

»Wir haben mit Alec Miller gesprochen«, erklärte Judith. »Der ›alte Sack‹, den Sie erwähnt haben.«

»Noch so einer von diesen verdammten Weltverbesserern. Und? Ich habe nichts gefunden, was das Bauprojekt hätte aufhalten können.«

»Das ist sicher nicht die ganze Wahrheit. Sie haben die Fledermäuse entweder entdeckt, oder Sie wussten von ihnen. Als Geoffrey von seinem Antrag auf ein Gutachten erzählte, war Ihnen klar, dass Ihr ganzes Projekt gelaufen ist. Ihr Lebenstraum, wie Sie bei unserem letzten Treffen gesagt haben – und eine beträchtliche Geldsumme –, sind den Bach runter. Und die Schuld lag bei Geoffrey. Also brachten Sie ihn um.«

Ian sagte nichts und kämpfte mit sich.

»Wie können Sie es wagen?«, zischte er schließlich.

»Sie konnten nicht anders. Er hat Ihre Pläne durchkreuzt, also mussten Sie sich rächen.«

»Das stimmt nicht!«, schrie Ian und ging einen Schritt nach vorn, um die Worte in Judiths Gesicht zu spucken. Sie zuckte zusammen, wich aber nicht zurück. Stattdessen hielt sie seinem Blick stand, während Ian schwer atmete wie ein Stier, der jeden Moment nach vorne preschen würde.

»Ich war froh, als er starb, das gebe ich zu«, sagte er. »Wollen Sie das hören? Er hat es verdient zu sterben. Weil er mir das angetan hat.«

»Sie wussten von den Fledermäusen«, sagte Judith.

»Ja, ich wusste von den beschissenen Fledermäusen«, sagte Ian. »Okay? Als er mir erzählt hat, er würde für das Gutachten zahlen, war mir sofort klar, dass er mein ganzes Projekt lahmgelegt hat. Aber denken Sie doch mal darüber nach: Was sollte es mir bringen, ihn zu ermorden? Das

Gutachten existiert trotzdem und besagt, dass dieses Vorhaben nicht weiterverfolgt wird. Mein Plan ist im Eimer, ganz egal, ob Geoffrey tot ist oder nicht.«

»Allerdings müssten Sie gewusst haben, dass er das Umweltamt bereits kontaktiert hatte. Aber bisher haben Sie uns nur erzählt, Geoffrey *würde* das Amt kontaktieren und *würde* die Kosten selbst tragen. Erst als Sie diesen Brief gesehen haben, wussten Sie, dass er es bereits getan hat, richtig? Als Sie den Brief gerade gesehen haben, sagten Sie: ›Der Dreckskerl hat es wirklich durchgezogen!‹ Sie waren genauso überrascht wie wir. Also haben Sie ein Motiv. Sie haben Geoffrey Lushington ermordet, um ihn davon abzuhalten, das Umweltamt zu kontaktieren.«

»Ach, das glauben Sie also?«, sagte Ian. »Dann sollten Sie wissen, dass ich an diesem Abend zur Jazz-Nacht im *British Legion* war.«

»Ach ja?«, spottete Suzie. Niemand sah weniger aus wie ein Besucher der örtlichen Jazz-Nacht. »Wer ist aufgetreten?«

»Ein Gitarrist. Ich mag Gitarrenmusik.«

»Und der hieß?«

»John Dunsterville, wird von allen ›Dusty‹ genannt.«

»Das klingt beinahe, als hätten Sie Ihre Antworten eingeübt.«

»Hören Sie sich doch um. Das Konzert ging gegen sieben los, hörte gegen zehn auf, und ich war die ganze Zeit im Club. Sie können noch so oft behaupten, dass ich der Mörder bin, wie Sie wollen, aber ich war an diesem Abend von Dutzenden Zeugen umgeben.«

Ian sah Judith fest in die Augen, und als sie nicht antwortete, drehte er sich um und ging wieder zur Baustelle und zu seinem Vorarbeiter.

»Und wo hätte ich überhaupt das ganze Akonit herbekommen sollen?«, rief er noch.

»Woher wissen Sie, dass Geoffrey mit Akonit umgebracht wurde?«, fragte Judith Ians Rücken.

»Alle wissen, dass es Akonit war«, sagte er, ohne anzuhalten.

»Was für ein widerlicher Typ«, sagte Becks.

»Absolut«, sagte Judith. »Und er hat eindeutig einen Grund, Geoffrey tot sehen zu wollen.«

»Er hätte sich ohne Probleme einen falschen Bart und eine Perücke aufsetzen können, um Geoffrey von der Küche aus zu vergiften«, sagte Suzie. »Er ist genauso groß wie der Mann, den ich an diesem Abend gesehen habe. Also hoffen wir, dass er lügt, was den Jazzclub angeht. Und wenn dem so ist, haben wir gerade den Mörder gefunden.«

KAPITEL 33

Nach nur wenigen Minuten in der Royal British Legion Hall fanden Judith und ihre Freundinnen heraus, dass Ian Maloney tatsächlich den ganzen Abend bei einem Jazzkonzert verbracht hatte. Eine der netten älteren Damen, eine sympathische Frau namens Penny, hatte sogar den ganzen Abend neben Ian gesessen. Er war nicht gegangen, außer um sich den ein oder anderen Drink zu holen. Dabei war er nie mehr als ein paar Minuten am Stück weg gewesen.

Die drei Freundinnen versuchten immer noch, diese Neuigkeiten zu verdauen, als sie vor ihrer behelfsmäßigen Ermittlungswand standen.

»Eine dieser Personen hat Geoffrey Lushington ermordet«, sagte Judith und zeigte auf die Karteikarten. »Aber wer? Und warum? Und wie?«

»Wie wäre es«, sagte Becks, »mit einer schönen Tasse Tee und ein paar Keksen? Dann können wir die Verdächtigen nacheinander durchgehen. Und haben vielleicht eine Eingebung.«

»Gute Idee«, sagte Suzie.

»Leider«, sagte Judith, »habe ich die Kekse aufgegessen, die du beim letzten Mal mitgebracht hast.«

»Keine Sorge«, sagte Becks und verließ den Raum. Einige

Minuten später trug sie ein Tablett mit einer Teekanne und Tassen sowie einem Teller Schokoladenkekse herein.

»Wo hast du die denn aufgetrieben?«, fragte Judith.

»Ich wusste, dass du die restlichen Kekse essen würdest, also habe ich eine Packung im Flügel versteckt«, sagte Becks und goss den Tee ein.

»Sehr gut mitgedacht«, sagte Judith.

»Danke dir. Sollen wir mit Marcus Percival anfangen, unserem sprücheklopfenden Makler?«

»Gute Idee«, sagte Suzie. »Er weiß, dass seine gesamte Karriere ruiniert ist, sollte die Welt herausfinden, wer hinter diesen Hasskommentaren auf Twitter steckt. Auch wenn ich es immer noch nicht glauben kann.«

»Ich schon«, sagte Judith. »Für meinen Geschmack war er immer zu glatt. Und er hätte ein Motiv, falls Geoffrey von seiner Geheimidentität wusste. Geoffrey war zu anständig, um diese Information für sich zu behalten. Und ich kann mir gut vorstellen, dass jemand wie Marcus morden würde, um seinen Ruf zu wahren, seinen Status, sein Geld. Aber war er es wirklich?«

»Ich weiß, worauf du hinauswillst«, sagte Suzie. »Ich hätte meine Fingerabdrücke nicht überall auf der Mordwaffe hinterlassen, wenn ich jemanden mit einem Zuckerwürfel vergiftet hätte.«

»Hat er Geoffrey vielleicht doch mit vergiftetem Kaffee ermordet?«, sagte Becks. »Er hätte die Kapsel bereitlegen können, als er sich seine Tasse Tee machte.«

»Aber warum sollte er dann das Weckglas verstecken?«, fragte Judith. »Das kriege ich einfach nicht zusammen. Also müssen wir wohl davon ausgehen, dass er nicht unser Hauptverdächtiger ist.«

»Aber das Gleiche gilt für Debbie Bell, oder?«, sagte Becks.

»Wie meinst du das?«, fragte Suzie.

»Wir konnten ihr zwar echte Straftaten nachweisen – für die Veruntreuung öffentlicher Gelder könnte man im Gefängnis landen –, aber sind unsicher, ob Geoffrey davon wusste. Genau wie bei Marcus.«

»Dave Butler gab ihm den Hinweis, dass *irgendjemand* Gelder unterschlägt«, sagte Suzie. »Und das ist schon Monate her. In dieser Zeit hätte Geoffrey problemlos herausfinden können, wer dahintersteckt. Wir haben nur einige Wochen gebraucht. Geoffrey sicher auch. Wir müssen es nur beweisen.«

»Ich weiß nicht recht«, sagte Judith. »Debbie lag richtig, Geoffrey wäre doch sofort zur Polizei gegangen, wenn er es herausgefunden hätte. Und das tat er nachweislich nicht.«

»Und wenn er es erst am Tag seiner Ermordung herausfand?«

»Er hätte die Polizei sofort informiert, wenn er sicher gewesen wäre, dass sein geliebter Stadtrat bestohlen wird.«

»Also ist Debbie entlastet, weil Geoffrey nichts von ihrem Betrug wusste?«, fragte Suzie.

»Es läuft nicht gerade gut«, sagte Becks.

»Und ich fürchte, für Jeremy Wessel gilt das Gleiche«, sagte Judith. »Er wirkt auf mich wie ein potenzieller Mörder, genau wie Marcus.«

»Er hat versucht, Marcus zu erpressen«, sagte Becks.

»Und wir können davon ausgehen, dass Geoffrey es wusste. Als er zu Jeremy sagte, er würde ihm ›ihn nicht wiedergeben‹, ging es um dieses Thema. Er meinte den Drohbrief an Marcus, den er einbehalten hatte.«

»Aber das sind doch gute Nachrichten«, sagte Suzie. »Das macht Jeremy zu unserem Hauptverdächtigen!«

»Und hier stoßen wir auf ein kleines Problem«, sagte Judith. »Du hast Jeremys Aussage bestätigt: Er war nie in die Nähe der Kaffeemaschine oder der Durchreiche, sondern setzte sich direkt auf seinen Platz. Und machte sich nicht an Geoffreys Tasse zu schaffen.«

»Das stimmt wohl«, sagte Suzie. »Geoffrey war die ganze Zeit außer Reichweite.«

»Also hatte er vielleicht ein Motiv für den Mord, aber keine Gelegenheit – er ist entlastet«, sagte Judith. »Marcus, Debbie und Jeremy, sie alle wollten Geoffrey aus guten Gründen tot sehen, aber wir können den Mord niemandem zu 100 Prozent anhängen.«

»Und wenn sie den Mord zu dritt begangen haben?«, fragte Becks.

»So wie die drei übereinander herziehen«, sagte Suzie, »kann ich mir nicht vorstellen, wie sie zusammenarbeiten sollen.«

»Dann bleibt nur Sophia De Castro«, sagte Becks. »Sie kam als Letzte – und wie Jeremy war sie nie in der Nähe von Geoffrey oder seinem Kaffee. Sie hätte ihn erst recht nicht ermorden können.«

»Japp«, sagte Suzie. »Sie war gerade erst angekommen, als Geoffrey starb. Und sie hat kein Motiv.«

»Also ist sie eindeutig entlastet«, sagte Becks zusammenfassend.

»Es war der blonde Typ in der Küche!«, sagte Suzie und nahm sich seine Karteikarte. »Wir haben ihn schon immer für den Mörder gehalten, er muss es gewesen sein!«

»Ich weiß, was du meinst«, sagte Judith. »Wenn er es nicht war, hatte er dort nichts zu suchen.«

»Wer ist er?«, sagte Suzie und ging einen Schritt zurück, um sich alle Karten an der Wand anzusehen. »Wir haben nur drei weitere Personen bei unseren Ermittlungen: Alec Miller, Ian Maloney und Dave Butler – und Dave können wir ausschließen, an seinem Körperbau ist nichts durchschnittlich. Also gibt es nur zwei potenzielle Täter.«

»Ian Maloney oder Alec Miller.«

»Und Alec Miller ist zu groß«, sagte Suzie.

»Dann muss es Ian Maloney gewesen sein!«, sagte Becks.

»Aber Ian Maloney hat ein Alibi«, sagte Judith. »Er war bei einem Jazzkonzert. Ich fasse also zusammen: Wir können uns nicht vorstellen, dass eines der Ausschussmitglieder Geoffrey ermordet hat. Und die drei Personen, die sich als blonde Servierkraft hätten ausgeben können, kommen ebenfalls nicht infrage, weil eine zu groß und eine zu breit ist, und die dritte hat zwar die passende Statur – sogar die passende Haarfarbe –, aber ein wasserdichtes Alibi.«

»Es läuft nicht sonderlich gut«, sagte Becks.

»Aber *irgendjemand* war an diesem Abend in der Küche«, sagte Suzie. »Wer war es?«

»Das ist die Millionenfrage«, sagte Becks, bevor sie laut

nieste. »Entschuldigt«, sagte sie und zog ein Taschentuch aus ihrer Handtasche. »Das kommt von all dem Staub.«

Becks deutete auf die Zeitungsstapel, die weiterhin die hintere Zimmerhälfte dominierten, und plötzlich fiel Suzie ein, worüber sie beim Aussortieren nachgedacht hatte.

»Ich könnte dir helfen, den ganzen Mist loszuwerden«, sagte sie zu Judith.

Sie verstand nicht.

»Wie bitte?«

»Natürlich geht es mich nichts an, und ich wollte mit diesen ganzen Nebenprojekten aufhören, wie du mir geraten hast – aber das klappt nicht. Ich muss mich immer irgendwie auf Trab halten. Mit einem Hobby. Und mein nächstes Projekt habe ich schon auf dem Schirm. Ich will mit dir beenden, was du vor über einem Jahr mit Becks angefangen hast. Wir sollten dir helfen, dieses Zimmer auszuräumen.«

»Das ist sehr nett von dir«, sagte Judith steif, »aber nein, danke.«

»Aber stell dir doch nur vor, wie großartig das wäre. Wir könnten es dir richtig nett machen. Den Rest dieses Zimmers entrümpeln, dann noch nebenan und eine Runde streichen.«

»Und einen neuen Teppichboden besorgen«, ergänzte Becks enthusiastisch.

Judith geriet in Panik. Sie wollte ihr Archiv nicht entsorgen. So viele Jahre hatte sie damit verbracht, diese Zeitungen zu sammeln. Das alles machte Judith aus – ihre Herkunft, ihre Geschichte –, und dies alles möglicherweise zu verlieren, jagte Judith Angst ein.

Aber die mitfühlenden Blicke ihrer Freundinnen versetzten ihr einen Stich, weil es der gleiche Blick war, mit dem die beiden Dave Butler angesehen hatten. Bei diesem Vergleich verlor Judith die Kraft. Ihr Archiv auszusortieren, konnte sie sich zwar noch nicht vorstellen, aber sie wollte Becks und Suzie auf halbem Weg entgegenkommen.

»Wisst ihr was … ich habe zugesagt, wir treffen uns zum Tee«, sagte sie.

»Wovon redest du?«, fragte Suzie.

»Von Matthew Cartwright.«

»Du hast dich bei ihm gemeldet?!«, sagte Becks begeistert.

»Ich habe ihm einen Brief geschrieben.«

»Und was genau hast du geschrieben?«

»Dass er mir in Erinnerung geblieben ist. Ich habe versucht, so sachlich wie möglich zu bleiben. Aber ich habe meine Telefonnummer ans Ende des Briefes gesetzt. Und dann rief er mich an.«

»Du hast mit ihm gesprochen?«, sagte Suzie entzückt. »Wie war er?«

»Ich habe ihn nicht erkannt, wenn ich ganz ehrlich bin. Ich weiß nicht, was ich erwartet habe, aber definitiv nicht diese tiefe, raue Stimme.«

»War er nett?«, fragte Becks.

»Er war höflich. Aber er hat mir auch erzählt, wie viel Geld er hat. Natürlich nicht direkt, sondern in anderen Worten. Er hat eine Wohnung in Bordeaux, würde mich mit seinem kleinen Jaguar besuchen kommen, solche Dinge eben.«

»Klingt für mich, als wollte er dir klarmachen, dass er kein Nichtsnutz ist.«

»Ich weiß nicht.«

»Kommt er dich besuchen?«, fragte Suzie.

»Ich wusste, dass ich mit meiner Antwort den ersten Dominostein umschmeiße. Es gibt immer noch mehr Dominosteine.«

»Aber das sind doch wunderbare Neuigkeiten!«, sagte Becks.

»Klingt nicht so, als wäre er dir sympathisch«, analysierte Suzie scharf.

»Nein, das ist es nicht einmal«, sagte Judith und versuchte, ihre Gedanken zu sortieren. »Er schien nett und interessiert. Er war ganz begeistert davon, dass ich Kreuzworträtsel erstelle – er hat ein sehr attraktives Lachen und meinte, ich sei die schlaueste Person, die er je kennengelernt hat. Angst vor klugen Frauen hat er also auch nicht.«

»Gut«, sagte Suzie. »Und wann trefft ihr euch?«

»Nächsten Dienstag.«

»Nicht wahr!«, sagte Becks. »So bald?«

Judith nickte. Unsicher.

»Wie aufregend.«

»Ja, das ist es«, sagte Judith, auch wenn sie offensichtlich unsicherer war, als ihre Antwort vermuten ließ. »Allerdings«, fügte sie hinzu, »will ich ihn nicht treffen.«

Suzie und Becks hatten keine Antwort parat.

»Okay«, sagte Suzie und versuchte sich an einer Zusammenfassung. »Du willst keine reichen Männer treffen, die sich mit dir verabreden wollen. Und du willst deine Zimmer voller Mist nicht entrümpeln.«

»Mir gefällt mein Leben sehr gut«, sagte Judith. »Ich tue

genau das, was ich will, ich habe tolle Freundinnen und einen erfüllenden Beruf. Warum sollte ich irgendetwas ändern?«

»Fühlst du dich nicht …?«, begann Becks, brachte es aber nicht übers Herz fortzufahren.

»Einsam?«, fragte Judith. »Manchmal, schätze ich. Aber nicht oft. Manchmal werde ich wehmütig. Aber das geht vorbei, und ansonsten bin ich glücklich. Vielleicht bin ich einfach egoistisch?«

»Oder vielleicht hast du recht«, erklärte Becks. »Du hast dir dein Leben so eingerichtet, wie du möchtest.«

»Genau. Alles ist ›genau richtig‹, warum sollte ich das riskieren?«

»Dann sag ihm ab«, sagte Suzie.

»Er ist für ein paar Tage in China. Besucht Freunde. Er meint, er fahre am Dienstag direkt vom Flughafen Heathrow hierher. So kurzfristig kann ich ihm nicht absagen.«

»Dann triff dich auf eine Tasse Tee mit ihm«, sagte Becks. »Was kann da schon schiefgehen? Du kannst ihm mit deinen Geschichten über dein Leben mit Mördern, Kreuzworträtseln und einer Villa am Fluss verzaubern.«

»Macht es euch etwas aus, wenn wir das Thema wechseln?«

»Natürlich nicht«, sagte Becks. »Wenn dir das lieber ist. Worüber möchtest du stattdessen sprechen?«

»Mord«, sagte Judith und wandte sich zur behelfsmäßigen Ermittlungswand. »Gerade fällt mir ein – da wir alle anderen ausgeschlossen haben –, dass es noch jemanden gibt, den wir bisher nicht bedacht haben.«

»Wen?«, fragte Becks.

»Paul De Castro.«

»Aber er kann es nicht sein«, sagte Suzie. »Er hat ein Alibi. Er war im Kino.«

»Aber war er das wirklich?«

»Laut Tanika schon.«

»Wenn ich mich recht erinnere, blieb er den Kinoangestellten im Gedächtnis, weil er sein Popcorn verschüttete.«

»Genau«, sagte Becks. »Er hat sie dazu gezwungen, ihm eine neue Portion umsonst zu geben.«

»Das wirkt doch, als hätte er Aufmerksamkeit gesucht – als wollte er unbedingt auffallen. Wenn es im Saal dunkel ist, kann man ihn problemlos verlassen und verkleidet ins Rathaus gehen, Tee und Kaffee vorbereiten, um Geoffrey zu vergiften, dann die Verkleidung ablegen und sich in den Kinosaal schleichen, ehe der Film vorbei ist. Wem würde überhaupt auffallen, dass man weg war? Und eine Eigenschaft von Paul De Castro ist nicht zu übersehen. Als Geschäftsführer einer Vermögensverwaltung muss er sehr raffiniert sein.«

»Und das hier ist ein sehr raffinierter Mord«, sagte Suzie.

»Außerdem gibt es da noch etwas, das ihn zum potenziellen Verdächtigen macht. Er ist durchschnittlich gebaut. Ich glaube, wir sollten mit ihm reden.«

KAPITEL 34

Am nächsten Morgen trafen sich Judith und ihre Freundinnen vor dem Büro von *Marlow Wealth Management*.

»Wie hast du so schnell einen Termin bei ihm bekommen?«, fragte Becks.

»Ich habe behauptet, ich hätte eine große Geldsumme, die Mr De Castro für mich investieren solle«, sagte Judith.

Am Empfang erklärte ihnen ein junger Mann, Mr De Castro sei gleich für sie da. Nachdem sie im Wartebereich Platz genommen hatten, kam Debbie Bell aus den Büroräumen.

»Was machen Sie hier?«, fragte sie besorgt.

»Wir möchten mit Ihrem Chef sprechen«, sagte Suzie.

»Paul kommt nicht vor 10 Uhr ins Büro«, sagte Debbie und sah auf ihre Armbanduhr am rechten Handgelenk.

»Wir haben Bescheid gegeben«, sagte Becks. »Er kommt heute früher.«

»Aber warum wollen Sie ihn treffen?« Debbie ging einen Schritt auf die drei Frauen zu und flüsterte: »Geht es um mich?«

»Mit Ihnen hat das nichts zu tun«, sagte Becks.

»Ich habe nämlich überlegt – wie wäre es, wenn ich das Geld zurückgebe?«

»Das Sie dem Stadtrat entwendet haben?«, fragte Judith,

und Debbie sah nach, ob der Empfangsmitarbeiter sie belauschte. Er telefonierte mit einem Kunden.

»Es war ein Buchungsfehler«, sagte Debbie verzweifelt.

»Das wird wohl nicht durchgehen.«

»Aber es war doch nicht viel!«, jammerte Debbie. »Ich brauchte ärztliche Hilfe, warum verdiene ich denn nicht das Gleiche wie alle anderen!«

Dieser plötzliche und intensive Gefühlsausbruch überraschte Judith, doch dann verstand sie, dass Debbie in ihrem Beruf von unermesslichem Reichtum umgeben war. Es musste schwer sein, tagtäglich für die Reichen zu arbeiten, während man sich selbst nur Röcke mit ausgefranstem Saum leisten konnte.

Und noch etwas ließ Judith innehalten. In ihre Gedanken schlich sich das nagende Gefühl, dass sie gerade eine wichtige Information erhalten hatte. Es war ein altbekanntes Kribbeln – beinahe, als hätte sie ein wunderbares Anagramm entdeckt. Aber was war der Auslöser für dieses Gefühl? Judith ging ihr Gespräch gedanklich durch, um den Augenblick ausfindig zu machen, in dem ihr unterbewusster Radar angeschlagen hatte, doch der Empfangsmitarbeiter unterbrach sie.

»Mr De Castro ist jetzt bereit für Sie«, sagte er.

»Ich glaube, es wird nicht helfen, das Geld zurückzuzahlen«, flüsterte Becks zu Debbie, und Judiths Konzentration wandte sich wieder dem Wartebereich zu. Sie würde diesem Gedanken später nachgehen müssen.

Becks fuhr fort: »Sie haben Ihr Vergehen seither jedes Jahr wiederholt. Das kann niemand als Buchungsfehler durchgehen lassen. Am besten legen Sie ein vollständiges Geständnis bei der Polizei ab. Die wird nachsichtiger sein, wenn Sie sich freiwillig stellen.«

»Man wird mir die Zulassung entziehen, und ich werde nicht mehr arbeiten können – ich habe doch nur meine Arbeit!«

»Die Damen?«, rief der Empfangsmitarbeiter noch einmal.

»Ja, natürlich«, sagte Judith. »Wir sind schon unterwegs.«

Sie folgten ihm, und Judith warf einen Blick zurück zu Debbie. Sie hatte sich auf einen der Sessel fallen lassen, unter ein gerahmtes Foto eines leuchtend roten Sportwagens. Sie hielt den Kopf in den Händen, ihre Schultern bebten. Sie weinte. Doch Judith wehrte sich gegen ihr aufkommendes Mitleid. Debbie war eine Betrügerin, ganz einfach – und Judith hatte nur wenig Mitgefühl für jemanden, der seine Taten erst bereute, nachdem er erwischt worden war.

Judith folgte ihren Freundinnen und dem Empfangsmitarbeiter durch das große, holzgetäfelte Büro mit weichem Teppichboden und einem halben Dutzend Schreibtischen aus Massivholz, an denen junge Menschen mit schicken dunklen Anzügen und ordentlichen Frisuren arbeiteten. Sie erreichten eine schwere Holztür, an die der Empfangsmitarbeiter klopfte, auf ein ruppiges »Kommen Sie rein« wartete und ihnen dann die Tür öffnete.

Paul De Castro saß an seinem Schreibtisch und presste die Handflächen auf die Tischplatte, als wolle er jeden Moment aufspringen.

»Ich habe nicht viel Zeit«, sagte er, ohne dem Empfangsmitarbeiter zu danken, der die Tür leise hinter sich zuzog.

»Dann lassen wir das ganze Theater doch sein«, sagte Judith.

»Wir sind von der Polizei«, sagte Suzie und hielt ihren Ausweis hoch. »Und wir haben ein paar Fragen.«

Paul lachte. Dass drei Frauen, alle mittleren Alters oder älter, ihn befragen sollten, leuchtete ihm nicht ein.

»Wir ermitteln im Mordfall Geoffrey Lushington«, sagte Judith.

»Ja, ganz bestimmt«, sagte Paul und riss Suzie den Ausweis aus der Hand.

Suzie hatte nicht einmal ausweichen können.

»Dann schauen wir mal«, sagte Paul und setzte sich ein schlankes Bluetooth-Headset auf. Judith sah, wie unendlich stolz er auf sein Hightech-Handy war. Er drückte auf seinen Ohrstöpsel und las wichtigtuerisch die Telefonnummer des Polizeireviers von Suzies Ausweis ab.

Während der Anruf verbunden wurde, fiel Judiths Blick auf die zahlreichen Fotos an der Wand, auf denen Paul im Smoking bei diversen Abendveranstaltungen zu sehen war. Auf einigen rauchte er Zigarre mit Männern in seinem Alter, auf anderen hatte er den Arm um schöne, junge Frauen gelegt. Er hielt sich eindeutig für einen Lebemann.

»Hey«, sagte Paul in sein Headset. »Ich habe hier drei Frauen, die mit gefälschten Ausweisen durch Marlow rennen – ich dachte, das sollten Sie wissen.«

Nachdem er die Nummer auf der Karte vorgelesen und ihm die Person am anderen Ende der Leitung erklärt hatte, dass Suzie Harris tatsächlich als zivile Beraterin für die Polizei arbeitete und er sich kooperativ zeigen sollte, war die

Überraschung bei Paul groß. Er tippte aggressiv auf seinen Ohrstöpsel, um das Telefonat zu beenden, und ließ das Schlüsselband auf den Tisch fallen.

Suzie legte es sich sorgfältig wieder um.

»Dieses Land geht vor die Hunde«, sagte Paul.

»Da sind wir uns sicher einig«, sagte Judith und sah ihr Gegenüber direkt an. »Und natürlich ist Ihre Zeit wertvoll, Mr De Castro, aber alles ginge auch für Sie schneller, wenn Sie uns einfach ein paar Fragen beantworteten.«

Paul spannte den Kiefer an.

»Wie haben Sie Ihre Frau kennengelernt?«, fragte Becks, die wie immer richtig erkannte, dass sie die Stimmung auflockern mussten.

»Was geht Sie das an?«

»Uns nichts«, sagte Suzie und hielt ihr Schlüsselband hoch. »Sondern die Polizei.«

»Mein Gott!«, sagte er und fuhr sich durch sein dunkles Haar. »Wir haben uns bei einer Dinnerparty kennengelernt. Okay?«

»Und weiter«, sagte Becks.

»Das war vor zehn Jahren. Kurz davor hatte ich mich scheiden lassen, und am anderen Ende des Tisches saß diese junge Frau – wohl die schönste Frau, die ich je gesehen habe, also beschloss ich, dass ich sie haben musste. Das war es schon.«

»Sie ›mussten sie haben‹?«, fragte Judith in ihrer besten Imitation von Lady Bracknell.

»Ich kriege immer, was ich will.«

»Immer?«

»Ich habe Sophia gekriegt, oder nicht?«, sagte er schmunzelnd.

»Und wie läuft es bei Ihnen beiden?«, fragte Suzie.

»Toll«, sagte Paul.

»Mehr haben Sie über Ihre Beziehung nicht zu sagen?«, fragte Judith.

Paul zuckte mit den Schultern.

»Ich verstehe das nicht«, sagte Suzie. »Sie sind so … welches Wort suche ich?«, fragte sie ihre Freundinnen.

»Erfolgreich?«, bot Becks an, auch wenn sie wusste, dass Suzie etwas sehr viel Derberes suchte.

»Okay – erfolgreich«, sagte Suzie. »So reich – Sie führen dieses Unternehmen, leben in einem großen Haus am Fluss – nach Ihnen die Sintflut. Aber Ihre Frau steht auf Pflanzen und Wellness und Yoga und dieses ganze Zeug.«

»Das ist eben was für Frauen.«

»Und wie geht es Ihnen damit, dass eine Frau Sie des Mordes bezichtigt?«, fragte Judith.

Paul verstand die Frage nicht.

»Welchen Film haben Sie sich angesehen, als Geoffrey Lushington starb?«

»Das habe ich alles bereits mit der Polizei besprochen.«

»Wie hieß der Film?«

»Irgendeiner dieser Superheldenstreifen.«

»Sie schauen sich alleine Superheldenfilme im Kino an?«

»Normalerweise nicht, aber Spider-Man mochte ich schon immer, und im Everyman-Kino in Gerrards Cross lief der neueste. Den kannte ich noch nicht.«

»Wie hieß der Film?«

»*Spider-Man: No Way Home.* Ist das hier eine Prüfung oder was?«

»Oh Gott«, sagte Becks, beherrschte sich dann aber.

»Kennst du den Film?«, fragte Judith Becks überrascht.

»Um Himmels willen, nein. Aber ich weiß, dass Sam und seine Freunde ihn angesehen haben. Ich musste sie vom Kino abholen. Sie haben den ganzen Heimweg lang darüber gesprochen. Angeblich waren alle Schauspieler, die Spider-Man früher verkörpert haben, gleichzeitig zu sehen. Irgendetwas von wegen Multiverse – ich habe nur Bahnhof verstanden.«

»Das war toll«, sagte Paul.

»Auch wenn sie ewig darüber diskutiert haben, wie traurig es ist, dass Dr Octopus nicht mitgespielt hat. Obwohl doch alle anderen Bösewichte wieder dabei waren.«

»Da haben sie recht«, sagte Paul. »Das dachte ich mir auch.«

»Ach ja?«, fragte Becks.

»Ja, habe ich doch gesagt.«

»Warten Sie, Entschuldigung, ich habe mich geirrt«, sagte Becks und lächelte eiskalt. »Sie sagten, wie *sehr* es ihnen gefallen habe, dass Dr Octopus mit dabei war.«

Pauls Gesicht erstarrte, und Judith strahlte vor Freude.

»An diese Figur erinnern Sie sich nicht?«, fragte Judith.

»Ich kann diesen Marvel-Filmen nicht immer im Detail folgen.«

»Aber er war der wichtige Bösewicht ganz am Ende«, sagte Becks. »Wollen Sie uns wirklich sagen, dass Sie sich nicht an ihn erinnern?«

»Ich bitte Sie. Vielleicht bin ich einfach eingenickt.«

»Mitten in der großen Kampfszene, die es am Ende solcher Filme immer gibt?«

»Das passiert eben, okay?«

Judith beschloss, dass sie genug von Paul hatte.

»Sie haben sich in letzter Zeit nichts in einem Kostümverleih geliehen, nehme ich an?«

»Was für eine Frage ist das denn?«

»Oder irgendwelche Perücken oder falsche Bärte online gekauft?«

»Damit ist dieses Meeting beendet.«

»Das entscheiden wir. Warum hat Ihre Frau Alec Miller angerufen?«

»Wer soll das bitte sein?«, fragte Paul scharf, aber sein Selbstbewusstsein schrumpfte merklich.

»Das wissen Sie nicht?«, fragte Judith, um Pauls Verteidigungsstrategien zu testen.

»Sagen Sie mir doch einfach, wer der verdammte Typ ist!«, spuckte er ihnen entgegen. Judith erriet den Grund für Pauls plötzliche Wut und beschloss, Salz in die Wunde zu streuen.

»Was würden Sie sagen, wenn ich Ihnen erzähle, dass er der Liebhaber Ihrer Frau ist?«

»Ich wusste es – diese undankbare Schlampe! Ich habe ihr alles gegeben. *Alles!* Und so zahlt sie es mir zurück?«

»Diese Vermutung hegen Sie wohl schon seit einer Weile?«

»Sie ist mir das ganze Jahr lang ausgewichen. Führte irgendetwas im Schilde. Das war mir klar. Vor ein paar Monaten kam ich zum Mittagessen nach Hause, und sie war nicht da. Auch nicht in ihrem bescheuerten Studio. Abends fragte ich sie, wie ihr Tag war, und sie sagte, sie sei den ganzen Tag zu Hause gewesen. Und als ich ihr erklärte, ich sei zum Mittagessen da gewesen und hätte sie nicht gesehen, blitzte etwas in ihren Augen auf …«

»Was war es?«, fragte Becks.

»Schuld. Nichts als Schuld. Da bin ich ihr an die Gurgel gegangen. Aber so richtig, habe verdammt noch mal verlangt, dass sie mir die Wahrheit erzählt, aber sie beharrte auf ihrer Geschichte – sagte immer wieder, sie sei den ganzen Tag zu Hause gewesen –, aber ich wusste, dass sie log.«

»Sie warfen ihr sicher vor, mit anderen Männern zu schlafen«, sagte Suzie mit Biss.

»Da haben Sie verdammt recht – als ich sie kennenlernte, war sie verheiratet, habe ich das erzählt? Als wir ein Paar wurden, hatte sie noch einen Ehemann, warum sollte sie nicht noch mal betrügen?«

»Und was hat sie dazu zu sagen?«

»Genau da wirkte sie besonders schuldig.«

»Also wissen Sie schon seit einer Weile von ihrer Affäre?«

»Das habe ich mir so zusammengereimt, aber ich wusste nicht, mit wem sie die Affäre hat. Jetzt schon.«

»Übrigens«, sagte Judith, »ist es nicht Alec Miller. Ich wollte Ihnen nur einen Namen zurufen und Ihre Reaktion sehen. Trotzdem stellt sich nun die Frage, mit wem sie eine Affäre hat.«

Paul stammelte verständnislos vor sich hin, und Judith ließ ihn schmoren. Sie sah sich die Fotos an der Wand genauer an. Paul und Sophia standen neben einer Frau Mitte siebzig, die ein Ballkleid mit irgendeinem Abzeichen und einem Schleifchen-Anstecker trug.

Da entdeckte Judith noch etwas, das ihr den Atem verschlug. Sie riss das Foto von der Wand.

»Hey!«, sagte Paul.

»Nicht jetzt«, sagte Judith und betrachtete das Foto genauer.

»Was hast du gefunden?«, fragte Suzie.

»Was fällt euch an diesem Foto auf?«, sagte Judith, die den Anblick immer noch zu verarbeiten versuchte.

Suzie runzelte die Stirn. »Ich weiß nicht.«

»Sophias Ohrringe.«

»Was ist damit?«

Judith griff in ihre Handtasche und zog den einzelnen Ohrring aus Geoffreys Schlafzimmer hervor.

Auf dem Foto trug Sophia denselben Ohrring.

»Mr De Castro«, sagte Judith und wandte sich wieder Paul zu. »Sie haben gerade gestanden, dass Ihre Frau im letzten Jahr vermutlich eine Affäre hatte.«

»Mit Ihnen rede ich nicht mehr.«

»Ich muss Sie etwas fragen, und es ist sehr wichtig, dass Sie sehr genau darüber nachdenken. Hat Ihre Frau zufälligerweise ein diamantförmiges Muttermal unter ihrer linken Brust?«

Die Frage brachte Paul außer Fassung.

»Woher um Himmels willen wissen Sie das?«

»Beantworten Sie einfach die Frage.«

»Ja. Ja, das hat sie.«

KAPITEL 35

»Ich finde es bewundernswert«, sagte Becks, als sie und ihre Freundinnen die Eingangstür zu *Marlow Wealth Management* hinter sich zuknallen ließen. »Eine Affäre mit einem Mann, der mindestens zwanzig Jahre älter sein muss.«

»Aber er sah aus wie ein Zwerg!«, sagte Suzie verständnislos.

»Du musst bedenken, was er zu bieten hatte«, sagte Becks. »Er war liebenswürdig, das sagen alle. Und rücksichtsvoll. Das sind attraktive Eigenschaften.«

»Entschuldigung«, sagte Suzie, »aber was verstehst du nicht an: ›Er sah aus wie ein Zwerg‹?«

»Vielleicht ist es wie bei Marilyn Monroe und Arthur Miller«, sagte Judith. »Wenn eine Frau wegen ihrer Schönheit verurteilt wird, findet sie wahrscheinlich andere Dinge als das Aussehen attraktiv.«

Als Judith und ihre Freundinnen bei Sophia eintrafen, ging sie nicht an die Tür und war auch nicht in ihrem Studio. Sie fanden Sophia schließlich im Giftgarten, wo sie winzige pinke Blüten abzupfte.

»Was wollen Sie?«, fragte sie und klopfte sich die dunkle Erde von den Knien.

»Sie haben uns angelogen«, sagte Judith. »Von Anfang an.«

»So etwas Schreckliches sagt man doch nicht. Wenn ich eines war, dann hilfreich.«

»Vor allem haben Sie gelogen, was das Muttermal unter Ihrer linken Brust angeht«, sagte Suzie. »Sie sind diejenige, die Geoffrey dieses anzügliche Bild geschickt hat.«

»Und das ist nicht sonderlich überraschend«, sagte Judith und zog den silbernen Ohrring aus ihrer Tasche, »weil Sie eine Affäre mit ihm hatten.«

»Nein, das stimmt nicht«, sagte Sophia.

»Dafür ist es jetzt zu spät«, sagte Becks. »Judith hat Ihren Ohrring in Geoffreys Schlafzimmer gefunden, und wir wissen, dass Sie ihm das aufreizende Foto geschickt haben.«

»Sie verstehen das nicht«, sagte Sophia.

»Warum erklären Sie es uns dann nicht?«, sagte Becks so sanft, dass Sophia weich wurde. Sie schien nicht zu wissen, wo sie anfangen sollte. Und dann sahen sie, wie ihre Unentschlossenheit verflog.

»Ich habe ihn geliebt«, sagte sie schlicht. »Ich habe ihn geliebt, aber er wollte mich nicht.«

»Wie bitte?«, fragte Suzie.

»Ich habe mich in ihn verliebt, damit haben Sie recht. Das hatte ich nie vorgehabt. Ich meine, warum würde man sich in jemanden wie Geoffrey verlieben?«

»Das frage ich mich auch«, sagte Suzie, ehe Becks ihr den Ellbogen in die Rippen stieß.

»Er war so alt und überhaupt nicht attraktiv.«

Dieses Mal reichte ein warnender Blick von Becks, um Suzie zuvorzukommen.

»Aber es geschah, als er mir bei dieser schrecklichen

Situation mit den Gräbern half. Vor vielen Jahren. Er weigerte sich, mir die Schuld zu geben. Er sagte, wenn irgendjemand einen Fehler gemacht hätte, dann sei er es gewesen. Schließlich habe er mir die Aufgabe übertragen, auch wenn ich nicht darum gebeten hätte. Und ich hätte mein Bestes gegeben. Das sagte er immer und immer wieder. Es zählte für ihn nur, dass ich mich der Aufgabe vollen Herzens angenommen hatte.

Ich verknallte mich ganz schrecklich in ihn. Körperlich anziehend fand ich ihn damals nicht, mich reizte eher die Idee. Die Vorstellung, dass jemand mich sah, sich um mich sorgte.«

»Er war wirklich ein Heiliger«, sagte Suzie.

»Allerdings«, stimmte Sophia zu. »Und mit der Zeit bemerkte ich, dass er nicht nur nett zu mir war, sondern zu allen. Er lebte für andere Menschen. Und irgendwann fiel mir auf, wie sehr ich mich auf unsere Ausschusssitzungen freute – viel mehr als angebracht. Das Ganze hat sich irgendwie eingeschlichen, ich weiß nicht recht, wie es genau passieren konnte.«

Sophia verlor sich in ihren Erinnerungen.

»Wir haben mit Ihrem Mann gesprochen«, sagte Becks als Hilfestellung.

»Dann wissen Sie, dass ich bei unserem letzten Gespräch nicht die ganze Wahrheit gesagt habe. Mein Privatleben läuft alles andere als ideal. Paul ist …« Sophia suchte eine passende Beschreibung für ihren Ehemann und scheiterte. »Bei ihm geht es immer ums Geben und Nehmen. Wenn er irgendetwas für mich tut, möchte er etwas dafür haben – und mich sieht er nur als Vorführobjekt. Ihm ist ganz egal, wen er da im Arm hat. Er würde sicher auch eine Hostess bezahlen, um ihn zu Veranstaltungen zu begleiten, solange sie hübsch ist und sich vorführen lässt.«

»Das tut mir sehr leid«, sagte Becks.

»Ich verstehe das nicht«, sagte Suzie. »Wieso haben wir einen Ohrring in Geoffreys Schlafzimmer gefunden, wenn Sie nicht mit ihm zusammen waren?«

»Wissen Sie, wie fixiert man auf etwas sein kann? Oder auf jemanden? So ging es mir eine ganze Weile. Letztes Jahr musste ich mir dann die Wahrheit eingestehen. Ich war besessen von Geoffrey. Aber ich wusste, dass ich ihn nicht haben konnte, was mich noch mehr quälte. Schlussendlich rückte ich damit heraus und gestand ihm meine Gefühle.«

»Wann war das?«, fragte Judith.

»Vor sechs Monaten. Ich lud ihn ein, als Paul nicht da war. Ließ mir irgendetwas einfallen von wegen, ich wolle ihn für meinen Podcast interviewen. Und sobald er hereinkam, küsste ich ihn – warf mich ihm entgegen wie ein Teenager, ich konnte nicht anders.«

Sophia hielt inne, und die drei Freundinnen ließen ihr Raum.

»Er schob mich beiseite«, sagte Sophia und stellte sich ihrer Scham. »Er hatte kein Interesse. Ich wusste nicht, was ich davon halten sollte. Ich bin es nicht gewohnt, dass Männer mich nicht attraktiv finden. Er erklärte, er sei überrascht und ›geschmeichelt‹ – so drückte er sich aus. Mein Interesse schmeichele ihm, aber er könne seine Frau nicht betrügen. Ich wusste nicht, was ich sagen sollte. Seine Frau ist tot, schon seit zwanzig Jahren! Und hier stand ich und bot mich an – einem Mann ohne familiäre Verpflichtungen –, ich riskierte doch alles, nicht er. Ich war diejenige, die wie eine Idiotin dastehen würde, wenn andere davon erfuhren. Ich war diejenige, die ihre Ehe riskierte – aber er wollte nichts davon wissen. Er schob mich weg und ging. Noch nie habe ich mich so gedemütigt gefühlt. Wie konnte er es wagen, mich abblitzen zu lassen? Ich konnte auf keinen Fall zur nächsten Ausschusssitzung gehen, nicht wenn er mir angeblich widerstehen konnte. Er musste wissen, wem er einen Korb verpasst hatte. Also ging ich nicht zur Sitzung, sondern zu ihm nach Hause.«

»Mit dem Schlüssel aus dem Vogelhäuschen«, sagte Judith.

»Genau – und dann ging ich hoch in sein Schlafzimmer. Und … legte mich auf sein Bett, in Unterwäsche. Dann machte ich das Foto. Ich schickte es ihm am Ende der Sitzung.«

»Jetzt verstehe ich!«, sagte Judith, die endlich eine Einsicht hatte. »*Deshalb* ließ Geoffrey neue Schlösser und eine teure Alarmanlage installieren. Weil Sie sich bei ihm eingeschlichen hatten.«

Beschämt sah Sophia zum Boden.

»Als er nach Hause kam, lag ich direkt vor ihm – bot mich ihm an! –, aber er raste vor Wut und sagte, ich sei respektlos und belästige ihn. Er sorgte dafür, dass ich mich anzog. Ich klaubte meine Klamotten zusammen wie die letzte Nutte.«

»Und dabei verloren Sie Ihren Ohrring«, sagte Judith.

»Ja!«

»Das muss so demütigend für Sie gewesen sein – dass er Sie rausschmiss.«

»Das war es, verdammt noch mal«, sagte Sophia, deren Scham sich in Wut verwandelt hatte.

»Weshalb Sie ihn umgebracht haben.«

»Was? Nein! Ich habe ihn geliebt!«

»Das glaube ich nicht. Sie waren besessen von ihm – dieses Wort haben Sie benutzt. Es war eine Obsession, nicht mehr und nicht weniger. Keine Liebe. Und als er Sie abwies, wurde Ihre Obsession zu Hass. Die Demütigung seiner Abfuhr, das war zu viel für Sie. Und wir sollten nicht vergessen, dass Sie sich in ganz Marlow am besten mit Giften auskennen. Außerdem wussten Sie, dass Geoffrey sich vor jeder Sitzung einen Kaffee machte. Sie konnten nicht riskieren, dass er irgendjemandem erzählte, wie Sie sich an ihn herangeschmissen hatten. Oder ihm ein aufreizendes Foto geschickt hatten. Stellen Sie sich nur vor, wie peinlich, wie demütigend das gewesen wäre. Paul würde Sie verlassen – und Sie Ihr bequemes Haus und Ihren perfekten Ruf verlieren.«

»Ich lag schon beim ersten Mal richtig, oder?«, fiel ihr Suzie ins Wort. »Bei der Sitzung war die Stimmung zwischen Ihnen und Geoffrey *tatsächlich* seltsam. Weil Sie wussten, dass Sie ihn gleich umbringen würden.«

»Das war ich nicht!«, schluchzte Sophia. »Sie mussen mir glauben, ich habe es nicht getan!« Doch in ihren Worten schwang noch etwas anderes mit. Sophias Schuldgefühle zerfraßen sie.

»Außerdem kam ich als Letzte zur Sitzung«, sagte sie.

»Geoffrey hatte sich schon einen Kaffee gemacht – er saß mit seiner Tasse am Tisch. Ich kam nie in seine Nähe.«

»Also war Ihnen aufgefallen, dass er sich einen Kaffee gemacht hatte?«, fragte Suzie.

»Natürlich fiel mir das auf – ich sah ihn zum ersten Mal, seitdem er mich rausgeschmissen hatte. Mir fiel alles auf. Deshalb verhielt ich mich komisch, weil es mir so peinlich war. Verstehen Sie das denn nicht? Ich gebe zu, dass ich Zugang zu Akonit habe, aber ich kann ihn unmöglich vergiftet haben.«

»Als wir das letzte Mal mit Ihnen sprachen, erklärten Sie, Sie seien wegen einem platten Reifen zu spät zur Sitzung gekommen. Weil Sie das Auto in die Werkstatt bringen mussten, um den Reifen zu wechseln.«

»Genauso ist es.«

»Wenn wir jetzt also bei *Platts* anrufen, wird man uns sagen, dass Sie Ihr Auto an diesem Abend in die Werkstatt brachten?«

»Natürlich. Ich habe nicht gelogen.«

Wieder hörten die Frauen zwar Sophias Worte, sahen jedoch nur ihren schuldbewussten Blick. Zum Glück wussten sie, wie sich Sophias Geschichte schnell überprüfen ließ.

* * *

Suzie fuhr sie direkt zu *Platts* im Zentrum von Marlow. Einige Nachfragen später hatten sie herausgefunden, dass Sophia am Abend von Geoffreys Tod tatsächlich ihr Auto in die Werkstatt gebracht und jemand namens Leonard sich darum gekümmert hatte. Leonard war ein eleganter junger Mann mit einem ordentlichen Schnauzbart – nicht gerade der Typ Mann, den die Frauen in einem dreckigen Blaumann in der Werkstatt erwartet hätten.

»Ja, ich erinnere mich an Mrs De Castro«, sagte er und wischte sich die Hände an einem dreckigen Handtuch ab. »Sie war ziemlich durcheinander. Angeblich sei sie zu spät dran für eine Sitzung, aber wenn Sie mich fragen, war das nicht alles. Sie war wirklich abgelenkt.«

»Und weshalb? Hatten Sie eine Vermutung?«

»Keine Ahnung. Wegen irgendetwas machte sie sich definitiv Sorgen. Als habe sie etwas auf dem Herzen.«

»Und was war mit dem Auto?«, fragte Suzie.

»Das war komisch. Sie sagte, der linke Vorderreifen habe ein Loch, und er war offensichtlich platt. Aber ich konnte kein Loch finden. Jemand hatte die Luft herausgelassen, das war alles.«

»Meinen Sie das ernst?«

»Der Reifen war völlig unbeschädigt.«

»Was haben Sie ihr gesagt?«

»Ich konnte ihr gar nichts sagen. Sobald sie das Auto abgegeben hatte, ging sie zu Fuß, weil sie angeblich irgendwo hin musste, und dann sah ich sie erst am nächsten Morgen wieder. Und auch diese Begegnung war komisch. Als sie ihr Auto abholte, tat sie ganz überrascht, dass ihr Reifen kein Loch hatte. Es fühlte sich nicht ganz richtig an. Beinahe falsch. Verstehen Sie, was ich meine?«

»Einen Augenblick«, sagte Judith. »Sie gab ihr Auto um 18:30 Uhr ab?«

»Genau.«

»Weil ihr Reifen scheinbar ein Loch hatte, auch wenn dem nicht so war – jemand hatte nur die Luft herausgelassen?«

»Genau. Die Reparatur hat vielleicht fünf Minuten gedauert.«

»Alles klar.«

Judith und ihre Freundinnen sahen sich an. Sie alle wussten, dass man von der Werkstatt nur zehn Minuten zu Fuß zum Rathaus brauchte. Warum hatte Sophia sie dann angelogen? Und was hatte sie in der Stunde getan, nachdem sie die Werkstatt verlassen hatte und bevor sie zu spät zur Ausschusssitzung gekommen war?

KAPITEL 36

»Sophia ist die Mörderin«, sagte Suzie, als sie wieder in den Transporter einstiegen. »Es war ihr Gift, Geoffrey hatte sie vor Kurzem abgewiesen, sie sagte Alec ab, vor dem Mord verschwand sie eine Stunde lang – und wir haben alle gesehen, wie verstört sie war. Sie hat sich sogar irgendwelche Geschichten über platte Reifen ausgedacht.«

»Aber wie kann sie Geoffrey ermordet haben?«, fragte Becks. »Schließlich hast du selbst gesagt, dass sie nie in seine Nähe kam.«

»Vielleicht ging es ihr genau darum?«, schlug Suzie vor. »Sie hat ihre Ankunft inszeniert, um den Eindruck zu hinterlassen, dass sie nicht die Mörderin sein könne.«

»Aber wenn sie nie in seiner Nähe war, ist das immer noch unmöglich«, sagte Becks.

»Das stimmt nicht ganz«, sagte Judith. »Du vergisst den blonden Mann in der Teeküche.«

»Ich verstehe nicht, wie er mit Sophia zusammenhängen soll«, sagte Suzie.

»Erklär es mir noch mal«, sagte Judith zu Suzie, »verschwand der Mann aus der Küche definitiv, bevor Sophia eintraf?«

»Oh ja. Er ging, kurz nachdem Geoffrey ankam. Er verschwand durch die Brandschutztür, das habe ich gesehen. Ich nahm an, er wolle weg, weil Jeremy anstrengend wurde und sich wegen der Kekse beschwerte.«

»Hervorragend!«, sagte Judith. »Also ging er, kurz nachdem Geoffrey eintraf. Und was passierte dann?«

»Lass mich überlegen. Geoffrey wollte wissen, warum ich bei der Sitzung sei, und meine Erklärung dauerte etwas. Dann ging er zur Durchreiche, machte sich einen Kaffee – seinen vergifteten Kaffee – und setzte sich. Als Nächstes ging Debbie zur Durchreiche und machte sich ebenfalls einen Kaffee, was wieder etwas dauerte. Aber als Sophia hereinkam, saß Geoffrey einfach dort, mit seiner Tasse Kaffee.«

»Also vergingen ein paar Minuten, nachdem unser blonder Freund ging und ehe Sophia eintraf?«

»Ich glaube schon.«

»Dann sollten wir dringend zum Rathaus fahren.«

Während der Fahrt wollte Judith ihre Theorie nicht erklären. Beim Aussteigen sagte Becks: »Aber den Plenarsaal werden wir uns doch nicht ansehen können. Er ist abgeschlossen.«

»Das müssen wir auch nicht«, sagte Judith und lief zur Brandschutztür auf der Rückseite des Gebäudes. »Schauen wir mal, ob wir das nicht herauskriegen. Wir wissen, dass Sophia Alec Miller abgesagt hat. Er hat ihre Stimme identifiziert, als wir ihm eine der Podcast-Folgen vorspielten. Also halten wir es so einfach wie möglich. Alec sollte an diesem Abend nicht vor Ort sein, weil Sophia Geoffrey mit Akonit vergiften wollte.«

»Willst du damit sagen, Sophia ist unser blonder Mann?«, fragte Becks.

»Lasst uns erst mal davon ausgehen. Schließlich hat der Ziegenbart uns darauf gebracht, dass ein Mann in der Teeküche gearbeitet hat. Und wir wissen, wie wenig Beachtung ihm die Ausschussmitglieder geschenkt haben. In den Aussagen erwähnte ihn zunächst niemand.«

»Du glaubst wirklich, Sophia könnte sich als Mann verkleidet haben?«, fragte Becks.

»Das wäre nicht sonderlich schwer gewesen. Ihr schönes blondes Haar hätte sie unter einer Männerperücke verstecken können – das würde erklären, warum der Mann blond war. Sie wollte so nah wie möglich an ihrer eigenen Haarfarbe bleiben. Wenn ihr mich fragt, würde kurzes Haar – zusammen mit dem Ziegenbart – ausreichen, um einen Mann in der Teeküche zu sehen. Und sie ist durchschnittlich groß, da sind wir uns sicher einig. Ihre Brüste hätte sie mit engen Klamotten verstecken können, auch wenn es für kurze Zeit unbequem wäre.«

Während Judith sprach, schaute sie in Richtung Higginson Park.

»Und was tun wir hier?«, fragte Becks.

»Wir suchen einen Ort, an dem sie ihre Verkleidung verstecken und sich umziehen konnte – und zwar schnell«, sagte Judith und ging auf das kleine, knapp zehn Meter entfernte Toilettenhaus am Rande des Parkplatzes zu.

»Du glaubst, sie hat sich in der Toilette umgezogen?«, fragte Suzie.

»Sie konnte nicht riskieren, jemanden vor dem Rathaus zu treffen und erkannt zu werden. An ihrer Stelle hätte ich mich hier umgezogen.«

Im Toilettenblock gab es drei Unisex-Kabinen auf jeder Seite. Die Freundinnen steckten die Köpfe in die Kabinen, aber es ließ sich unmöglich sagen, ob Sophia hier ihre Verkleidung abgelegt hatte.

»Becks?«, erklang eine Stimme, und eine Frau kam auf sie zu.

Es war Marian.

»Warum um Himmels willen schleichst du um die Toiletten herum?«

»Das ist meine Schwiegermutter, Marian«, erklärte Becks ihren Freundinnen.

»Oh!«, sagte Marian und blickte von Becks zu den Toiletten und wieder zurück. »Das tust du also, wenn du für die Polizei ›arbeitest‹?«

»Manchmal sind wir auch außerhalb von Toiletten unterwegs«, witzelte Becks erfolglos.

»Das hört man gern. Und ich bin froh, dass ich dich treffe. Der *Meat Hook* hat sich gemeldet. Sie lassen erst weiter anschreiben, wenn du die Rechnung bezahlst.«

Meat Hook war eine exklusive Metzgerei am oberen Ende der High Street.

»Aber ich habe kein Konto bei *Meat Hook*«, sagte Becks verwirrt.

»Doch, hast du! Ich habe eins für dich anlegen lassen.«

»Dort hast du eingekauft?«

»Na ja«, sagte Marian mit einem Lächeln, »eigentlich warst du das, aber ja, das habe ich wohl.«

»Ich dachte, du hättest die Einkäufe von deinem eigenen Geld bezahlt.«

»Du weißt doch, dass ich keinen müden Penny mehr habe.«

»Warte mal«, sagte Becks, der ein schrecklicher Gedanke kam. »Hast du noch mehr Konten in der Stadt?«

»Nein – natürlich nicht.«

»Gut.«

»Aber du.«

»Was?«

»Nur bei *Strawberry Grove, Lady Sew and Sew, Coopers* und dem *Cedar Café*. Oh, und ich habe etwas Schmuck bei *Wellington's* reinigen lassen – er war so angelaufen, das konnte ich nicht ertragen. Aber der Schmuck gehörte Colins Großtante, er würde sicher auch wollen, dass er zu seinem einstigen Glanz zurückkehrt.«

»Hast du ihn gefragt?«

»Seine Großtante Jess war ihm sehr wichtig, da musste ich nicht fragen.«

»Wir schwimmen nicht im Geld.«

»Natürlich, das weiß ich doch. Deshalb achte ich immer aufs Preis-Leistungs-Verhältnis.«

»Und trotzdem habe ich dich noch nie mit Lidl-Einkaufstüten gesehen.«

Marians Lächeln gefror. Wie ganz Marlow wusste sie, dass der *Waitrose* vor Kurzem durch einen sehr viel preiswerteren Lidl ersetzt worden war. Doch sie war der beinahe steinzeitlichen Meinung, dass man, nur weil es in Marlow nun einen Lidl gab, noch lange nicht dort einkaufen musste.

»Ich dachte, das sei ein Schuhladen«, behauptete sie schließlich.

»Wirklich?«, fragte Suzie.

»Das Logo ist so bunt und verspielt. Ich wusste gar nicht, dass man dort Lebensmittel kriegen kann. Tja, man lernt nie aus. Ich hoffe, ihr erwischt euren Mörder!«, rief sie noch und machte sich dann auf den Weg.

Suzie sprach als Erste.

»Mit dem Gerede von Lidl hast du sie vertrieben.«

Becks war genauso verblüfft.

»Ja, das muss es gewesen sein, oder?«

»Japp«, sagte Suzie. »Sie hat den Tod verdient«, ergänzte sie entschlossen.

»Ehrlich gesagt weiß ich nicht, wie lange ich sie noch ertragen kann«, sagte Becks.

Es war offensichtlich, wie sehr die Situation sie belastete, und Judith erinnerte sich an ihr Versprechen, Becks beim Rauswurf ihrer Schwiegermutter behilflich zu sein. Allerdings war die dringendere Angelegenheit, da hatte Marian recht, den Mörder zu fassen.

»Kommt schon«, sagte sie, »schauen wir uns noch die letzte Kabine an.«

Judith öffnete die Tür, hinter der sich jedoch keine Toilette verbarg, sondern eine Abstellkammer mit Putzutensilien. Ihr fiel die hölzerne Trittleiter ins Auge, die neben einem alten Mopp an der Wand lehnte.

»Jetzt wird es interessant«, sagte sie. »Eine Trittleiter.«

»Warum sollte das interessant sein?«, fragte Becks.

»Weil es eine kleine Deckenluke gibt.«

Judith zeigte nach oben. Sie hatte recht, dort war eine kleine Luke, die mit einem Brett verdeckt war.

»Müsste ich mich an Sophias Stelle schnell umziehen und das Beweismaterial verstecken«, sagte Judith, »würde ich vielleicht hierherkommen, meine Verkleidung ablegen und unter der Decke verstecken und dann in meinen üblichen Klamotten auftauchen.«

»Du denkst, sie hat ihre Verkleidung dort oben versteckt?«

»Gut möglich. Ansonsten wüsste ich keinen passenderen Ort zwischen dem Küchenausgang und dem Haupteingang.«

Die Frauen sahen auf.

»Ich klettere da nicht hoch«, sagte Suzie.

»Und ich sollte es nicht tun«, sagte Judith. »Nicht in meinem Alter.«

Becks seufzte.

»Keine Sorge«, sagte sie. »Ich mache das schon.«

»Gut«, sagte Suzie und klappte die Leiter auf.

»Ihr müsst dieses Ding gut festhalten«, sagte Becks. »Wehe, sie fällt um.«

»Alles klar«, sagte Suzie.

»Und ihr versprecht, nicht wegzugehen?«

»Warum sollten wir gehen?«, fragte Judith.

»Ich weiß nicht. Es wäre euch zuzutrauen.«

»Wie unverschämt«, sagte Judith mit einem Grinsen.

»Also ich würde definitiv weggehen«, stimmte Suzie zu.

»Aber einer Freundin würden wir das nie antun«, sagte Judith.

»Verdammt richtig«, fiel Suzie ein.

Becks hielt kurz inne. Sie, die Pfarrersfrau von Marlow, würde gleich auf eine Leiter in einer öffentlichen Toilette steigen. Wie das Leben so spielt, dachte sie und kletterte los.

Weil die Decke so niedrig war, musste sie nicht bis auf die oberste Stufe steigen, um das Brett zu fassen.

»Hoffentlich gibt's da keine Ratten«, sagte Suzie.

»Vielen Dank auch«, rief Becks nach unten, obwohl sie dasselbe gedacht hatte.

Becks schob das Brett beiseite und zog es aus der Luke. Sie reichte es Suzie und leuchtete dann mit der Handytaschenlampe in die Dunkelheit. Viel erkennen konnte sie nicht.

»Du musst noch ein Stückchen höher«, sagte Judith.

Da verstand Becks, dass sie doch auf den obersten Tritt steigen musste, und plötzlich schien die dunkle Leere des Dachbodens weniger furchteinflößend als ein Sturz von der Leiter.

»Wir halten dich«, sagte Suzie, die Becks' Besorgnis spürte.

Als sie auf die nächste Stufe trat, kam die Leiter ins Wackeln. Schnell hielt sich Becks am Rand der Luke fest.

»Noch eine Stufe, dann hast du's«, sagte Judith.

Becks machte noch einen Schritt auf der wackeligen Leiter und hielt sich fest, als hinge ihr Leben davon ab, aber Judith und Suzie konnten sie wieder ins Gleichgewicht bringen.

»Danke«, sagte Becks.

»Was siehst du?«, fragte Suzie.

»Warte«, sagte Becks und ließ den Kegel ihrer Handylampe über den staubigen Dachboden schweifen. Zu ihrem Glück gab es nichts allzu Gruseliges, nur an einer vollgestopften Plastiktüte blieb sie hängen.

»Eine Tüte«, sagte sie wenig begeistert.

»Und was ist dadrin?«, rief Suzie nach oben.

»Warte, ich hole sie.« Becks zog die Tüte zu sich und sah jede Menge Stoff. »Ich weiß es nicht genau, aber voll ist sie auf jeden Fall.«

»Schmeiß sie runter.«

»Okay«, sagte Becks und ließ die Tüte durch das Loch fallen, vorbei an den Köpfen ihrer Freundinnen.

»Was gibt es noch?«, rief Judith nach oben.

Becks spähte in die Dunkelheit. Dort lagen noch einige Mäuseköttel und längliche, graue Klumpen, wo sich der Staub verdichtet hatte.

»Wow«, sagte sie.

»Was ist denn?«, fragte Suzie gespannt.

»Das hier macht mir nichts aus«, sagte Becks beeindruckt.

»Auf einer Leiter zu stehen?«, fragte Judith.

»Das Chaos. Der Staub. Ich will nicht mal putzen. Ich komme wieder runter.«

Becks beugte sich vor, um das Gleichgewicht zu halten, und kletterte hinab. Dann klopfte sie den Staub ab.

»Unglaublich«, sagte sie sich selbst. Beim Anblick der Staubwolken verspürte sie nicht das kleinste bisschen Panik.

»Dann schauen wir mal«, sagte Judith.

Sie griff in die Tüte und zog etwas heraus, das einer besonders breiten Bandage ähnelte.

»So etwas gehört doch nicht auf den Dachboden«, sagte Becks.

»Wartet, da ist eine Sicherheitsnadel«, sagte Judith mit wachsender Begeisterung. »Das könnte es sein!«

Judith zog die restliche Bandage hervor, an der eine große Sicherheitsnadel befestigt worden war.

Ausgebreitet auf dem Boden, war der Stoff fast anderthalb Meter lang.

»Könnte Sophia damit ihre Kurven versteckt haben?«, fragte Becks.

»Ich glaube, *genau* das haben wir hier«, sagte Judith, griff noch einmal in die Tüte und zog eine blonde Perücke hervor. Dann fand sie einen blonden Ziegenbart.

»Wir haben unseren Beweis gefunden«, sagte Suzie. »Sophia ist die Mörderin.«

KAPITEL 37

Tanika überwachte die Abholung der Verkleidung und der Bandage höchstpersönlich.

»Ich verstehe wirklich nicht, wie Sie das immer hinkriegen«, sagte sie.

»Wir erfüllen nur unsere bürgerliche Pflicht«, sagte Judith mit einem Lächeln.

»Auch wenn Sie natürlich niemandem von Ihren Entdeckungen erzählen«, sagte Tanika, die genau wusste, wie sehr Suzie zur Angeberei neigte. »Wenn wir Indizienbeweise finden, dass Sophia diese Dinge getragen hat, werden sie eine große Rolle bei ihrer Überführung spielen. Aber nur, wenn wir das Prozedere korrekt einhalten.«

»Meine Lippen sind versiegelt«, sagte Suzie.

Als Tanika weggefahren war, sagte Suzie: »Also das sollten wir feiern.«

Judith war tief in Gedanken versunken.

»Komm schon!«, drängte Suzie. »Das ist doch großartig – wir haben einen weiteren Mörder hinter Gitter gebracht.«

»Ich weiß nicht recht«, sagte Judith.

»Wir haben es zumindest wieder geschafft, sobald es Indizienbeweise gibt«, ergänzte Becks.

»Und wenn ihr jemand den Mord anhängen wollte?«

»Wem soll etwas angehängt worden sein?«

»Sophia. Irgendetwas an dieser ganzen Sache passt nicht. Wie bei einem tollen Hinweis im Kreuzworträtsel – der aber durch ein überschüssiges *Und* oder *Das* uneindeutig wird.«

»Was könnte eindeutiger sein als die Tatsache, dass Sophia unsere Mörderin ist?«, fragte Suzie.

»Warum sollte sie ihn umbringen?«

»Weil Geoffrey sie abgewiesen hat.«

»Ja, das ist mir klar. Natürlich wäre das eine Blamage, aber er hätte doch niemandem davon erzählt.«

»Das hätte er jeden Moment tun können.«

»Aber sind wir uns da sicher? Denkt daran, was Debbie uns erzählt hat: Er fuhr sie zu allen Terminen ins Krankenhaus, ohne jemals nach dem Grund zu fragen.«

»Sie hatte ihn gebeten, keine unnötigen Fragen zu stellen«, sagte Becks.

»Ich weiß. Aber würde man wirklich so viel Fahrerei für eine Person auf sich nehmen, ohne sie zu fragen, was denn bitte los ist? Ich hätte mich sicher nicht im Griff gehabt. Und mit Marcus' Drohbrief war es doch genauso. Geoffrey nahm ihn an sich, weil er das Richtige tun wollte, aber wir können nicht beweisen, dass er jemals irgendjemandem davon erzählt hat – oder die Polizei informiert hat. Selbst als er herausfand, dass Jeremy dahintersteckte, ging er nicht zur Polizei. Er scheint die Diskretion in Person gewesen zu sein. Und Sophia weiß das genauso gut wie der Rest. Also mag sie sich zwar vor ihm blamiert haben, aber ihr Geheimnis war sicher, er hätte niemandem davon erzählt. Warum musste sie ihn also umbringen?«

»Vielleicht müssen wir beweisen, dass Geoffrey Sophias Geheimnis ausplauderte«, bot Becks an.

»Oder vielleicht ist Sophia die Mörderin, weil sie es ist«, sagte Suzie, die es gerne einfach hielt.

»Ich sollte nach Hause gehen«, sagte Judith. Sie brauchte Raum, um so klar wie möglich zu denken.

»Meinst du das ernst?«, sagte Suzie. »Gerade jetzt sollten wir doch unseren Triumph feiern.«

Aber Judith war schon unterwegs. Zu Hause angekommen, stellte sie sich vor ihre behelfsmäßige Ermittlungswand und begutachtete die Namen der Verdächtigen. Sie konnte nicht in Worte fassen, was sie störte, es war eher eine Ahnung – irgendein Puzzlestück dieses Falls passte nicht recht ins Bild. Es bedeutete nicht zwangsläufig, dass Sophia *nicht* die Mörderin war – es schien sehr wahrscheinlich, dass sie Geoffrey vergiftet hatte –, aber Judith war mit diesem Gedanken nicht zufrieden. Also beschloss sie zu tun, was sie bei einer Denkblockade immer tat, und das war ein Bad im Fluss.

Beim Schwimmen in der Themse konnte Judith ihren Gedanken nachhängen. Könnte man tatsächlich argumentieren, Sophia sei in eine Falle gelockt worden? Es schien nicht sehr wahrscheinlich, weil der Mörder dann nicht nur Geoffrey umgebracht, sondern den Mord auch Sophia angehängt haben musste. Wer könnte diese beiden Menschen so sehr hassen? Ganz egal, wie lange Judith über die Verdächtigen nachdachte, niemand schien zu passen.

Einen Menschen gab es allerdings, der Sophia vielleicht einen Mord anhängen wollte, und das war ihr Mann. Gerade als Judith durchdachte, wie Paul das hätte anstellen können, rannte ein Labrador mit einem großen Platschen in die Themse. Sein Besitzer war im Begriff, einen Stock ins Wasser zu schmeißen. Vorsicht war die Mutter der Porzellankiste, also ließ sich Judith von der Strömung zurück nach Hause tragen.

Sie stieg aus dem Wasser, warf sich ihren Umhang über und ging ins Haus. Als sie gerade den Umhang aufhängen wollte, ertönte das Klingeln ihres Handys. Immer noch triefend nass schaute sie auf das Display.

Es war Tanika.

»Herzlichen Glückwunsch«, sagte Tanika zur Begrüßung. »Die Ergebnisse der Spurensicherung liegen bereits vor. Sie konnten über ein Dutzend Fingerabdrücke von Sophia auf der Tüte nachweisen, in der Sie die Kleidung gefunden haben. Außerdem waren menschliche Haare an der Perücke, deren DNA mit Sophias Haaren übereinstimmt. Sie haben es wieder mal geschafft, Judith, ich kann Ihnen gar nicht genug danken.«

»Sie haben Sophias Haare in der Perücke gefunden?«

»Nur ein paar einzelne. Sie müssen wohl ausgefallen sein, als sie die Perücke abzog.«

Noch einmal dankte sie Judith für die harte Arbeit, dann verabschiedete sich Tanika und versprach, sie über jegliche Entwicklungen auf dem Laufenden zu halten.

Judith versuchte sich am Zufriedensein, doch der Fall schien ihr einfach nicht abgeschlossen. Vielleicht wurde sie langsam störrisch und mochte es nicht, wenn ihr die Lösung auf dem Servierteller präsentiert wurde. Aber war nicht genau das ihr Problem? Sie wurde das Gefühl nicht los, dass ihr Sophia auf dem Servierteller präsentiert wurde.

Judiths Kleidung lag noch auf ihrem liebsten Ohrensessel, also beschloss sie, sich anzuziehen. Sie legte ihre Uhr ums linke Handgelenk – da kam ihr ein nutzloser Gedanke. Sie trug ihre Uhr am linken Handgelenk. Natürlich, alle taten das.

Aber nicht Debbie Bell.

Das war Judith bei der letzten Begegnung mit Debbie aufgefallen. Kurz vor ihrem Gespräch mit Paul hatte Debbie auf die Uhr geschaut, an ihrem rechten Handgelenk. Aber warum um Himmels willen war diese Erinnerung so plötzlich aufgetaucht? Judith wollte sich lieber darauf konzentrieren, ihren Uhrenverschluss mit einer Hand zuzukriegen.

Aber davon wollte ihr Kopf nichts wissen. Irgendetwas an Debbies Uhr war interessant, da war sie sich sicher – auch wenn ihr nicht klar war, was genau. Konnte sie etwas daran erkennen, abgesehen davon, dass Debbie möglicherweise Linkshänderin war?

Das weckte eine Erinnerung – mit Schrecken besann sich Judith auf etwas, das sie im Laufe der Ermittlungen gehört hatte. Ihr Verstand wehrte sich sofort, wollte diesen Gedanken nicht weiterverfolgen, denn die Vorstellung war zu absurd, aber Judith zwang sich, den nächsten logischen Schritt zu gehen.

»Mein Gott«, flüsterte sie, als ihr die Auswirkungen dieser Überlegungen klar wurden. Könnte es sein?

Judith zitterte, aber nicht wegen des Wassers auf ihrer Haut, sondern wegen der möglichen Brillanz des Mörders. Aber was war mit Sophias Anruf bei Alec Miller? Es war definitiv Sophia gewesen – Alec hatte ihre Stimme anhand des

Podcasts identifiziert –, aber begeistert verstand Judith jetzt die wahre Bedeutung dieses Augenblicks und ging zur Ermittlungswand. Dass ihr der Umhang von den Schultern glitt, bemerkte sie kaum.

Sie nahm sich die Karteikarte des potenziellen Mörders. War das überhaupt möglich? Ja, das war es, auch wenn es eine beinahe unfassbare Menge an Hingabe benötigte. Aber wenn die Vorbereitung eines Mordes keine Hingabe benötigte, was dann?

Allmählich ließ Judiths Inspirationsrausch nach, also fasste sie ihre neuen Erkenntnisse zusammen: warum die Überwachungskamera für Sophias Anruf außer Gefecht gesetzt worden war, warum Sophia zu spät kommen musste und warum das Akonit aus ihrem Garten stammte.

Aber warum Geoffrey umbringen, das leuchtete Judith noch immer nicht ein – das *Warum* der ganzen Sache. Zu Beginn des Falls hatten sie vor demselben Problem gestanden: Warum würde *irgendjemand* Geoffrey ermorden wollen? Judith erinnerte sich, dass Sophia bei ihrem ersten Treffen gesagt hatte, für den Mord an Geoffrey könne niemand ein Motiv haben. Er war, wie alle immer wieder betonten, ein »Heiliger«.

Und da verstand Judith.

Es war kaum zu glauben, aber hatte Geoffrey genau deshalb sterben müssen – weil er ein Heiliger gewesen war? Diese Erkenntnis war atemberaubend, aber wie konnte man sie beweisen? Der Mörder hatte es wirklich klug angestellt.

Auch wenn er klug gewesen sein mochte, Judith war klüger. Sie würde es schaffen, diesen Fall zu lösen, auch wenn sie zwischen einer behelfsmäßigen Ermittlungswand und einem verrückten Archiv aus steinalten Zeitungen stand. Ein Archiv, das dringend entsorgt werden musste, wie Suzie ihr vor Kurzem erklärt hatte.

Judith betrachtete die deckenhohen Papierstapel, die eine Hälfte des Raums bedeckten. Die ersten Schimmer eines Plans ergaben sich. Sie könnte den Mörder mithilfe des Archivs fassen. Dafür würde sie eine Geschichte erfinden und ein beachtliches Opfer bringen müssen. Aber wie schwer wog das bisschen Aufopferung im Vergleich zur Gerechtigkeit? Sie würde es überleben und weiterkämpfen; wichtig war, dass der Mörder hinter Schloss und Riegel kam.

Allein und splitterfasernackt sah Judith auf die Karteikarte in ihren Händen. Darauf stand der Name von Geoffreys Mörder.

»Erwischt.«

KAPITEL 38

Später am selben Nachmittag traf Sophia De Castro am Rathaus von Marlow ein. Sie legte die Hand auf den Türknauf und holte tief Luft, um ihre Nerven zu beruhigen. Sie spürte, wie ihre Lüge sie erdrückten – die Lügen, die sie bisher erzählt hatte und zweifelsohne noch erzählen würde. Aber sie wusste, ihr blieb keine Wahl. Sie war zu weit gegangen. Sie war gefangen.

Sie reckte das Kinn und betrat das Gebäude.

Im Flur versuchte sie, das durchtrennte Kamerakabel und die zerkratzte Haube des Telefons zu ignorieren, und öffnete stattdessen die Türen zum Plenarsaal.

Am Konferenztisch saßen bereits Marcus, Jeremy und Debbie, gemeinsam mit Judith Potts, Suzie Harris, Becks Starling und Detective Inspector Tanika Malik.

»Sie können uns nicht vorschreiben, was wir zu tun haben!«, sagte Jeremy, als Sophia sich zu ihnen setzte.

»Ich fürchte schon«, sagte Tanika. »Und je eher Sie es tun, umso früher können wir alle gehen.«

»Ich verweigere die Kooperation«, sagte Jeremy und verschränkte die Arme.

»Was ist los?«, fragte Sophia, auch wenn sie genau wusste, was los war.

»Wir sollen den bescheuerten Abend nachstellen«, grummelte Jeremy.

»Nicht nur das«, sagte Marcus, auf dessen Stirn sich eine tiefe Falte eingrub. »Angeblich sollen wir auch Geständnisse ablegen.«

Sophia sah, wie Debbie auf ihre Hände im Schoß blickte.

»Geständnisse?«, sagte Sophia mit einem falschen Lächeln.

»Jeder von Ihnen muss ein Geständnis ablegen«, sagte Judith klar und deutlich. »Aber entscheidend ist außerdem, dass Sie mir genau zeigen, wie Sie Ihren Tee oder Kaffee von der Durchreiche holten.«

Auf der Durchreiche standen ein Samowar mit heißem Wasser, eine Nespresso-Maschine, Kaffeekapseln und ein Tablett mit Teebeuteln.

»Laut Ihren Aussagen«, sagte Tanika, »kam Marcus als Erster an und machte sich eine Tasse Tee.«

»Und ich soll das jetzt wirklich vorführen?«

»Wenn Sie bitte Ihre Schritte nachverfolgen könnten.«

»Also dann«, sagte Marcus und schob seinen Stuhl nach hinten. »Zu Beginn waren Suzie und ich allein. Ich bin also zur Durchreiche gegangen und habe mir eine Tasse Tee gemacht«, sagte er und ging zur Durchreiche, gab einen Teebeutel in eine Tasse samt Unterasse, füllte sie mit heißem Wasser und einem Schuss Milch auf und ging dann an seinen Platz. »Sind Sie jetzt zufrieden?«

»Und nun Ihr Geständnis«, sagte Judith.

»Ich weiß nicht, was Sie meinen«, sagte Marcus.

»Marcus ist Marlow01628«, sagte Suzie, die genug von dem Hin und Her hatte. »Das meinen wir.«

»Was?«, sagte Debbie erstaunt.

»Wie ist das möglich?«, sagte Sophia. »Das Profil ist widerlich.«

»Und Marcus schreibt jedes einzelne Wort davon«, sagte Suzie stolz. »Deshalb wurde er erpresst.«

»Nein, nein, nein«, sagte Marcus, aber sein schuldbewusster Blick sagte »Ja, ja, ja«.

»Und Sie haben es sich sehr viel schwerer gemacht als nötig, denn Sie haben uns bei jedem einzelnen Schritt grundlos belogen.«

»Ich kann kein Geständnis zu diesem Twitter-Konto ablegen.«

»Das sollten Sie aber. Sie werden in einem Mordfall verdächtigt, also hat Tanika triftige Gründe, Ihr Leben bis in den letzten Winkel durchleuchten zu lassen – und sich Durchsuchungsbefehle für all Ihre Computer und persönliche Korrespondenz zu verschaffen, Ihr Büro auseinanderzunehmen. Ihr Ruf wäre schon zerstört, ehe man überhaupt beweisen könnte, dass Sie hinter dem Account stecken.«

»Ich habe es gelöscht«, platze Marcus heraus.

»Wie bitte?«

»Nach unserem letzten Treffen. Ich habe mich so geschämt. Es war aus dem Ruder gelaufen. Ich glaube nichts von dem, was ich dort geschrieben habe. Es war einfach so … aufregend, immer krassere Sachen zu sagen. Es machte süchtig. Und krank. Ich war krank von der Vorstellung, anderen zu schaden. Leute zu beleidigen, war wie eine Droge. Aber schauen Sie selbst nach, ich habe das gesamte Konto gelöscht. Ich habe meine Lektion gelernt.«

Suzie hatte ihr Handy hervorgeholt und prüfte Twitter. »Da steht ›Konto gelöscht‹.«

»Ich bin schockiert, Marcus«, sagte Debbie.

»Ich nicht«, sagte Jeremy, der das Prahlen nicht lassen konnte. »Ich hatte es herausgefunden.«

»Damit gibt man nicht an«, sagte Suzie, »vor allem wenn man bedenkt, dass Sie hinter der Erpressung stecken.«

Zornig sprang Marcus auf.

»*DU* warst das?«

Jeremy hielt Marcus' Blick stand.

»Ja«, sagte er und in diesem einen Wort machten sich Jahrzehnte der Frustration Luft. Frustration wegen Marcus' anhaltender Erfolge, wegen Jeremys eigener Unzulänglichkeit.

»Warum?«, fragte Marcus.

»Du bist doch derjenige, der etwas Falsches getan hat«, sagte Jeremy bockig.

»Ja, es war falsch – und ich habe das Konto gelöscht. Aber es war falsch, nicht illegal. Erpressung ist eine Straftat.«

»Willst du sagen, dass ich etwas Schlimmeres getan habe als du?«

»Jungs!«, sagte Debbie. »Dafür haben wir jetzt keine Zeit.«

Mit Mühe löste Jeremy seinen Blick von Marcus und sah zu Debbie.

»Dein Geständnis kann ich kaum erwarten«, blaffte er.

Sie schien im Stuhl zusammenzusinken.

»Und ich habe gegen keinerlei Gesetze verstoßen«, sagte Jeremy und schien seinen Trumpf ausspielen zu wollen.

»Oh doch, das hast du, verdammt noch mal!«, sagte Marcus.

»Ich habe dich nicht um eine Gegenleistung gebeten – Erpressung muss doch einen Nutzen haben, oder nicht?«, sagte er zu Tanika.

»Das ist also Ihr Argument?«, fragte Tanika.

»Ich kenne mich bestens mit der Gesetzeslage aus. Marcus kann beide Briefe ruhig zur Polizei bringen, aber Sie werden sie nicht als bedrohlich einordnen können – geschmacklos mögen sie sein, aber das war's. Ich habe gegen kein Gesetz verstoßen. Und erst recht niemanden erpresst.«

»Du warst schon immer eine Ratte, Jeremy«, sagte Marcus.

»Wer im Glashaus sitzt, sollte nicht mit Steinen werfen.«

Während die Männer sich messerscharfe Blicke zuwarfen, sah Judith zu Debbie, die kaum merklich den Kopf schüttelte.

»Tut mir leid, Debbie, aber Jeremy hat sich keine Tasse Tee geholt, also kann er auch nichts nachstellen. Aber so können wir zumindest sehen, dass er tatsächlich außer Reichweite von Geoffrey und dessen Kaffeetasse saß. Wie Suzie von Anfang an sagte. Wie auch immer, Sie sollten Ihre Geschichte jetzt erzählen. Es ist besser, wenn Ihre Freunde es von Ihnen hören, ehe Tanika Anklage erhebt und sie es auf diesem Weg erfahren.«

Debbie verstand, dass sie keine Wahl hatte. Zögerlich erzählte sie, wie die Hormone ihr Leben immer unerträglicher gemacht hatten, bis sie nicht mehr klar denken konnte und einen Ausweg fand. Die anderen Ausschussmitglieder hörten respektvoll zu. Aber als Debbie schließlich erklärte, wie sie im darauffolgenden Jahr das Geld des Stadtrats gestohlen hatte, um sich Porzellanfiguren zu kaufen, und genauso im dritten Jahr, verflog das Mitgefühl schnell.

»Wir sind ein ganz schön bunter Haufen«, sagte Marcus bitter. »Ein Online-Troll, ein Erpresser und eine Diebin.«

»Könnten Sie sich jetzt Ihren Kaffee holen?«, fragte Becks Debbie.

»Muss das sein?«, fragte Debbie.

»Es ist sehr wichtig«, sagte Judith.

Tatsächlich lief Judiths Experiment genau auf diesen Augenblick hinaus. Sie sah aufmerksam zu, als Debbie zur Kaffeemaschine ging und sich eine Kapsel nahm. Sie versuchte, die Kapsel in die Nespresso-Maschine zu stecken, aber es funktionierte nicht.

»Ich kriege die Kapsel nicht rein«, sagte sie.

»Keine Sorge«, sagte Tanika. »Wir wollten dieselben Umstände rekreieren, also habe ich eine Kapsel in der Maschine eingekeilt, bevor Sie herkamen. Wie am Abend des Mordes.«

»Okay«, sagte Debbie, dann öffnete sie die Maschine, befreite die Kapsel, ließ sie in den entsprechenden Behälter fallen, verschloss die Maschine wieder und steckte ihre Kapsel hinein.

»Ich weiß nicht, inwiefern das helfen soll«, murrte Jeremy.

»Debbie zeigt uns, wer der Mörder ist«, sagte Judith.

Debbie stellte eine Tasse unter den Hahn, drückte einen Knopf und wartete, während der Kaffee in ihre Tasse floss. Dann trug sie die Tasse zurück zum Tisch.

Judith und ihre Freundinnen sahen sich aufgeregt an. Gerade war Judiths Theorie bewiesen worden.

Debbie war Linkshänderin.

»Sie sind die Schriftführerin des Ausschusses?«, fragte Tanika.

»So ist es«, sagte Debbie und nahm Platz.

»Also haben Sie während der Sitzung Protokoll geführt?«

»Ja.«

»Auf einem Computer?«

»Nein, mit Papier und Stift. Das ist mir lieber.«

»Mit einem Stift, den Sie in der linken Hand halten?«, fragte Suzie.

»Ja«, sagte Debbie perplex. »Ich bin Linkshänderin, na und?«

»Überhaupt nicht wichtig«, sagte Judith. »Also, Sophia, Sie sind dran.«

»Ich habe mir keinen Tee oder Kaffee gemacht«, sagte sie.

»Ich weiß«, sagte Judith, »dann bleibt noch Ihr Geständnis.«

Sophia blickte von Judith zu deren Freundinnen und dem Ausschuss.

»Ich habe mich in Geoffrey verliebt«, sagte sie, solange ihr Selbstbewusstsein es noch zuließ. »Vor Jahren. Als ich im Ausschuss für öffentliche Einrichtungen für dieses ganze Durcheinander gesorgt habe. Er bemühte sich so sehr, meinen Namen reinzuhalten. In der Schule hätten wir gesagt, er war mein ›Schwarm‹. Aber im Laufe der letzten Monate verwandelte sich mein Interesse in Obsession. Ich warf mich ihm in die Arme – aber er widerstand. Nichts ist geschehen. Übrigens«, ergänzte Sophia und drehte sich zu Judith. »Ich bin die alten Papiere auf dem Dachboden im Bootshaus durchgegangen. Tatsächlich hat Geoffrey die korrekte Lage aller Gräber herausgefunden und mir eine entsprechende Übersicht geschickt. Mir war das gar nicht klar, aber alle Gräber wurden richtig zugeordnet.«

»Danke schön«, sagte Judith. »Auch wenn ich eigentlich nur über Ihre Liebelei mit Geoffrey hören wollte – Sie kriegen keine Fleißpunkte, weil Sie ein früheres Schlamassel in Ordnung bringen. Allerdings wüsste ich wirklich gerne, was Sie am Abend von Geoffreys Tod angestellt haben, nachdem Sie Ihr Auto bei *Platts* abgegeben hatten.«

Sophia verzog das Gesicht.

»Ich …«, sagte sie und zwang sich weiterzusprechen. »Ich ging spazieren.«

»Wohin?«

»Durch die Stadt, über die Brücke, ich ging sogar kurz in die Kirche. Ich habe Zeit totschlagen. Zur Sitzung wollte ich nicht, da würde ich schließlich Geoffrey zum ersten Mal wiedersehen, seit er mich rausgeschmissen hatte. Ich wollte keine Minute zu früh sein. Ich war mir nicht einmal sicher, ob ich überhaupt hingehen würde. In letzter Minute wäre ich beinahe umgedreht und fast am Eingang des Rathauses geflüchtet. Aber ich wusste, dass ich ihn wiedersehen müsste, also fasste ich mir ein Herz und ging zur Sitzung. Weil ich zu spät war, würden wir sowieso ohne viel Geplauder loslegen.«

»Vielen Dank«, sagte Judith. »Und das war es schon mit der Nachstellung, vielen Dank also für Ihre Mitarbeit. Auch wenn Sie sich bestimmt fragen, warum wir Sie darum gebeten haben«, ergänzte Judith und ging zur Raummitte.

Tanikas Handy begann zu klingeln. Sie ging zur Seite, um den Anruf entgegenzunehmen.

»So eine verdammte Zeitverschwendung«, sagte Jeremy.

»Ganz im Gegenteil«, sagte Judith. »Dank Ihrer Hilfe kann ich Ihnen jetzt verraten, wer Geoffrey Lushington umgebracht hat.«

»Judith«, unterbrach Tanika sie. »Es geht um Ihr Haus.«

»Was ist damit?«, sagte Judith.

»Es brennt«, sagte Tanika.

»Was?«

»Am Telefon ist DS Perry. Es gab eine Meldung zu einem brennenden Haus am Berkshire-Ufer. Er sagt, es sei Ihr Haus.«

Bevor Tanika zu Ende gesprochen hatte, bahnte sich Judith schon ihren Weg durch die Teeküche und in Richtung Higginson Park. Ihre Freundinnen – und alle Ausschussmitglieder – folgten ihr hinaus.

Am anderen Ende des Parks lag die Themse. Eine halbe Meile entfernt, genau hinter der Abteikirche von Bisham, quollen schwarze Rauchwolken in den Himmel, und orange Flammen tanzten über den Baumspitzen.

Judiths Haus brannte.

KAPITEL 39

Geoffrey Lushingtons Mörder wusste, dass niemand auf Sophias Anwesen achten würde, schließlich stand Judiths Haus in Flammen. Er war komplett in Schwarz gekleidet – mit schwarzen Handschuhen und einer schwarzen Balaklava – und schlich am Rand von Sophias Garten zu ihrem Bootshaus.

In der Ferne erklangen Feuerwehrsirenen, und Geoffreys Mörder konnte sich ein Lächeln nicht verkneifen. Wie DI Malik Judith vor allen Anwesenden erklärt hatte, ihr Haus stehe in Flammen, war ein köstlicher Augenblick gewesen. Alle waren aus dem Rathaus gestürmt, um sich Gewissheit zu verschaffen – und dann in den Plenarsaal zurückgekehrt –, und der Anblick von Judiths Panik hatte ihm sogar noch mehr Freude bereitet. Die unerschütterliche Judith Potts war endlich erschüttert. Die Detective Inspector hatte Judith und ihre Freundinnen so schnell wie möglich zum Haus fahren wollen. Natürlich. Sie mussten nachsehen, ob sich noch irgendetwas retten ließ.

Alles in allem war das Timing perfekt. Der Mörder konnte jetzt problemlos in Sophias Studio einbrechen, während die Polizei und die drei Freundinnen – und alle Notdienste – bei Judith waren und versuchten, so viel wie möglich aus dem

Feuersturm zu retten. Selbst in diesem Augenblick konnte er ein trübes orangefarbenes Schimmern auf der anderen Seite von Marlow erkennen, wo Judith wohnte.

Auf der Außentreppe des Bootshauses nahm der Mörder zwei Stufen auf einmal und eilte ins Studio. Schnell erklomm er die Leiter ins Mezzanin und war dann umgeben von Kartons über Kartons, gefüllt mit Sophias alten Dokumenten.

Gierig öffnete er die Kisten.

Aus wenigen Metern Entfernung ertönte ein Husten – das den Mörder verwirrte. Hier war doch niemand?

Da trat Judith hinter einem Kistenstapel hervor.

»Bonbon?«, fragte sie mit einem Lächeln.

Der Mörder geriet ins Taumeln und stieß einen Karton um, dessen Inhalt sich auf dem Boden ergoss wie Eingeweide aus einer Leiche.

»Nein?«, fragte Judith und hielt ihm die Dose hin. Sie steckte sich ein Bonbon in den Mund. »Dann wohl nicht. Ich nehme an, Sie werden auch nicht mit mir sprechen. Natürlich nicht. Sie hoffen immer noch, damit durchzukommen. Sie sind sicher beweglicher als ich und die Leiter schon heruntergeklettert, bevor ich die Verfolgung aufnehmen kann. Und Ihre Identität ist dank der Balaklava und den Handschuhen gut geschützt. Sie verfügen tatsächlich – und das ist höchst interessant – über keine herausstechenden Merkmale, soweit ich das beurteilen kann. Sie sind, wie wir von Anfang an gesagt haben, durchschnittlich groß und breit. Sie könnten jedermann sein. Aber das sind Sie natürlich nicht. Ich weiß ganz genau, wer Sie sind. Vielleicht spielen wir stattdessen ein Spiel? Das haben Sie sich nach all Ihren Mühen verdient. Schließlich weiß ich, dass Sie sich das Akonit aus dem Giftgarten ganz in der Nähe genommen haben. Und Sie trugen am Abend von Geoffreys Tod eine blonde Perücke und einen falschen Bart und waren in der Teeküche. Und Sie stellten sicher, dass Geoffrey den Kaffee aus der manipulierten Kapsel trank anstatt einem normalen Kaffee – der falsche Dativ tut nichts zur Sache«, ergänzte Judith vor allem für sich selbst.

Sie sah die wachsamen Augen des Mörders aufblitzen.

»Na dann. Spielen wir eine Runde ›Wer ist es?‹, wie es mir meine gute Freundin Becks einmal erklärt hat. Also, wer hat Geoffrey Lushington ermordet und steht jetzt vor mir? Nun, logischerweise können Sie weder Debbie Bell noch Marcus Percival noch Jeremy Wessel sein. Sie waren alle im Plenarsaal, während Sie sich in der Küche aufhielten. Aber vielleicht sind Sie Sophia De Castro? Schließlich legen die Beweise uns genau das nahe – dass sie sich als blonder Mann verkleidete, Geoffrey in der Teeküche ermordete, sich schnell im nahe gelegenen Toilettenhaus umzog und dann praktischerweise zu spät zur Sitzung kam. Aber jetzt kommt's, denn ich hatte eine Erkenntnis – sie hat Geoffrey genauso wenig ermordet wie die anderen. Denn die Beweise gegen Sophia sind nur so stark, weil Sie sie eingeschleust haben, um ihr den Mord anzuhängen.«

Der Mörder trat von einem Fuß auf den anderen.

»Also sind alle Sitzungsteilnehmer ausgeschlossen. Zwar fanden wir schlussendlich heraus, dass sie alle Geheimnisse hatten – und manche davon waren wirklich schlimm –, aber keiner von ihnen hatte irgendetwas mit Geoffreys Ermordung zu tun. Wer bleibt also noch? Dave Butler können wir ausschließen, er war nie dünn genug, um unser blonder Mörder zu sein – wie Sie gekonnt demonstrieren. Also sind noch drei Personen übrig. Ich gehe einfach nur logisch vor. Auch wenn wir Alec Miller ebenfalls ausschließen müssen, denn Dave Butler ist zu breit und Alec zu groß – auch das ist wieder ganz offensichtlich, wenn ich Sie mir so anschaue. Also bleiben nur zwei Personen. Ian Maloney und Paul De Castro.

Widmen wir uns zuerst Ian. Ehrlich gesagt fand ich schon immer, dass dieser Mord nie zu Ian Maloney gepasst hat. Er hat zwar Leichen im Keller – nur im übertragenen Sinne –, aber wir können uns sicher darauf einigen, dass er eine sehr viel direktere Mordvariante wählen würde. Ein verpfuschter Einbruch zum Beispiel, der in einer Prügelei endet. Gift wird nicht nur von Frauen eingesetzt, aber es ist definitiv nicht die richtige Mordwaffe für Ian. Außerdem hat er ein Alibi für den Zeitpunkt des Mordes. Er war bei einem Jazzkonzert. Auch wenn er also als Einziger natürlich blonde Haare und die perfekte Körpergröße hat, kann er nicht unsere mysteriöse Servierkraft in der Küche gewesen sein.

Womit Sie und ich an einem interessanten Punkt stehen, denn ich scheine absolut jede Person ausgeschlossen zu haben, die Geoffrey ermordet haben könnte – außer einer. Ein Mensch, der von Sophias Giftgarten wusste und das nötige Akonit gefunden hätte, der von ihrer Affäre wusste und eindeutig Aggressionsprobleme hat. Ihr Mann, Paul.«

Geoffreys Mörder bewegte sich nicht.

»Aber ich habe mich immer wieder gefragt, warum Paul

Geoffrey würde töten wollen. Um seine Frau zu bestrafen? Ich mag von Sophias Obsession für Geoffrey wissen, er allerdings nicht. Als wir mit ihm sprachen, vermutete er ihre Untreue zwar, kannte den Mann dahinter aber nicht. Er glaubte gerne, dass es sich um jemanden namens Alec Miller handelte. Also hätte Paul zwar die Möglichkeit zum Morden gehabt – sein Alibi im Kino ist nicht gerade hieb- und stichfest –, und er hat den richtigen Körperbau, aber was war sein Motiv? Er hatte eigentlich keins, was uns wieder in eine Sackgasse führt. Wir haben jetzt alle Verdächtigen ausgeschlossen. Und trotzdem stehen Sie hier vor mir. Wer also sind Sie?«

Judith bot ihm wieder die Bonbondose an.

»Sie wollen ganz sicher kein Bonbon? Ich kann Erdbeere empfehlen. Sie haben nicht so viele Kalorien, wie man meinen könnte – das ist Ihnen doch wichtig? Denn ich habe es endlich verstanden, auch wenn diese Einsicht wirklich viel zu lange auf sich warten ließ. Die Person, die Geoffrey Lushington umbrachte und in diesem Augenblick vor mir steht, ist Dave Butler.«

Der Mörder taumelte einen halben Schritt zurück.

»Ganz genau, Dave. Ich weiß, dass Sie es sind. Setzen Sie Ihre Balaklava ruhig ab. Kommen Sie schon, zeigen Sie sich. Schließlich ist das eine fantastische Leistung, da verdienen Sie Ihren Moment im Scheinwerferlicht.«

Nach einer langen Pause hob der Mann die schwarz behandschuhte Hand und zog seine Balaklava ab.

Beim Anblick von Dave Butlers Gesicht spürte Judith einen Hauch von Mitgefühl, das sie jedoch erdrückte. Dave war ein Mörder und sollte seine wohlverdiente Strafe bekommen. Trotzdem musterte sie ihn von oben bis unten, bewunderte seinen schlanken Körper.

»Als Sie sich ein ganzes Jahr lang isolierten, haben Sie Gewicht verloren. Meine Güte, wie viel Ausdauer Sie an den Tag gelegt haben. Sobald Sie Ihr Zielgewicht erreicht hatten, konnten Sie uns mit einem Geniestreich in die Irre führen. Sie begingen den Mord als durchschnittlich gebauter Mann, dann stopften Sie Ihre Kleidung bei allen darauffolgenden Begegnungen sorgfältig aus, damit Sie so übergewichtig aussahen wie eh und je. Zwar haben wir immer behauptet, jemand Dickes könne sich nicht als jemand Dünnes ausgeben, aber umgekehrt ist es mit dem richtigen Polster durchaus möglich.

Vor allem wenn diese Person seit Jahren bekannt für ihr Übergewicht ist. Ihr Arzt erzählte der Polizei von Ihrem Übergewicht und erklärte, Sie hätten seit Ihrer Rückkehr nach Großbritannien weiter zugenommen – was Sophia bestätigte. Und Ihre Nachbarn. Allerdings werden fettleibige Menschen gesellschaftlich abgeschrieben, das wissen Sie genau. Ist dieser Mensch intelligent oder hinterhältig oder freundlich? Nein, in unserer Gesellschaft ist er nur fett. Nicht mehr und nicht weniger. So betrachtet man diese Menschen. Es ist ihre wichtigste Eigenschaft, und mehr können sie nie sein.

Und meine Freundinnen und ich tappten in diese Falle. Als wir Sie trafen, sahen wir nichts als Ihr augenscheinliches Gewicht. Auch wenn ich mich erinnere, dass Ihr Gesicht viel jünger als der Rest Ihres Körpers wirkte. *Jung!* Ich hätte wissen müssen, was ich eigentlich sah: Ihr Gesicht war nicht so füllig, wie der Rest Ihres Körpers es zu sein schien. Mich würde interessieren, wie Sie sich aufgepolstert haben. Ihre alte Kleidung hat Ihnen natürlich eine Form vorgegeben. Handtücher um die Hüfte und Oberschenkel oder mehrere Kleidungsschichten übereinander? Sie hätten es auf verschiedene Arten bewerkstelligen können. Auch wenn das natürlich nicht entscheidend ist.

Die traurige Wahrheit ist, dass wir alle sahen, was wir sehen sollten – und die vielen fettigen Mahlzeiten in Ihrem Einkauf bestätigten uns. Sie kauften die ganzen ungesunden Mahlzeiten, weil Sie Geoffrey als durchschnittlicher Mann umgebracht hatten und die Kilos nun so schnell wie möglich draufbekommen wollten, um Ihr altes Gewicht zu erreichen.

Wenn Sie Ihr Haus doch verlassen mussten, hielten Sie natürlich die Fiktion aufrecht, Sie seien immer noch fett und unbeweglich – zum Beispiel, als Sie für die anonymen Anrufe zur Telefonzelle fuhren. Als wir den Livestream des Kirchturms sahen, gingen wir ganz selbstverständlich davon aus, einen übergewichtigen Mann mit erheblichen Bewegungsschwierigkeiten zu sehen.«

»Was tun Sie hier!«, blaffte Dave und unterbrach Judith.

»Das ist doch ganz klar. Ich erkläre, wie Sie Geoffrey umgebracht haben.«

»Aber Ihr Haus steht in Flammen!«

»Ah. Ich verstehe, worauf Sie hinauswollen.«

»Warum sind Sie nicht hingefahren, um es zu retten?«

»Nun ja«, sagte Judith und winkte ab, »was bedeuten

schon weltliche Besitztümer im Vergleich zur Gerechtigkeit? Sie haben Geoffrey ermordet, also müssen Sie gefasst werden.«

»Das verstehe ich nicht. Woher wussten Sie, dass ich hier sein würde?«

»Das ist nicht die richtige Frage.«

»Nicht die richtige Frage? Was meinen Sie damit?«

»Die richtige Frage ist, warum sind Sie hierhergekommen, ins Mezzanin von Sophias Bootshaus? Das ist übrigens eine rhetorische Frage, die Antwort ist mir klar. Denn Sie müssen wissen, dass Sie in dieser ganzen Sache einen Fehler begangen haben. Bei unserem ersten Treffen bezeichneten Sie Debbie Bell als ›sinister‹. Ich habe Ihre Wortwahl hinterfragt, und Sie taten es als Witz ab. Dabei ist das eine sehr ungewöhnliche Wortwahl, die mit einem Witz rein gar nichts zu tun hat. Aber sinister hat noch eine andere Bedeutung, wie jeder Kreuzworträtsler weiß. Es ist das lateinische Wort für ›links‹. Im Mittelalter hielt man Linkshänder für bösartig, weshalb das Wort ›sinister‹ zu einem Synonym für ›böse‹ wurde. Zunächst fand ich Ihre Wortwahl nur befremdlich, nicht mehr und nicht weniger.

Als mir auffiel, dass Debbie ihre Uhr am rechten Handgelenk trug – also Linkshänderin sein könnte –, glimmerten die ersten Funken einer Verbindung auf, aber nur schwach. Ich fragte mich, ob Sie auf Debbies Linkshändigkeit angespielt hatten. Aber wie hätten Sie davon wissen können? Als ich Debbie ein Foto von Ihnen zeigte, behauptete sie, Sie noch nie getroffen zu haben. Und wenn doch, warum wäre Ihnen gerade Debbies Linkshändigkeit im Gedächtnis geblieben? Also behielt ich Debbies Linkshändigkeit im Hinterkopf und betrachtete den Fall neu. Ich kam schnell auf ihre Position als Schriftführerin. Sie hat ihr Protokoll immer mit links geführt – und ihre Kaffeetasse mit links angehoben. Aber wieder fragte ich mich, warum Sie das wussten. Sie haben nie einer Ausschusssitzung beigewohnt, sonst hätten die Mitglieder das Foto von Ihnen erkannt.

Und dann kam mir ein recht überraschender Einfall. Wir wussten die ganze Zeit, dass jemand die Überwachungskamera im Rathaus außer Gefecht gesetzt hatte, aber was wäre, wenn dieselbe Person zusätzlich eine Kamera im Plenarsaal installiert hätte? Eine banale Aufgabe für jemanden mit den richtigen IT-Kenntnissen, nehme ich an. Zum Beispiel für jemanden, der ein eigenes IT-Unternehmen hat – wie Sie. Eine kleine Kamera, versteckt hinter ein paar Büchern oder auf einem Regal. Eingestöpselt und von zu Hause aus abrufbar. Genau wie die Kamera an Ihrer Türklingel, auf die Sie mit Ihrem Computer zugreifen. So könnte man erfahren, dass Debbie Bell ›sinister‹ ist. Falls Sie an diesem Abend die Ausschusssitzung beobachtet hatten.«

»Nichts davon entspricht der Wahrheit!«, sagte Dave.

»Oh doch, wie Tanika und ihr Team zu gegebener Zeit nachweisen werden. Denn die Kamera ist sicher noch im Plenarsaal installiert? Ja, natürlich ist sie das. Wie hätten Sie den Saal ansonsten nach dem Mord weiterbeobachten sollen? Ich fürchte, genau deshalb habe ich gerade diese Sitzung mit dem Bauausschuss einberufen. Ich dachte mir, wenn die Polizei mit dem gesamten Ausschuss eintrifft, schlagen die Bewegungsmelder Ihrer Kamera Alarm und Sie haben den

Bildschirm genau im Blick. Weshalb ich beschloss, Ihnen eine Falle zu stellen.«

»Welche Falle?«

»Eine Falle, in die Sie geradewegs getappt sind, Dave. Wegen dieser Falle kamen Sie hierher und zeigten sich. Aber wie wäre es, wenn ich Ihnen zuerst erzähle, wie Sie Geoffrey Lushington umgebracht haben?«

KAPITEL 40

»Ihren Plan hatten Sie akribisch ausgearbeitet«, sagte Judith. »Sie verbrachten das letzte Jahr damit, so viel Gewicht wie möglich zu verlieren. Dann kauften Sie sich eine blonde Perücke und einen Ziegenbart – sicherlich im Internet. Jemand mit Ihren IT-Fähigkeiten würde doch problemlos ein Benutzerkonto erstellen, das die Polizei nicht zurückverfolgen kann.

Dann mussten Sie sich das Gift besorgen, aber das fiel Ihnen nicht schwer. Schließlich erwähnt Sophia den Giftgarten oft genug in ihrem Wellness-Podcast. Sie mussten nur rausgehen – vielleicht mitten in der Nacht –, doch das Risiko hielt sich in Grenzen. Denn selbst wenn Sie jemand sähe, würde niemand Ihren neuen, schlanken Körper erkennen. Also gruben Sie ein paar Akonitpflanzen aus. Aber das war noch nicht alles, denn wie wir bei Sophias Führung durch den Giftgarten sahen, schützt sie einige der Pflanzen mit Haaren aus ihrer Bürste, um Schnecken abzuwehren. Also nahmen Sie auch ein paar Haare mit. Außerdem sahen wir die Plastiktüten, die Sophia einigen der Pflanzen übergestülpt hatte, um Frostschäden zu vermeiden. Es hätte Sie nur eine Sekunde gekostet, auch noch eine Tüte zu klauen. Jetzt hatten Sie also Ihre Mordwaffe und einige nützliche Requisiten.

Und was geschah als Nächstes? Nun, bleiben wir erst einmal bei den Haaren und der Plastiktüte. Schlussendlich sollte die Polizei Sophia für die Mörderin halten. Und dafür mussten Sie eine Geschichte verkaufen. Also schlichen Sie ums Rathaus, um einen Ort zu finden, an dem Sie Sophias Kostümwechsel vortäuschen konnten, und landeten schließlich beim Toilettenhaus direkt vor dem Plenarsaal. Und dann sahen Sie sogar noch den kleinen Dachboden über dem Putzschrank. Der passte perfekt in Ihren Plan.

Und so kommen wir zum Tag des Mordes. An diesem Morgen gingen Sie zum Rathaus. Trugen Sie da schon die blonde Verkleidung?«

Dave antwortete nicht.

»Vermutlich schon. So hätte ich es zumindest angestellt, auch wenn das nichts zur Sache tut. Als Erstes durchtrennten Sie das Kabel der Überwachungskamera, damit niemand Ihre nächsten beiden Handlungen nachverfolgen konnte. Sie suchten ein passendes Eckchen im Plenarsaal für Ihre Geheimkamera. Das muss ganz einfach gewesen sein. Wenn der Raum nicht genutzt wird, hält sich niemand darin auf und er steht voller Regale, Aktenschränke und alten Gerätschaften, hinter denen Sie Ihre winzige Kamera verstecken konnten. Für einen ITler ist das wie gesagt ein Kinderspiel.

Und dann folgte etwas wirklich sehr Cleveres. Schließlich musste jemand Alec Miller absagen. Aber wie konnten Sie ihn von der Arbeit abhalten, ohne selbst involviert zu werden? Oder noch besser: Wie konnten Sie das tun und gleichzeitig Sophia in die Sache verwickeln? Bei dieser Frage stand ich sehr lange auf dem Schlauch, denn es war definitiv Sophia, die Alec Miller anrief. Er erkannte ihre Stimme anhand einer Podcast-Folge. Und genau da kam ich auf die Antwort! Vermutlich luden Sie einige Folgen herunter und schnitten sie zusammen, um aus den Wörtern und Sätzen eine völlig neue, gefälschte Unterhaltung zu kreieren, in der Sophia Alec für diesen Abend absagte. Richtig?

Alec sagte uns, Sophia habe sehr abgehackt gesprochen und dann einfach aufgelegt. Natürlich tat sie das. Denn Sie konnten Sophia nur eine begrenzte Anzahl von Sätzen sagen lassen. Sie waren derjenige, der an diesem Morgen ins Rathaus ging, Alec anrief und Sophias Stimme abspielte, bevor Sie einfach auflegten. Ziel erreicht.

Und jetzt kommen wir zur Kür: Sophias plattem Reifen. Denn es war nicht sonderlich riskant, die Getränke mithilfe Ihrer Verkleidung für den Bauausschuss vorzubereiten. Wie gesagt, hatten die meisten Ausschussmitglieder Sie nie getroffen. Falls Sie Alecs Abwesenheit bemerken würden, könnten Sie erklären, er habe sich freigenommen, oder die Frage ganz umgehen. So oder so konnten Sie sicherstellen, dass Geoffrey die vergiftete Kaffeekapsel wählte, und sich dann aus dem Staub machen. Ob jemand mit Ihnen gesprochen hatte oder nicht, war ganz egal. Tatsächlich fielen Sie nicht einem der Ausschussmitglieder auf – was einiges über ihren Umgang mit Servicekräften sagt, aber na ja.

Nur eines der Ausschussmitglieder hatte Sie bisher getroffen, nämlich Sophia. Sie hatten ihr geholfen, das Studio in ihrem Bootshaus einzurichten. Da Sie Sophia einen Mord anhängen wollten, konnten Sie nicht riskieren, erkannt zu werden. Also ließen Sie die Luft aus einem ihrer

Reifen. Die Verspätung würde Ihnen hoffentlich genug Zeit verschaffen, Ihren Plan auszuführen und schon lange weg zu sein, ehe Sophia überhaupt eintraf. Doch dieser Teil Ihres Plans ging nicht auf, denn Sophia stieg trotzdem ins Auto und fuhr zur Werkstatt. Sie hatten Glück im Unglück. Weil Sophia wegen ihres Wiedersehens mit Geoffrey so nervös war – was Sie nicht wissen konnten –, wollte sie ohnehin nicht zu früh da sein. Wie erhofft schafften Sie es also, Geoffreys Kaffeekapsel zu vergiften und durch die Brandschutztür zu entkommen, ehe die Person eintraf, die Sie hätte erkennen können.

Genau deshalb war Ihr Plan so genial. Von der Verkleidung über die gefälschten Hinweise und die Geheimkamera bis hin zum Zusammenschneiden von Sophias Podcast – und auch die Sache mit Sophias Reifen – hatten Sie keinerlei Straftaten begangen, die für die Polizei von Interesse waren. Wenn auch nur ein Schritt schiefging, konnten Sie den Mordplan jederzeit aufgeben, sich zurückziehen und einen neuen Plan austüfteln. Aber alles lief wie am Schnürchen, nicht wahr? Sophia kam zu spät, also erkannte Sie niemand, und Sie haben alle Brotkrumen verstreut, um die Polizei zu Sophia zu führen – und als wir auf Sie stießen, gingen Sie sogar ein ziemlich großes Risiko ein. Sie baten uns zu sich und erzählten von Sophias aufbrausendem Temperament. Das war sicher gelogen, aber Sie wollten unbedingt, dass die Polizei bei Sophia landete. Wie schlage ich mich?«

Als Antwort warf Dave ihr einen finsteren Blick zu.

»So viel also zum *Wer* und *Wie* des Mordes. Auch wenn Sie noch eine letzte Sache erledigen mussten. Später an diesem Abend, vielleicht im Laufe der nächsten Tage, entfernten Sie alle Haare und andere Beweismaterialien von Ihrer Verkleidung. Dann bestückten Sie die Perücke mit einigen von Sophias Haaren aus dem Giftgarten und stopften alles in die Plastiktüte, dazu noch eine Bandage, die andeuten sollte, dass Sophia damit Ihre Figur verbergen wollte. Und dann versteckten Sie die Tüte auf dem Dachboden des Toilettenhauses – einen Kraftakt, sollte ich hinzufügen, den Sie mit all dem zusätzlichen Gewicht vor einem Jahr noch nicht hätten leisten können. Aber für Ihr neues Ich war das kein Problem.

Und jetzt widmen wir uns dem *Warum*. Denn Sie haben eine tragische Vergangenheit – auch wenn das Ihre Taten nicht entschuldigt. Ihr Gewicht mag erklären, wie Sie den Mord begangen haben, doch Ihre Vergangenheit ist der entscheidende Hinweis auf Ihr Motiv.

Alles fing mit dem Tod Ihrer Mutter an, richtig? Als Teenager ging es Ihnen eigentlich wunderbar, doch dann erkrankte Ihre Mutter und starb. Was für eine entsetzliche Erfahrung für ein Kind. Und dann heiratet Ihr Vater im Handumdrehen eine neue Frau und zwingt Ihnen ein neues Leben in Amerika auf. Es tut mir wirklich leid, das muss fürchterlich gewesen sein. Eine neue Stiefmutter, eine neue Kultur. Wenn ich die Seelenklempnerin spielen darf, würde ich vermuten, dass Sie Ihren Schmerz mit Essen betäubten. Ich kann mir auch vorstellen, dass Sie sich in Bücher vertieften – das tat ich in diesem Alter auch. Auch wenn es bei mir keine Science-Fiction war, sondern eher die *Flambards* von K. M. Peyton und *Dolly* von Enid Blyton.

Auf jeden Fall konnten Sie Ihre Jugend offensichtlich nicht genießen. Sobald Sie achtzehn wurden, ließen Sie Ihren Vater und Amerika hinter sich und kamen zurück nach Marlow, vielleicht in der Hoffnung, dieser Umzug würde Ihr Leben wieder richten. Aber die traurige Wahrheit ist, dass man Schmerz nicht zurücklassen kann. Schmerz reist mit uns«, lächelte Judith traurig und musste sich kurz sammeln. »Aber als Sie hier ankamen, hatten Sie Träume. Sie wollten Ihren Science-Fiction-Roman schreiben und berühmt werden. Es gab sogar einen Verleger vor Ort, bei dem Sie anklopfen konnten. Das Problem war allerdings, dass Geoffrey Ihr Buch nicht mochte. Er lehnte ab. Und auch wenn ich mir sicher bin, dass er nicht den Brunnen vergiftete und anderen Verlagen von Ihrem Buch abriet, glaube ich doch, dass sein Urteil die Meinungen der anderen Verlage durchaus spiegelte.

Die Absagen machten Ihnen schwer zu schaffen. Ablehnung macht allen zu schaffen. Das war wohl der Zeitpunkt, an dem Ihre einsiedlerischen Tendenzen zum Vorschein kamen, vielleicht waren sie nicht ganz neu. Glauben Sie mir, ich kann das gut nachvollziehen. Das Leben wird viel einfacher, wenn man es immer kontrollieren kann – und das funktioniert, indem man nicht mehr rausgeht. In Marlow waren Sie also nicht viel glücklicher, Ihr Buch stieß auf keinerlei Interesse, und Sie mussten ein IT-Unternehmen führen, das Ihnen keine Freude brachte. Ich vermute, in Ihrem tiefsten Inneren wussten Sie, dass all Ihr Kummer vom Tod Ihrer Mutter herrührte, mit dem Sie nie abschließen konnten – ich komme gleich darauf zurück.

Aber Ihre Wut und Enttäuschung richteten sich auf Geoffrey und seine Absage. Deshalb schrieben Sie diese Briefe an den Stadtrat. Sie waren weder anstößig wie Marcus Percivals Tweets noch anonym wie Jeremys Erpressungen – oder illegal wie Debbies Diebstahl –, aber kritisch. Allerdings hatten diese Briefe eine unbeabsichtigte Konsequenz. Ihr Name blieb Geoffrey in Erinnerung, und eines Tages beschloss er, das Manuskript noch einmal zu lesen, das Sie ihm vor vielen Jahren geschickt hatten. Und weil das britische Wetter inzwischen heißer und feuchter ist, fand es dieses Mal Anklang.«

»Er hielt es für ein Meisterwerk«, sagte Dave.

»Umso trauriger ist deshalb, was Sie getan haben. Denn in Wahrheit hatten Sie die Hoffnung auf Ihren Roman schon vor Jahren aufgegeben, aber Sie hofften immer noch, den Schuldigen für den Verlust Ihrer Mutter zu finden.«

»Was meinen Sie mit ›Verlust‹?«

»Sie wissen genau, was ich meine. Deshalb musste Geoffrey sterben. Aber nicht nur das – Geoffrey musste sterben und Sophia die Schuld tragen. Beide hatten eine Strafe verdient.«

Judith wartete auf eine Antwort, aber Dave schwieg wachsam.

»Kommen wir also zum Grund für den Mord. Ihre Mutter starb, als Sophia für die örtlichen Friedhöfe zuständig war, richtig? Becks' Mann Colin erzählte uns, die meisten Gräber seien schließlich korrekt zugeordnet worden, jedoch nicht die letzte Ruhestätte einer bestimmten Person. Und das war Ihre Mutter.«

Dave wagte nicht, sich zu bewegen.

»Es muss entsetzlich für Sie sein, nicht zu wissen, wo Ihre Mutter begraben liegt. Der wichtigste Mensch in Ihrem Leben. Sie konnten sie nicht besuchen, sich nicht mit ihrem Tod versöhnen – das hätte jedem den Verstand geraubt, vor allem wenn man schon so verbittert war wie Sie. Aber Sie wussten nicht, wem Sie die Schuld geben sollten – zumindest nicht genau. Zu diesem Zeitpunkt kannten Sie nur Geoffrey Lushington, den Vorsitzenden des Unterausschusses, der die Standorte der Gräber vermasselt hatte. Aber als wir uns zum ersten Mal begegneten, sagten Sie etwas sehr Interessantes. Sie sagten, Geoffrey habe all Ihren Beschwerden an den Stadtrat beigepflichtet – um zu beweisen, dass er auf Ihrer Seite sei. Aber Ihnen rutschte auch heraus, dass Geoffrey noch mehr verriet. Damals befürchteten Sie offensichtlich, uns zu viel verraten zu haben, aber ich hielt Sie einfach für introvertiert. Dabei machten Sie dicht, weil Sie etwas gestanden hatten, das Sie in Gefahr bringen konnte. Geoffrey muss Ihnen erzählt haben, dass Sophia die Sache mit den Gräbern durcheinandergebracht hatte. Und dabei bemerkte der arme Geoffrey nicht, wie er sein eigenes Todesurteil unterschrieb.

Denn jetzt konnten Sie all Ihren Schmerz auf eine Person richten. Es war Sophia, der Sie die Schuld an den durcheinandergebrachten Gräbern geben konnten. Geoffrey würde als Erster zugeben, dass er Sophia damit beauftragt hatte. Beide hatten Schuld, aber Sophia trug in Ihren Augen die Hauptschuld. Hatten Sie diese Gedanken, bevor oder nachdem Sie ihr Studio einrichteten? Wollte Sophia Sie überhaupt beauftragen, oder gingen Sie auf sie zu? Sicher verraten Sie es mir nicht. Aber ich konnte mir nie vorstellen, dass jemand mit Ihrem damaligen Gewicht einen Auftrag annehmen würde, bei dem er einen Hügel hinab- und eine Treppe hochmusste. Aber alleine im Studio konnten Sie in Sophias Dokumenten herumschnüffeln«, sagte Judith und zeigte auf die Kisten und Ordner, die das Mezzanin füllten. »Auch wenn es Ihnen nicht viel brachte. Sie fanden nicht, wonach Sie suchten – einen Beleg für die Grabstelle Ihrer Mutter, der Sie von Ihrem Leid erlösen würde.

Und da kam Ihnen der Gedanke, dass der Tod zu gut für Sophia wäre. Stattdessen sollte sie am eigenen Leib erfahren, wie Sie sich fühlten, sie sollte Ihre lebenslänglichen Schmerzen ertragen müssen.

Und jetzt wird es endlich Zeit für meine Entschuldigung. Als ich herausfand, dass Sie den Mord begangen hatten – und warum –, musste ich Sie herauslocken. Wie genau, wusste ich noch nicht. Allerdings habe ich Ihnen eines voraus. Ich wusste, dass Sie eine Geheimkamera im Plenarsaal installiert hatten, also wollte ich versuchen, die Kamera gegen Sie zu verwenden. Deshalb organisierte ich das Treffen mit dem Bauausschuss heute Nachmittag – weil ich wusste, Sie würden zusehen. Vorab musste ich Sophia nur bitten zu erzählen, sie habe endlich die korrekte Dokumentation der Grabstellen gefunden – und sie sei in ihrem Bootshaus. Es war leider nur ein Köder, eine Falle. Denn Sie würden bei erster Gelegenheit einbrechen wollen. Also musste ich Ihnen nur noch eine Gelegenheit geben – weshalb ich für das Feuer an meinem Haus sorgte.«

»*Sie* haben den Brand gelegt?«

»Nun ja, ein Mörder ist auf freiem Fuß. Und ich wusste, dieser Kombination könnten Sie nicht widerstehen – genau hier, auf diesem Dachboden, die Grabstelle Ihrer Mutter herauszufinden, während mein Haus in Flammen aufgeht. Sie würden glauben, die Polizei, meine Freundinnen und ich wären sofort auf die Rettung des Hauses konzentriert, wodurch Sie ein kleines Zeitfenster hätten, um sich hier einzuschleichen und die letzte Ruhestätte Ihrer Mutter zu entdecken.«

»Das war alles gelogen?«, fragte Dave.

»Ich fürchte ja.«

»Das Dokument existiert nicht?«

»Nein, tut es nicht. Natürlich könnte es im Laufe der Zeit möglich sein, das Grab Ihrer Mutter zu orten, aber hier werden Sie Ihre Antwort nicht finden.«

Während Judith sprach, betrat Tanika das Studio, flankiert von uniformierten Polizeibeamten. Als der erste Polizist die Leiter erklomm, brach Dave zusammen. Tränen liefen ihm über die Wangen.

»Ich muss Sie wegen meiner Lügen um Entschuldigung bitten, aber Sie tragen die Schuld an Ihren Handlungen. Geoffrey Lushington war ein guter Mann, der keiner Seele etwas getan hat. Sie haben es verdient, für eine sehr lange Zeit eingesperrt zu werden.«

Der Polizeibeamte legte Dave Handschellen an.

Er wehrte sich nicht.

KAPITEL 41

Sobald Dave im Polizeiwagen in Richtung Revier saß, brachte Tanika Judith so schnell wie möglich nach Hause. Die Wolken reflektierten den orange-schwarzen Rauch, der weiter in den Himmel quoll. Bei ihrer Ankunft wurden sie mit einer albtraumhaften Höllenszene konfrontiert. Feuerwehrautos vor dem Haus, Wasserschläuche in der Einfahrt, die Gesichter der Feuerwehr vom Ruß geschwärzt, und immer noch versuchten sie angestrengt, die Flammen unter Kontrolle zu bringen.

Suzie und Becks sahen aus sicherer Entfernung zu. Als sie Judith sahen, eilten sie zu ihr.

»Habt ihr ihn gekriegt?«, rief Suzie.

»Na, aber sicher«, sagte Tanika. »Es lief genauso, wie Judith vorhergesagt hatte.«

»Hat er gestanden?«, fragte Becks.

»Noch nicht«, sagte Tanika. »Aber das wird er in absehbarer Zeit tun, ihm bleibt keine andere Wahl.«

»Ich kann es immer noch nicht glauben. Hat er wirklich so viel abgenommen?«

»Ja, wirklich«, sagte Judith. »Aber wie ist es hier gelaufen?«

»Es war gruselig«, sagte Becks. »Die Feuerwehr ist ziemlich wütend. Sie sagen, das Feuer hätte auf den Wald überspringen können.«

»Papperlapapp!«, sagte Judith. »Nicht nach diesem Winter.«

Ein Feuerwehrmann mit einem weißen Helm kam auf Tanika zu.

»Sind Sie die Senior Investigative Officer?«, fragte er.

»So ist es«, sagte Tanika.

»Der Brand scheint absichtlich gelegt worden zu sein.«

»Das stimmt«, sagte Judith.

»Ach, das wissen Sie?«

»Allerdings. Ich habe den Brand gelegt.«

»Sie bekennen sich dazu?«

»Das ist mein Anwesen, ich kann hier tun und lassen, was ich will. Sogar Feuer legen. Auch wenn ich hinzufügen sollte: Es tut mir leid, dass der Brand so außer Kontrolle geraten ist.«

Der Feuerwehrmann wusste keine Antwort.

»Keine Sorge, ich erkläre es Ihnen später«, sagte Tanika.

»Können wir näher ran?«, fragte Suzie.

»Wenn Sie möchten«, sagte der Feuerwehrmann, der die Welt nun gar nicht mehr verstand. »Gehen Sie am Garten entlang, da haben Sie den besten Blick.«

»Danke schön«, sagte Judith und überquerte das hochgewachsene Gras an der Einfahrt. Als sie den Garten erreicht hatten, blickten sie in Richtung Fluss und konnten das wütende Feuer sehen. Judith fand es herrlich. Aber sie wusste auch, dass sie einen Teil ihres Lebens angezündet hatte, der nun für immer verloren war. Becks nahm ihre Hand und drückte sie beruhigend. Judith war so dankbar, die zornigen Flammen mit ihren besten Freundinnen beobachten zu können.

»War das Haus jemals in Gefahr?«, fragte Suzie und warf einen Blick hinter sich, wo Judiths Haus völlig unbeschadet stand.

Natürlich hatte Judith ihr Haus nicht angezündet. Sie liebte es. Den ganzen Nachmittag lang hatte sie mit Becks und Suzie ein Lagerfeuer am Ende des Gartens errichtet, bestehend aus jeder einzelnen Zeitung und Zeitschrift ihres Geheimarchivs, das sie über vierzig Jahre angesammelt hatte.

»Nicht, wenn der Wind aus dieser Richtung kommt«, sagte Judith. »Auch wenn ich froh bin, dass das Bootshaus überlebt hat. Ich hatte befürchtet, dass verbranntes Papier auf das Dach fallen und ein Feuer auslösen könnte.«

Es war Knochenarbeit gewesen und hatte Dutzende Schubkarrenladungen voller staubtrockener Zeitungen gebraucht, aber Judith hatte sich nicht beirren lassen. Damit ihr Plan aufging, musste es von Marlow – und Dave Butlers Haus – wirken, als stehe ihr Haus in Flammen. Das Lagerfeuer aus Altpapier musste so groß wie möglich sein. Auf diesem Weg könnte Dave, wenn er den Plenarsaal beobachtete und Tanikas Anruf mitbekam, aus dem Fenster schauen und die Nachricht bestätigen.

»Weißt du, was ich einfach nicht verstehe«, sagte Suzie. »Wenn er der Mörder war, warum hat er dich dann anonym angerufen?«

»Das kann ich dir erklären«, sagte Judith. »Er dachte

wohl, wegen seiner Briefe an den Stadtrat könnte die Polizei auf ihn aufmerksam werden. Mit den Anrufen sicherte er sich ab. Falls die Polizei – oder wir – ihn jemals dieses Mords bezichtigen sollten, könnte er uns erklären, dass er mit seinen Hinweisen bei der Suche nach Geoffreys Mörder helfen wollte.«

»Und genau das ist passiert«, sagte Becks.

»Deshalb waren seine Anrufe anonym. Er wollte unsere Aufmerksamkeit nie auf sich lenken, aber falls es dazu käme, würde er sich helfen können, indem er auf seine anfängliche Unterstützung verwies.«

»Und auch das ist genauso passiert«, sagte Becks. »Auch wenn ich immer noch nicht glauben kann, dass er der Mörder ist. Geoffrey hatte doch nur Sophia geholfen, ihre Fehler zu verdecken. Und er wurde das Bauernopfer, um Sophia in einem großen Masterplan leiden zu lassen? Das ist einfach nur böse.«

»Ich dachte, die einzig böse Person in deinem Bekanntenkreis wäre deine Schwiegermutter«, sagte Suzie mit einem Augenzwinkern.

»Ich bitte dich – der Abend lief doch so gut.«

»Tatsächlich«, sagte Judith, »habe ich einen Plan, was Marian angeht. Über Nacht wird es nicht funktionieren, aber wir könnten da ein bestimmtes Feuer legen – wenn ihr mir den Witz verzeiht.«

»Wann hast du denn noch Zeit für die Idee gefunden?«, fragte Suzie.

»Manchmal passt einfach alles zusammen«, sagte Judith. »Und manchmal muss man die Dinge passend machen.«

Ihre Freundinnen lächelten. Sie wussten genau, dass nur eine Person dazu imstande war, und die hieß Judith Potts.

* * *

Am nächsten Morgen fuhr ein schnittiger Zweisitzer von Jaguar an der *Coopers*-Kaffeebar vor, und ein schmucker Mann Ende siebzig stieg aus. Er war groß, hatte volles graues Haar und wirkte in seinen Budapestern, der Cordhose und Sportjacke wie ein Filmstar aus den 50ern.

Als er die Bar betrat, musste er lächeln. Judith hatte einen sehr guten Treffpunkt gewählt. Es herrschte emsiges Geplauder, und die Atmosphäre war völlig ungezwungen. Das passte gut zu der Judith, an die er sich erinnerte. Er rückte die weiße Nelke in seinem Knopfloch zurecht.

»Kann ich Ihnen helfen, Sir?«, fragte ein junger Kellner.

»Ich suche eine Freundin«, sagte der Mann. »Eine alte Freundin.«

Als er sich jedoch seinen Weg durchs Café bahnte, ohne Judith zu erblicken, wurde seine Verwunderung immer größer. Hatte sie ihn sitzen lassen?

Und dann sah er sie.

Oder zumindest sah er eine ältere Dame, die alleine neben einer weißen Nelke saß. Sie ähnelte der Judith seiner Erinnerung zwar überhaupt nicht, aber er wusste, wie sehr sich das Aussehen im Laufe der Jahre ändern konnte. Als er auf sie zuging, bemerke er mit einem Lächeln, wie überheblich sie dasaß. Das passte zu ihr, Judiths Überheblichkeit hatte er schon immer attraktiv gefunden.

»Hallo, Judith«, sagte er.

Die Frau sah verwirrt zu ihm auf – aber sie konnte nicht einmal halb so verwirrt sein wie er. Er hatte einen schrecklichen Fehler begangen. Die Frau vor ihm konnte auf keinen Fall Judith Potts sein. Selbst als Jugendliche hatte sie nie solch zarte Wangenknochen gehabt, und die kobaltblauen Augen dieser Frau leuchteten hell. Judith hatte keine blauen Augen.

»Oh«, sagte er mit schwindendem Selbstbewusstsein. »Sie sind nicht Judith.«

»Warum sollte ich denn Judith sein?«

»Wegen der weißen Nelke«, sagte er und zeigte auf die Blume.

»Die hier?«, sagte die Frau umso verwirrter. »Die gehört meiner Schwiegertochter. Gerade war sie noch hier, aber sie hat gesagt, sie müsse zur Toilette.«

»Seltsam«, sagte der Mann und sah sich noch einmal um. Nur auf diesem einen Tisch stand eine weiße Nelke. »Entschuldigen Sie, ich hätte mich vorstellen sollen. Ich heiße Matthew Cartwright und ich sollte hier eine alte Freundin treffen«, sagte er und sah auf seine Armbanduhr.

Die Frau erkannte die goldene Uhr als eine Rolex, und dann fiel ihr Matthews elegante Kleidung auf, und wie ansehnlich er war.

»Ich heiße Marian«, sagte sie mit ihrem lieblichsten Lächeln. »Wie wäre es, wenn Sie sich setzen und wir zusammen versuchen herauszufinden, was passiert ist? Ich weiß wirklich nicht, wo meine Schwiegertochter abgeblieben ist.«

Matthew bemerkte nicht, dass Marian trotz ihrer suchenden Blicke hoffte, Becks würde nicht so bald zurückkehren.

Während Marian und Matthew ins Plaudern kamen und Matthew entdeckte, dass Marian ausnahmslos alles sehr interessant fand, was er zu erzählen hatte, lauerte Becks vor dem Café und quetschte, gemeinsam mit ihren beiden besten Freundinnen, das Gesicht ans Fenster.

»Sie hat angebissen«, sagte Becks.

»Sie ruft den Kellner«, sagte Suzie.

»So charmant habe ich sie noch nie gesehen. Oh Gott, ich mag gar nicht hinschauen, jetzt scherzt sie auch mit dem Kellner.«

Becks trat einen Schritt zurück und rieb sich die Hände. Es war zwar wunderbar sonnig, aber frisch.

Suzie und Judith traten neben ihre Freundin, und die Blicke der drei Frauen fielen auf Matthews edlen Jaguar.

»War das wirklich die richtige Entscheidung?«, fragte Suzie Judith. »Ihn dir so vom Leib zu halten?«

Judith konnte sich ein Lächeln nicht verkneifen.

»Ja, da bin ich mir ziemlich sicher«, sagte sie. »Wie wäre es mit einer schönen Tasse Tee und ein paar Keksen bei mir zu Hause?«

»Das klingt wunderbar«, sagte Becks.

»Aber wir müssen noch Kekse kaufen«, sagte Suzie. »Die letzte Packung haben wir aufgegessen.«

»Da würde ich mir keine Sorgen machen«, sagte Judith sicher. »Bestimmt hat Becks noch welche bei mir versteckt.«

»Eine Packung Fox's-Schokokekse unter deinem Ohrensessel«, sagte Becks.

»Na bitte«, sagte Judith.

Als die Frauen durch Marlow gingen, durchströmte Judith eine beinahe überwältigende, warme Welle der Zufriedenheit. Sie wusste, dass man sich nur wenige Augenblicke glücklich schätzen konnte, aber genauso fühlte sie sich jetzt: wahrhaft glücklich.

»Ich muss mich bei euch bedanken«, sagte sie. »Vor allem bei dir, Suzie. Ich fühle mich heute so viel besser. Leichter.«

»Seit dem Feuer, meinst du?«, fragte Becks.

»Seit dem Feuer«, sagte Judith. »Ich hätte den ganzen Ballast schon vor Jahren loswerden sollen.«

»Wir haben versucht, es dir zu sagen«, sagte Becks.

»Nun ja, manchmal bin ich einfach etwas festgefahren.«

Suzie und Becks sahen sich an und lächelten. Sie wussten, dass Judith aus Prinzip *immer* festgefahren war. Aber sie wussten auch, dass Suzie sich immer nach einem neuen Projekt umsehen und Becks sich immer für alles entschuldigen würde. Keine der drei Freundinnen würde sich so bald ändern, und genauso gefiel es ihnen. Anders hätten sie es nicht gewollt.

Danksagungen

Ich schreibe dies im Juli 2023, während die Fernsehserie zum ersten Band von *Mrs Potts' Mordclub* in Marlow gedreht wird – das ist so großartig wie unglaublich. Meine Familie und ich leben seit zehn Jahren in Marlow und wollen diese Gelegenheit ergreifen, um uns bei allen zu bedanken, die wir in dieser Zeit getroffen und die keine Mühen gescheut haben, uns so herzlich aufzunehmen. Insbesondere wollen wir unserem Briefträger Fred danken. Er ist hier legendär und seine bedingungslose Freundlichkeit das perfekte Beispiel dafür, warum es sich nirgendwo in Großbritannien so gut leben lässt wie in Marlow.

Zugegebenermaßen machte ich mir Sorgen um die Reaktion auf eine Fernsehcrew, die die Straßen verstopft und ständig im Weg steht, aber das war nicht nötig. Es hätte in dieser Stadt keine größere Unterstützung für dieses Projekt geben können; hoffentlich kommt auch in der Fernsehserie rüber, wie großartig Marlow ist. (Ich sollte die Gelegenheit nutzen und mich für jegliche Andeutungen, dass in meiner Heimatstadt so viele Mörder wohnen, entschuldigen. Wer Marlow gut kennt, wird wissen, hier lauern keine niederträchtigen Mörder hinter den Türen. Zumindest nicht hinter *jeder* Tür.)

Also vielen Dank an Marlow und das Team von Monumental TV, die mir dabei geholfen haben, mein Buch in eine Fernsehserie zu verwandeln. Es war und ist traumhaft, mit Deb Hayward, Alison Carpenter, Lucy Rawlinson, Katharine Rosser, Tamara Campos, Jane Wallbank, Steve Barron und der gesamten wunderbaren Besetzung sowie der Crew zusammenzuarbeiten – ich kann es kaum erwarten, dass die Zuschauer und Zuschauerinnen sehen, wie brillant diese wunderbaren Menschen Judith, Suzie und Becks zum Leben erweckt haben. (Aufmerksamen Zuschauern könnten die kleinen Änderungen im ersten Band gefallen, die wir bei der Bearbeitung fürs Fernsehen vorgenommen haben. Ich erinnere mich zum Beispiel an ein frühes Projektmeeting, in dem man mich fragte: »Und wie kam der Mörder an eine deutsche Luger?«, worauf ich nur antworten konnte: »Ähm …?« Das haben wir also in der Serie geändert.)

Zum Schluss gilt mein größter Dank wie immer meiner wunderbaren Frau Katie und unseren beiden Kindern, Charles und James – und auch meiner Mutter, Penny, der dieses Buch mit Liebe gewidmet ist.